Contents

곰곰곰 베어 19

저자 쿠마나노
일러스트 029
옮긴이 김보라

스킬

▶이세계 언어
이세계의 언어가 일본어로 들린다!
이야기를 하면 이세계의 언어로 상대방에게 전달된다.

▶이세계 문자
이세계의 문자를 읽을 수 있다.
글자를 쓰면 이세계 문자가 된다.

▶곰의 이차원 박스
흰 곰의 입은 무한으로 벌어지는 공간이다.
어떤 물건이라도 넣을(먹을) 수 있다.
단, 살아 있는 것을 넣는(먹는) 건 안 됨.
들어가 있는 동안에는 시간이 멈춘다.
이차원 박스에 넣은 물건은 언제든 꺼낼 수 있다.

▶곰 관찰안
검은 흰 곰 옷의 후드에 달려있는 곰 눈을 통해서 무기나 도구의 효과를 볼 수 있다.
후드를 쓰지 않으면 효과는 발동되지 않는다.

▶곰 탐지
곰의 야생의 힘으로 마물이나 사람을 탐지할 수 있다.

▶곰 소환수
곰 장갑에서 곰이 소환된다.
검은 곰 장갑에서는 검은 곰이 소환된다.
흰 곰 장갑에서는 흰 곰이 소환된다.
소환수 꼬맹이화 : 소환수인 곰을 꼬맹이화 할 수 있다.

▶곰 지도 ver.2.0
곰의 눈이 본 장소를 지도로 만들 수 있다.

▶곰 이동문
문을 설치하여 서로의 문을 왔다 갔다 할 수 있게 된다.
3개 이상의 문을 설치할 경우는 행선지를 상상하는 것으로 이동할 곳을 정할 수 있다.
이 문은 곰 장갑을 사용하지 않으면 열리지 않는다.

▶곰 폰
먼 곳에 있는 사람과 대화할 수 있다.
곰 폰을 만든 후, 술자가 없앨 때까지 존재한다. 물리적으로 망가뜨릴 수 없다.
곰 폰을 건넨 상대를 상상하면 연결된다.
곰의 울음소리로 착신을 알린다. 소지자가 마력을 보내는 것으로 껐다 켤 수 있게 되어 통화가 가능하다.

▶곰 수상 보행
물 위를 이동하는 것이 가능해진다.
소환수는 물 위를 이동하는 것이 가능해진다.

▶곰 텔레파시
떨어져 있는 소환수를 불러들일 수 있다.

마법

▶곰 라이트
곰 장갑에 모은 마력으로 곰 형태의 빛을 생성한다.

▶곰 신체 강화
곰 장비에 마력을 보내는 것으로 신체강화를 실시할 수 있다.

▶곰 불 속성 마법
곰 장갑에 모은 마력으로 불 속성의 마법을 사용할 수 있다.
위력은 마력, 상상에 비례한다.
곰을 상상하면 위력이 더욱 올라간다.

▶곰 물 속성 마법
곰 장갑에 모은 마력으로 물 속성의 마법을 사용할 수 있다.
위력은 마력, 상상에 비례한다.
곰을 상상하면 위력이 더욱 올라간다.

▶곰 바람 속성 마법
곰 장갑에 모은 마력으로 바람 속성의 마법을 사용할 수 있다.
위력은 마력, 상상에 비례한다.
곰을 상상하면 위력이 더욱 올라간다.

▶곰 땅 속성 마법
곰 장갑에 모은 마력으로 땅 속성의 마법을 사용할 수 있다.
위력은 마력, 상상에 비례한다.
곰을 상상하면 위력이 더욱 올라간다.

▶곰 전격 마법
곰 장갑에 모은 마력으로 전격 마법을 사용할 수 있게 된다.
위력은 마력, 상상에 비례한다.
곰을 상상하면 위력이 더욱 올라간다.

▶곰 치유 마법
곰의 따뜻한 마음에 의해 치료가 가능해진다.

▶ 유나'S STATUS_

이름 : 유나
연령 : 15세
성별 : 여자

크리모니아

피나
유나가 이 세계에서 처음으로 만난 소녀, 10살. 유나가 어머니를 구해준 인연으로 유나가 무찌른 마물의 해체를 맡고 있다. 유나에게 이리저리 끌려다닌다.

엘프 마을

루이밍
왕도의 곰 하우스 앞에서 길을 가다 지쳐 쓰러져 있던 엘프 소녀. 언니인 사냐에게 엘프 마을의 위험을 알리기 위해 엘프 마을에서 왕도로 찾아왔다.

무무르트
루이밍과 사냐의 할아버지. 엘프 마을의 장로를 맡고 있다. 옛날엔 모험가로서 활동했다.

화의 나라

시노부
유나와 동갑의 닌자 소녀로 모험가로서도 우수. 까부는 성격이지만, 화의 나라를 구하기 위해 강한 각오를 지니고 있다.

카가리
긴 세월을 사는 요괴 여우(?). 일찍이 무무르트 일행과 함께 이무기를 봉인하고 그 땅을 계속 지키고 있다.

사쿠라
화의 나라의 무녀. 예지몽을 꿀 수가 있어 유나를 이무기에게서 이 나라를 구해줄 『희망의 빛』이라고 믿고 있다.

쥬베이
시노부의 스승이자 꽤 대단한 실력을 지닌 화의 나라의 무사. 유나의 힘을 시험하기 위해 시노부와 함께 계획했다.

스오우
화의 나라의 왕이며, 사쿠라의 숙부. 국왕으로서의 관록과 책임감을 지니고 있다.

줄 거 리

이무기 부활의 위기에 있는 화의 나라. 무녀 사쿠라의 예지몽을 통해 『희망의 빛』으로 여겨진 유나는 이무기의 봉인을 지키는 카가리라는 여자가 있는 곳으로 향한다. 그곳에서 일찍이 이무기를 봉인했던 것이 엘프 마을의 촌장인 무무르트였다는 게 판명된다. 무무르트는 루이밍과 함께 화의 나라로 오기로 하는데…….
유나 일행은 최선을 다해 대책을 세웠지만 이무기의 부활 시기는 점점 닥쳐오고 있었다…….

이세계 곰 아가씨 판타지, 유례없는 전투가 막을 여는 제 19탄!

491 곰 씨, 과거 이야기를 듣다

화의 나라에 도착한 나는 닌자 복장을 한 시노부라는 여자아이와 만나서 부친의 복수를 도와 달라는 부탁을 받았다.

시노부는 쥬베이라는 이름의 아버지의 원수인 남자와 겨뤘으나 지고 말았다.

그리고 나는 시노부를 대신하여 남자와 싸워서 이겼다.

하지만 그 싸움은 내가 화의 나라를 구할 힘이 있는지를 확인하기 위해 짠 각본이었다.

어째서 그런 짓을 했냐고 물으니, 꿈을 통해 미래를 볼 수 있는 인물이 있는데 그 사람이 내가 나라를 구할 희망의 빛이라고 했다는 것이다.

그래서 내 실력을 확인하기 위해 화의 나라에서도 실력자인 쥬베이 씨와 겨루게 했다고 설명했다.

처음엔 사람을 시험하는 방식 때문에 화가 났지만, 곰 옷차림을 한 여자아이는 희망의 빛으로는 보이지 않을 것이라는 점과 진지하게 부탁하는 시노부 때문에 나는 꿈으로 미래를 볼 수 있는 사쿠라라는 인물을 만나기로 했다.

나를 기다리고 있던 건 피나 또래로 보이는 어린 여자아이였다.

사쿠라는 모든 이야기를 들려줬다.

이무기라는 강력한 마물이 이 나라에 봉인되어 있었다는 사실. 꿈에서 몇 번이나 죽었다는 이야기. 꿈에서 따뜻한 빛을 내뿜는 짐승에 올라탄 인물이 목숨을 구해줬다는 이야기.

왜소한 몸으로 도움을 요청하는 소녀의 손을 뿌리칠 수 없어 나는 조건부로 돕기로 했다.

그 조건이란, 무리일 것 같으면 망설임 없이 도망치는 걸 허락해 줄 것. 아무리 나라도 만능은 아니다. 하지 못하는 일도 있는 법.

나는 용자도 영웅도 아니다.

그리고 나는 사쿠라와 시노부와 함께 수백 년 전에 봉인된 이무기가 있는 리네스 섬을 찾았다.

그 섬에는 봉인을 지키면서 몇백 년이나 살아온 여자 여우가 있었다. 이름은 카가리. 가슴이 크고 섹시한 어른 여성이었다.

카가리 씨는 과거에 이무기가 나타났을 때 무무르트라는 엘프 모험가와 그 동료들이 함께 이무기를 봉인했다는 이야기를 해줬다.

그 엘프 모험가인 무무르트를 만나게 해준다면 나를 희망의 빛이라고 인정하겠다고 했다.

나는 카가리 씨가 말하는 모험가와 동성, 동명, 동족의 존재를 알고 있었다.

이야기를 듣고 있을 때 희망의 빛이라 불린 내 진짜 역할은 무무르트 씨를 데리고 와주는 것이 아니었을까 하는 생각이 들었다. 무무르트 씨를 데리고 올 수 있는 건 내가 아는 한 나밖에 없었기 때문이다.

나는 곰 이동문을 이용하여 무무르트 씨와 그와 함께 있던 손녀 루이밍을 데리고 왔다.

카가리 씨는 울고, 기뻐했으며, 고마워했다.

이런 스토리를 손녀인 루이밍에게 보인 무무르트 씨는 겸연쩍어 했다.

"그럼, 무무르트에게 봉인의 상태를 보여줄게. 무무르트도 다른 사람들도 따라와 줘."

우리는 카가리 씨를 선두로 건물에서 밖으로 나갔다.

"여긴 숲속인가?"

건물을 나오자 무무르트 씨가 주위를 살폈다. 건물 주변은 땅이 관리되어 있지만, 그 주변은 나무들이 무성해서 숲처럼 되어 있었다.

"당신이 이무기를 봉인했던 섬이잖아."

그 말만으로 무무르트 씨는 곧바로 이해한 듯 보였다.

"그렇군. 그렇다면 이 섬에서 싸우면 사람들이 사는 마을에는 피해가 가진 않을 것 같군."

"미안, 그게 또 그렇지도 않게 됐어."

카가리 씨는 무무르트 씨의 결계를 사용하여 남자가 들어오지 못하도록 했다고 이야기했다.

“뭐, 그런 이유로 당신이 만든 봉인 위에 새롭게 내 결계를 쳐 놓은 탓에 결계를 풀면 당신이 친 봉인도 함께 풀려버릴 거야.”

“하지만 어쨌든 이무기와 싸울 거라면 두 결계 모두 풀어야 하는 거 아닌가?”

결계를 풀고 남자들도 합세해 힘 있는 사람들을 모아 싸우는 방법이 있다.

“그렇게 단순하지 않아. 봉인 효과가 약하다고는 해도 봉인이 있는 상태에서 싸우는 것과 완전히 봉인이 풀어진 상태로 싸우는 건 하늘과 땅 차이라고. 실패한다면 이무기가 사람들이 있는 마을로 가버릴지도 모르고 말이야. 그렇게 된다면 피해는 대단히 커지겠지. 그리고 공포를 흡수해서 이무기의 힘이 증가할지도 몰라. 봉인을 완전히 푼다는 선택지에는 모두가 싸울 수 있다는 이점 이상의 단점이 있어.”

확실히. 카가리 씨가 말한 그대로다. 봉인에 어느 정도의 효과가 있는지는 알 수 없지만, 이무기의 힘을 반감 또는 그에 가까운 정도로 힘을 억누를 수 있다면 싸울 수 있는 사람도 늘어날 것이다. 하지만 여자로 한정되어버린다는 문제점이 있다.

반대로 봉인을 풀면 남자도 싸울 수 있지만, 완전히 부활한 이무기와 싸우게 된다. 현재 상황으로는 양쪽 모두 장점과 단점이 있다.

"그러니까 우선은 봉인 효과가 있는 상태에서 이무기와 싸우고 우리가 역부족이라면 그때 봉인을 풀면 돼."

"그렇지만, 어째서 그런 결계를……."

무무르트 씨는 확인하려는 듯 카가리 씨를 본다.

"……시노부, 사쿠라의 귀를 막고 조금 떨어져 주겠니."

"네."

"앗, 카가리 님? 시노부, 뭘 하는 거죠?"

시노부는 카가리 씨 말대로 사쿠라의 손을 당기고 우리에게서 조금 떨어져 사쿠라의 귀를 막았다. 그걸 확인한 카가리 씨는 입을 열었다.

"당시에 내가 이 섬에 있다는 사실이 잘 알려져 있었어. 그리고 알다시피 내가 절세미인이잖아."

카가리 씨는 섹시한 포즈를 취한다.

확실히 카가리 씨는 미인이다. 나올 곳이 나오고 들어갈 곳이 들어가 몸매가 참 좋다. 몇 년 후의 내 모습이다.

"늦은 밤, 섬에 찾아와 내 침소에 들어오는 자가 끊이질 않았어."

"호위를 두면 됐잖아."

"그 호위마저 습격을 해왔거든."

나는 카가리 씨를 만났을 때의 복장을 떠올렸다. 그 흐트러진 옷차림으로 남자 앞에 나서면 유혹하고 있는 것처럼 보일지도 모르겠다.

“게다가 이 섬에서 소동이 일어나거나 사악한 생각을 품은 자가 모여든다면 부정적인 감정이 쌓여서 이무기의 봉인이 풀릴 가능성이 있었어.”

“그렇다고 해도 당시의 왕이 잘도 허락을 해줬군.”

혹시 모를 일을 생각한다면 남자의 힘은 필요할 테니까.

“물론 그렇긴 한데, 어떤 걸 계기로 결계를 치게 허가를 내려줬어.”

“그게 뭐지?”

“과거 국왕의 남동생이 반역을 일으킨 적이 있었어. 인망도 없고 대책이 없는 남자였는데 야망만은 대단히 크게 가지고 있었지. 형을 죽이려 든다거나 여러 가지로 계략을 꾀했지만, 실패로 끝났어.”

아아, 역시, 긴 역사 속에서는 그런 일도 일어나는구나.

“그래서 그 바보 같은 동생은 반역죄를 저지른 죄인이 되어 죽게 되었어. 하지만 무슨 생각이었는지 그 동생이 이무기의 봉인을 풀고 이 나라와 함께 형을 죽이려는 계획을 세운 거야. 거기에 뜻을 합친 남자들이 섬을 찾아왔지. 그때 얼마나 힘들었다고.”

회상하듯 이야기를 해준다.

자포자기인가? 제일 성가신 케이스인데.

죽을 거라면 자기 혼자서 죽으라고 말해주고 싶어진다.

“그런 일도 있어서 당시의 국왕에게 허락받고 섬에 남자가 들어올 수 없는 결계를 치게 된 거야.”

"그래도 남자만이라니, 그런 결계를 칠 수가 있는 거야?"

"마력은 남자와 여자의 질이 달라. 그걸로 판별하는 거지. 가끔 남자에 가까운 마력을 지닌 여자도 있지만, 딱히 이 섬에 못 들어온다 해도 문제 될 건 없잖아. 그 반대의 경우도 있지만, 자주 있는 일은 아니야."

확실히 이 섬에 들어오지 못한다 해도 곤란해질 일은 없다.

애초에 이 섬에는 카가리 씨와 그를 봐주는 사람이 가끔 오는 정도일 뿐이라고 했다.

"이제, 귀 안 막아도 되나요?"

시노부는 카가리 씨의 이야기가 끝난 것을 확인했다.

"그래, 좋아. 아무래도 어린아이에게 들려줄 내용은 아니니까 말이야."

카가리 씨의 허락을 받아 시노부는 사쿠라의 귀에서 손을 뗐다.

"으으, 무슨 말을 했던 거예요? 어째서 저만 빼놓는 거예요?"

뭐, 간밤에 남자가 침소에 쳐들어왔다는 얘기를 어린아이에게 할 수는 없지.

만약 「왜 그런 거예요?」라고 물어온다면 어린아이의 눈높이에 맞춰 잘 설명해 줄 수가 없다.

"어른이 되면 얘기해줄 테니까 지금은 봐줘."

"어른이라니, 유나 님이나 다른 사람들은 되나요?"

"뭐, 세 사람은 아슬아슬하게 어른이라고 해두지."

카가리 씨는 조금 눈을 피하며 말했다.

"으으, 너무해요."

사쿠라는 입을 삐죽이며 혼자 이해가 가지 않다는 눈빛이었지만, 「어른이 되면 알려줘야 해요」라며 카가리 씨에게 약속을 구했다.

492 곰 씨, 봉인 장소를 확인하다

카가리 씨가 무무르트 씨에게 설명하면서 숲속으로 향했다. 아무도 없어서 조용했다.

거대한 마물, 이무기가 봉인되어 있다고는 상상이 되지 않을 정도로 평온한 풍경이었다.

다만 새의 지저귐도 들리지 않았다. 어쩌면 위험을 감지하고 도망가버린 걸지도 모른다.

"그래서, 우리는 어디로 가는 거지?"

"이무기의 머리가 봉인된 곳이야. 이 섬에는 이무기의 네 개의 머리와 몸통이 각각 봉인되어 있어."

"다섯 개나 봉인했구나."

"애먹었지. 무무르트 일행이 도와주지 않았더라면 이 나라는 멸망했을 거야. 무무르트 일행이 현명하게 이무기를 약하게 만들어서 봉인할 수 있었던 거지."

"우리뿐만이 아니었잖아. 많은 사람이 싸웠어."

"맞아. 그리고 많은 사람이 죽었지."

무무르트 씨와 카가리 씨는 옛일을 떠올리듯 말했다. 나로서는 상상이 안 될 정도로 참혹했던 싸움이었을지도 모른다.

"카가리 님……."

사쿠라가 걱정스럽게 말을 걸었다.

"이제 옛날 일인걸. 걱정하지 마."

어쩌면 소중한 사람이 그 결투에서 죽었을지도 몰랐다.

숙연해진 분위기는 어색해서 화제를 바꾸기로 했다.

"그러고 보니 봉인 관리는 카가리 씨가 해왔던 거죠. 사쿠라가 꿈에서 볼 때까지 봉인이 약해지고 있다는 거 못 느꼈어요?"

기억에 따르면 사쿠라의 예지로 봉인의 상태를 알아차렸다고 했었다. 그래서 섬을 확인했더니 봉인이 약해져 있다는 게 사실이라고 판명됐다.

봉인을 관리하고 있던 카가리 씨가 알아차리지 못했을 리가 없다.

"그건……."

"그건?"

"자고 있었어."

카가리 씨는 얼굴을 외면하며 대답했다.

"자고 있었다고요?"

"그게, 카가리 님은 긴 시간 동안 자기도 하세요."

"이 몸은 여우잖아. 인간이랑은 달라. 잘 때는 한 번에 몰아서 잘 수도 있어. 그 반대로 며칠이나 깨어 있을 수도 있지. 이번엔 술을 너무 마셔서 한 달 정도 자버렸던 거야."

한 달이라니. 너무 많이 자는 거 아냐? 게다가 술 때문에 잠들어 버렸다니. 결계를 관리하는 게 역할이라며.

“우리가 섬에 왔더니 「한 달만 더~」라고 말하던걸요.”

한 달만 더, 라니. 대체 얼마나 자겠다는 거야.

들어보니 과거에는 몇 년씩이나 잔 적도 있다고 했다.

그러면 정말로 결계를 관리하고 있었다고 할 수 있나?

“내 입으로 말하긴 뭣하지만, 이 몸도 안전 불감증이었던 거지.”

뭐, 몇백 년이나 아무 일도 없었다면 안전 불감증이 될 수 있을지도.

“계속해서 이 평화가 이어질 거라고 생각했어.”

그 생각은 무참하게 깨졌다.

한참을 걸으니 카가리 씨가 살고 있던 신사와 똑같은 건물이 보였다.

“이 안에 이무기의 머리가 봉인되어 있어.”

카가리 씨는 문을 열어 건물 안으로 들어가더니 벽에 박혀 있는 마석을 만졌다. 방 안이 밝아졌다.

건물 안은 넓고 아무것도 놓여 있지 않았다.

“이쪽이야.”

카가리 씨의 뒤를 따라가자 건물 중앙에 계단이 있었다.

“사쿠라랑 시노부…….”

카가리 씨는 두 사람의 이름을 부르더니 잠시 생각한 후 루이밍 쪽을 본다.

“그리고 루이밍 세 사람은 여기서 기다려줘.”

"왜요? 전에 들어갔을 때는 그런 말씀 안 하셨잖아요."

"이전과는 상황이 바뀌었어. 봐서 기분 좋을 만한 게 아니야. 원래라면 그쪽의 곰 아가씨도 안 보는 편이 나을 것 같지만, 아가씨가 정말로 이무기와 싸울 생각이라면 보는 편이 좋을 거야."

기분 나쁜 거라면 나도 보고 싶지 않은데. 그래도 현 상황에서 도망칠 생각은 없다.

"시노부는 사쿠라랑 루이밍이 멋대로 움직이지 못하도록 잘 보고 있어 줘."

"곰돌이랑 곰순이도 사쿠라와 루이밍을 부탁할게."

시노부만으로는 불안하니 곰돌이와 곰순이에게도 부탁해 둔다.

""크~응.""

사쿠라와 아이들을 남겨두고 카가리 씨를 선두로 무무르트 씨, 그리고 내가 계단을 내려갔다. 계단을 내려가자 위와 똑같이 넓은 공간이 있었다.

"그 녀석이 판 구멍인가."

무무르트 씨는 옛일을 떠올리는 듯했다. 어쩌면 당시의 모험가 동료가 판 구멍일지도 모른다.

카가리 씨가 중앙을 걸어가 지면에 파묻힌 마석 같은 것을 만졌다. 그러자 바닥에 커다란 마법진이 떠올랐다. 마법진은 몇십 미터는 되어 보였다. 마법진은 검붉게 빛나더니 천천히 깜빡이기 시작했다. 검붉은색은 보기에 그리 유쾌하지 않았다.

"확실히 이건 보고 기분 좋아질 만한 게 아니네."

잠시 보고 있으려니 마법진이 움직이는 듯한 기분이 들었다.

마법진이 움직여?

기분 탓이라고 생각했지만, 아니었다.

마법진 안에 있는 검고 커다란 원형의 물체가 움직였다.

나는 자세를 잡았다.

"뭔가요?"

내 물음에 곧바로 카가리 씨가 답해준다.

"이무기의 눈이야. 이 몸이 오면 노려보듯 쳐다보지."

이무기의 눈?

눈은 이리저리 움직여 우리를 보는 듯한 느낌이 들었다.

눈이라는 걸 알게 되니 더 기분 나빠졌다. 확실히 사쿠라와 아이들에겐 보여주지 않는 편이 좋겠다. 혼자서 밤에 화장실도 못 가게 될지도 모른다.

눈은 이리저리 움직이더니 한 곳에 멈췄다. 기분 탓이 아니라면 무무르트 씨 쪽을 바라보고 있는 것 같았다.

하지만 카가리 씨가 마석을 만져 마력을 흘려보내자 이무기의 눈은 천천히 감겼다.

"슬슬 한계야. 지금은 이 몸이 매일 마력을 담아 억제하고 있지만, 언제 봉인이 풀린다 해도 이상하지 않아."

그런데, 지금 이게 눈이라는 건 이무기는 얼마나 크다는 거야?

"조금 살펴보도록 하지."

무무르트 씨가 마법진을 향해 걷기 시작했다.

"자극을 주지 않도록 조심해."

무무르트 씨는 확인하면서 마법진 위를 걸었고, 가끔 마법진에 손을 두었다. 그걸 몇 번이나 반복했다.

"심각한 상황이군. 완벽하게 봉인되지 않았다는 건가."

"그럼에도 몇백 년이나 봉인할 수 있었다고 생각하면 대단한 거지. 너무나도 긴 평화에 만일의 경우를 대처할 방법을 생각하지 않고 살아왔던 잘못이 되돌아온 것일 뿐이야."

"그 말을 들으니 머리가 아파지는군. 나도 결계 안에서 살아왔으니까 말이야. 그걸 아가씨가 구해줬고."

무무르트 씨의 경우엔 봉인되어 있던 마물이 부활했던 게 아니다. 사람이 들어갈 수 없는 장소에 마물이 들어가 버렸던 것뿐이다. 게다가 그것엔 대처 방법이 없었을 터다.

"평화는 아무것도 하지 않고 얻을 수 있는 게 아니야. 무사나 병사가 치안을 유지하고 마물의 위협으로부터 지켜주는 거야. 그렇게 해서 평화는 유지될 수 있는 거지."

하지만 이무기 같은 커다란 위협은 간단하게는 대처하지 못할 것 같은데?"

"생각할 시간은 많이 있었어. 그걸 해오지 않았던 건 화의 나라 국민. 그리고 남자들이 들어오지 못하도록 결계를 친 나도 아무 생각이 없었던 거지.”

확실히 몇백 년은 생각하기에 충분한 시간이긴 하다.

“하지만 몇백 년이라는 세월은 이무기의 존재를 잊기에도 충분한 시간이지. 세대가 바뀌면 당시의 이무기와의 싸움에 대한 기억이 희미해져 위기감이 사라져 갈 거야.”

나도 옛 전쟁에 대해 들어도 와닿지 않는다. 좋지 않은 자세라는 건 알지만, 당시의 사람들이 얼마나 공포와 고통을 느꼈는지 어떤 기분이었는지 같은 건 알지 못한다.

이를 테면 전국 시대에 대해서는 영화처럼 옛이야기의 하나 정도로만 여겨진다.

“화의 나라 국민의 안전 불감증과 내 제멋대로 한 행동으로 이런 상황이 됐어. 자초한 거라 말하기 뭣하지만, 성가신 일을 만들었어. 예전의 나에게 충고해주고 싶네. 바보 같은 짓은 하지 말라고 말이야.”

하지만 나도 카가리 씨와 같은 일이 있었다면 사람을 피하기 위한 대처 정도는 할 거다. 곰 하우스도 비슷하다.

“그렇지 않아요. 자신의 몸을 지키는 건 중요한 거잖아요. 그런데, 성 같은 곳에서 살 생각은 안 했어요?”

“아무리 이무기를 무찌른 사람 중 하나였다고 해도 이 몸은 수백 년이나 살아가는 여우잖아. 같은 장소에서 오래도록 지낼 수는 없다. 이 몸에 대해 알고 있는 건 극히 일부의 사람뿐이거든.

성에서 긴 시간 지낸다면 이상하게 생각할 자가 생겨날 거야. 게다가 이 몸은 혼자인 편이 편해."

즉, 나와 똑같은 은둔형 외톨이라는 거네.

"그래서 무무르트 씨, 어떻게든 될 것 같나요?"

카가리 씨의 이야기를 들으면서 마법진을 살피고 있는 무무르트 씨에게 물었다.

"카가리가 말한 대로 봉인과 결계가 복잡하게 얽혀 있네. 하나의 결계를 풀면 연결된 모든 봉인이 풀릴 거야."

"하나씩 봉인을 해제하는 건 안 되는 거야? 한 곳씩이라면 적은 전력으로도 어떻게든 될 것 같은데."

"방법은 있지만, 가능할지는 다른 봉인된 곳의 상황을 살펴본 뒤에 알 수 있겠어."

"무무르트, 민폐를 끼치게 됐어. 미안."

"신경 쓰지 마. 같이 싸웠던 동료이지 않나. 할 수 있는 게 있다면 할 생각이야."

"고마워."

카가리 씨는 기뻐하며 미소 지었다.

나도 있는데요, 라고 껴들면 안 되려나?

봉인을 다 확인한 우리는 계단을 올라 사쿠라와 아이들이 있는 곳으로 돌아갔다.

세 사람은 곰돌이와 곰순이에게 기댄 채 쉬고 있었다.

우리는 두 번째, 세 번째 머리와 지하에 있는 이무기의 몸통이 봉인된 마법진을 확인하러 갔다.

"이제 머리 하나랑 몸통인가."

"그래서 무무르트 님, 상황은 어떤가요?"

"봉인이 풀리는 것은 시간문제겠지."

"역시, 그렇군요."

"하지만 잘도 몇백 년이나 유지했군. 카가리가 혼자서 이 땅을 지키고, 아무도 들이지 않았던 게 클 거야. 만약 카가리가 남자를 피하려고 결계를 치지 않았더라면 봉인은 더 빨리 풀렸을 거다."

그렇게 생각하니 남자를 피하기 위한 결계를 친 것은 올바른 선택이었다고도 할 수 있다. 하지만 그 당시에 이무기와 싸울 수 있는 우수한 사람들이 많이 있었다면 이무기를 무찌를 가능성도 있었을지도 모른다.

그 부분만큼은 상상의 범위일 수밖에 없기에 뭐라고 답을 내릴 수는 없다.

"다시 봉인하려면 한 번 이무기의 힘을 약하게 만들 필요가 있어. 그래서 카가리와 이야기를 나누고 있지. 머리를 하나씩 대처할 방법을 생각하고 있다네."

"가능할 것 같나요?"

"다른 봉인된 부분의 결계를 일시적으로 강화한다면 어떻게든 될지도 모르지. 다만, 머리 하나라고는 해도 이무기는 강하다네.

실력자들이 얼마나 모이느냐에 달렸어."

이 부분에 대해 가장 잘 알 것 같은 시노부에게 모두의 시선이 모였다.

"일단 봉인이 풀릴 경우, 항구 근처에 병사들이 모이기로 되어 있어요. 그리고……."

시노부는 조금 말하기 어려운 듯 사쿠라를 본다.

"뭐죠?"

"만약 이무기가 완전히 부활할 경우, 배에 마법사를 태워 이무기를 유도하여 육지에서 멀어지게 하는 방법이 제안되어 있어요."

"그렇다는 건 배 위에서 싸운다는 거야?"

"아니요. 어디까지나 이 나라에서 이무기를 떨어뜨리기 위한 유도예요."

즉, 원거리에서 공격하고 화의 나라에서 이무기를 떨어뜨린다는 것이다.

"그렇다면, 배는……."

"살아서 돌아올 수 없겠지. 이무기에게서 도망치기 어려울 거야. 이무기의 공격을 받으면 배는 손쉽게 침몰할 테지."

이무기가 들이닥치는 와중에 바다에 내던져진다면…….

"목숨을 건 유도잖아."

"하지만, 저, 그런 이야기는."

"사쿠라 님에게 걱정 끼치지 않게 하기 위함이었어요. 하지만,

사쿠라 님의 예지대로라면 바뀔 건 없었어요. 그래서 국왕님께서는 실패할 거라고 생각하고 있었죠. 하지만, 다른 사람들은 하나의 안으로 권장하고 있어요."

성공할지 어떨지는 해보지 않으면 알 수가 없다. 하지 않으면 화의 나라가 멸망하는 건 틀림없다.

"그런 방법은 취하고 싶지 않네."

"실패한다면 이무기는 화의 나라로 돌아올 거예요."

사쿠라의 예지가 옳다면 성공 가능성은 희박하다.

"게다가 이무기를 놓치면 다른 나라로 갈 가능성도 있는 거죠. 우리나라의 재앙을 다른 나라에게 떠넘기다니."

"사쿠라의 마음이 이해 안 되는 건 아니지만, 위의 인간들은 다른 나라보다 자국의 국민을 지키는 걸 우선으로 생각해야 해. 만약 스오우가 그런 결단을 해도 원망해선 안 돼."

"………."

누구든 주변인이 소중한 법. 나라를 지키는 왕이라면 자국의 국민을 지키는 게 우선이다. 그게 다른 나라에게 민폐를 끼치게 된다고 한들 말이다. 이해는 되지만 말 못 할 기분이 들었다.

"그러니까 그런 일이 일어나지 않도록 우리가 열심히 해야지."

카가리 씨는 힘이 빠진 사쿠라의 머리에 손을 올렸다.

"네."

사쿠라는 얼굴을 들며 대답했다.

미릴러 마을에라도 가면 곤란하니까 이곳에서 토벌하고 싶네.

493 곰 씨, 이무기가 부활할 조짐을 느끼다

우리는 다섯 번째 봉인을 확인을 마쳤다. 각각 봉인된 장소의 거리를 생각해 보니 이무기는 꽤 컸다.

크라켄과 견줄 만큼이라고 생각하는 편이 이해가 빠를지 모르겠다.

"그래서 무무르트, 봉인을 일시적으로 강화하는 건 가능하겠어?"

모든 봉인의 확인을 다 마친 무무르트 씨에게 카가리 씨가 물었다.

"마법진의 설치에 필요한 마석이 있다면 일시적인 강화는 가능하겠어. 그렇지만, 어느 정도의 시간이 벌릴지는 장담 못 해."

"후후, 0에서 조금이라도 늘어난다면 음수는 아니지 않겠어? 나머진 얼마나 시간을 늘릴 수 있을지 빌 뿐이지."

확실히 0으로는 토벌할 가능성은 작다. 하지만 봉인할 수 있는 시간을 조금이라도 벌 수 있다면 토벌 가능성은 커진다.

"나는 마을로 돌아가 준비를 하고 싶은데. 아가씨, 부탁해도 되나?"

문제없다.

이곳에 있는 모두가 곰 이동문에 대해 알고 있으니 숨길 필요는 없다. 나는 곰 이동문을 꺼내 엘프 마을로 향하는 문을 열었다.

"그럼, 다녀오지."

"부탁할게."

"이곳에 있으면 방해가 될지도 모르니 저도 할아버지를 도우러 다녀오겠습니다."

루이밍이 무무르트 씨와 함께 곰 이동문으로 향하자 사쿠라가 말했다.

"루이밍 씨, 만나 뵙게 되어 기뻤어요. 그러니까, 또, 와주실래요?"

루이밍이 살짝 내 쪽을 봤다.

"그래. 이무기 건이 진정되면 루이밍을 데리고 올게."

내 말에 사쿠라는 기뻐했다.

"루이밍, 문은 일단 닫을 테니까 준비가 되면 연락해줘."

"알겠어요."

무무르트 씨를 선두로 곰 이동문 안으로 들어갔다. 루이밍은 사쿠라를 향해 작게 손을 흔들었다. 사쿠라도 손을 흔들어줬다. 두 사람이 이동하는 걸 확인하고 문을 닫고 곰 이동문을 닫았다.

"정말로 신기한 문이네요."

"그러게. 이 몸도 문을 열 수만 있다면 갖고 싶을 정도야."

"저만 열 수 있어요."

정확하게는 곰 인형 장갑이 아니면 못 연다.

"그럼, 계속 열어두면 되지 않아?"

"열어 둔 채로 있으면 마력을 소모해서 무리예요."

"뭐, 그렇다면 마력 소모가 상당하겠네."

"아쉽네요."

뭐, 실제로는 마력 소모가 크지는 않지만, 무기한으로 열어둘 수는 없다.

"그럼, 우리도 행동으로 옮겨볼까. 시노부, 너는 사쿠라를 데리고 돌아가. 그리고 이번 일을 스오우에게 보고하도록."

"알겠습니다. 하지만, 보고 내용은 어떻게 하죠? 국왕 폐하에게 무무르트 씨가 강화 결계를 쳐줄 거라는 걸 설명하는 거죠? 게다가 이동할 수 있는 문에 대해선 비밀이고요. 무무르트 씨가 이곳에 있는 이유를 설명할 수가 없어져요. 문에 관해 얘기하면 저는 죽어버릴 테니까요."

"하긴, 그렇긴 하겠네."

카가리 씨는 조금 전까지 있었던 곰 이동문의 장소를 바라본다.

확실히 무무르트 씨가 강화 결계를 친다면 국왕에게 보고할 필요가 있다. 언제 싸울 것인지. 전력은 어떻게 할 건지. 어떻게 싸울 건지. 뭐가 됐든 우리끼리는 정할 수 없는 일들 뿐이다.

이 나라의 사활이 걸린 싸움이 될 거다.

다만, 전력이라고 해봤자 어느 정도의 레벨인지가 문제다.

나로서는 전력이 되는 사람이 온다면 좋겠지만, 발목을 붙잡는 수준이라면 없는 편이 좋을 것 같았다.

눈앞에서 사람이 죽는 건 보고 싶지 않다. 그렇다고 해서 나 혼자서 싸울 수도 없는 노릇이다.

최악의 경우, 정말로 배로 유도하여 나라에서 떨어뜨리는 수밖에 없을지도 모른다. 어쩌면 아무도 살지 않는 미개척의 땅으로 가줄지도 모른다.

"우선 무무르트에 대해선 우연히 온 걸로 해둬."

카가리 씨는 생각하는 게 귀찮은지 적당히 말했다.

실제로 계약 마법에 대해 생각하면 무무르트 씨에 대해 설명하는 건 쉽지 않다.

"그쪽의 곰 아가씨도 우연히 이 나라에 온 거잖아. 그 정도의 우연이 겹친다 한들 문제는 없겠지. 아니면 절세 미녀인 이 몸을 몇백 년 만에 보고 싶어졌다고 말해둬."

확실히 카가리 씨는 미인이긴 하지만—. 스스로 저렇게 말하는 게 대단하네. 여러 사람에게 몇 번이나 들었겠지. 나에게는 해당이 없는 말이다.

나는 자신의 가슴과 카가리 씨의 가슴을 비교했다.

역시 남자는 큰 가슴을 좋아하는 걸지도 몰라.

"그럼, 만약 추궁이라도 하시면 카가리 님이 설명해 주셔야 해요."

"무무르트에 대해선 스오우에게만 전달해 둬. 그 녀석을 잘 구슬려 두면 어떻게든 될 거야. 그 녀석의 약점은 100개, 200개는 알고 있으니까 안심해."

그거, 안심해도 되는 건가?

게다가 100개, 200개라니. 국왕, 약점을 너무 잡혔잖아.

그래도 국왕을 어릴 때부터 알고 지냈으면 그 정도 약점을 알고 있어도 이상하지 않을지도 모르겠다.

확실하게 설명할 수 있을지에 대한 불안을 남기고 시노부와 사쿠라는 돌아가게 됐다.

"그럼, 데려다줄게."

이곳엔 곰돌이와 곰순이를 타고 왔다. 돌아갈 때도 내가 데려다줘야 했다.

"죄송해요."

무무르트 씨가 돌아오기 전까지 아직 시간이 있었다. 연락을 받은 후 돌아와도 늦지는 않았다.

"그럼, 사쿠라를 데려다주고 올게요. 곧바로 돌아올 거예요."

"정말로 이상한 아가씨라니까. 그런 이상한 복장을 하고 있으면서."

"카가리 씨도 여우 모습을 하고 있으니 겉보기에 대해선 서로 피차일반이죠."

"이 몸은 진짜 여우라고."

귀가 쫑긋 섰다.

"""크~응."""

곰돌이와 곰순이가 경쟁하듯 운다.

"너희를 곰이 아니라고 생각하는 건 아니야."

주위에서 웃음이 터졌다.

곰돌이와 곰순이를 보고 곰이 아니라고 생각할 사람은 없지.

"후후, 그럼, 가볼까."

"이 몸도 도중까지 같이 가지."

사쿠라와 시노부는 곰순이에 타고, 나와 카가리 씨는 곰돌이에 탔다.

"꽤 승차감이 좋네."

"크~응."

"뭐야?"

"당연하대요."

"거만한 곰이로군. 그렇긴 해도 폭신한 건 이 몸의 꼬리도 지진 않을걸."

카가리 씨의 꼬리가 흔들렸다.

"크~응."

"뭐라고."

"크~응."

"이 몸이 더 윗사람이야."

"크~응."

그런 곰돌이와 카가리 씨의 말싸움을 들으며 해안가로 향했다.

그리고 해안이 보일 무렵 곰돌이와 곰순이가 바다 쪽을 보며 경계하듯 「크~응」하고 울었다.

"뭐죠?!"

곰순이에 타고 있던 사쿠라가 놀랐다. 나는 곰돌이와 곰순이의 반응을 보고 곧바로 탐지 스킬을 사용했다.

볼 가라스?

탐지 스킬에 볼 가라스의 반응이 있었다. 그것만이 아니었다. 와이번의 반응까지 있었다.

타르구이 때도 그렇고. 이 세계, 왜 이렇게 와이번이 많아?

그리고 와이번 반응 이상으로 놀라운 표시가 있었다.

이건 뭐지?

이무기의 반응이, 깜빡…… 깜빡……하고 천천히 점멸하고 있다. 사라졌다가 표시되고, 사라졌다가 표시되었다.

이거 봉인되어 있어서 이런가? 그게 아니면 봉인이 풀리고 있어서?

어느 쪽이지?

지금 나는 판단할 수 있는 재료를 갖추고 있지 않았고 생각할 시간도 없었다.

"곰순이 님, 곰돌이 님, 무슨 일 있나요?"

"마물이 근처에 있어."

"뭐라고."

이쪽으로는 오고 있지 않지만, 어딘가로 모여들고 있는 느낌이 들었다.

"이 방향은……."

이무기가 봉인된 장소?

마물이 모여드는 방향을 봤다. 틀림없이 이무기가 봉인된 곳이다.

"카가리 씨, 확인하고 싶은데요. 당시에 이무기가 나타날 때, 다른 마물들도 모여들거나 했나요?"

"그래, 확실히 다른 마물도 나타났었지. 마치 이무기에게 빨려들 듯 모여들었었어."

설마, 먹이로 삼기 위해 마물을 불러모으고 있나?

"어떻게 된 거예요?"

"마물들이 이무기의 봉인된 장소로 모여들고 있어요."

"뭐?!"

심지어 한 곳이 아니다.

안 좋은 예감이 든다.

지금 당장 마물을 토벌하러 가는 편이 좋을 것 같다.

하지만 사쿠라를 이곳에 두고 갈 수는 없다.

곰순이에게 육지까지 데려다주라고 부탁하는 방법도 있지만, 바다 위에서 공격을 당하기라도 하면 등 위로 사람을 태운 채로는 싸우지 못하니 위험하다.

생각할 것도 없이 안전한 장소는 곰 이동문 너머이다.

"사쿠라는 문을 사용해서 루이밍이 있는 곳으로 가."

나는 다시 곰 이동문을 꺼내 엘프 마을로 문을 열었다.

"유나 님?"

갑작스러운 말에 사쿠라는 당황한 기색이다.

"마물을 토벌하고 안전한 게 확인되면 데리러 갈 테니까. 지금은 미안."

나는 떠밀 듯 사쿠라를 곰 이동문 안으로 넣었다.

"시노부는?"

"저는 유나를 도울게요. 유나의 이야기에 따르면 마물이 봉인된 장소로 향하고 있다는 거잖아요. 그렇다면 조금이라도 손이 많은 편이 좋아요."

이렇게 사쿠라만 곰 이동문 너머로 가게 됐다.

"루이밍에게 데리러 와달라고 할 테니까 문에서 나가면 꼼짝 말고 있어."

"아, 알겠어요. 모두, 무리는 하지 마세요."

사쿠라도 자신이 이곳에 있어도 도움이 되지 않는다는 것을 알기에 남는다는 말은 하지 않았다.

나는 문을 닫고 곰 폰을 꺼내 루이밍에게 전화했다. 곧바로 루이밍의 목소리가 들려왔다.

『유나 님?』

"루이밍, 사쿠라를 그쪽으로 보냈으니까 데리러 가줄래."

『무슨 일 있었나요?』

"마물이 모여들고 있어. 토벌을 다 할 때까지 안전을 확보하려고 사쿠라를 그쪽으로 보낸 거야."

『마물이요?!』

"어쩌면 이무기의 봉인이 풀리는 징후일지도 몰라. 무무르트 씨에게 준비를 서둘러 달라고 말해줘."

『알겠어요.』

곰 폰의 통화를 끊었다.

"그래서 아가씨, 마물의 상황은 알 수 있어?"

"제일 처음 갔던 봉인 부근에 모여드는 것 같아요."

다른 곳에도 모이고 있었지만, 거기가 가장 많았다.

"분명 조금 전에 마력을 담아 잠재웠는데. 서둘러 가보자!"

나와 카가리 씨는 곰돌이를 타고, 시노부는 곰순이를 타고 달렸다.

"젠장, 무무르트가 와서 어떻게든 될 거라고 생각하자마자 마물이 모여들 줄이야."

"그래도 유나가 있어 준 덕분에 마물을 곧바로 알아차리고 사쿠라 님도 안전한 곳으로 보낼 수 있었어요. 지금은 마물의 공격을 막기만 하면 돼요. 그러면 무무르트 씨가 봉인의 강화를 해줄 거예요."

"그렇겠지. 어서 마물을 토벌하기만 하면 되는 거야."

우리의 목적은 마물의 토벌이다.

그리고 무무르트 씨가 봉인의 강화를 하고 이무기의 머리를 하나씩 무찌르기만 하면 되는 거다.

494 곰 씨, 봉인을 지키다

봉인된 장소로 향하고 있는데 카가리 씨가 위를 보며 소리쳤다.
"저건, 와이번인가?"
하늘에는 와이번이 무언가를 찾는 듯 배회하고 있었다.
"그것도 한 마리가 아니에요."
탐지 스킬 범위 내에서만 10마리는 족히 있었다.
"게다가 저 작은 검은 새 같은 건 뭐죠?"
"저건 볼 가라스잖아."
멀어서 육안으로는 검은 까마귀 같은 새가 날고 있는 것처럼만 보이지만, 카가리 씨의 눈은 볼 가라스를 분명하게 인식할 수 있는 모양이다. 여우가 눈이 좋았던가? 아니면 카가리 씨라서 그런가?
"수가 많네요."
어디서 왔는지 볼 가라스 무리가 섬으로 모여들고 있었다. 탐지 스킬로는 수를 셀 수 없을 정도의 반응이었다.
"와이번과 싸우고 있는 느낌이네요."
하늘에서 와이번과 볼 가라스가 이무기 머리가 봉인된 곳을 영역 싸움을 하듯 겨루고 있었다.
"크~응."
곰돌이와 곰순이가 멈춰 섰다.

"뭐야, 곰이 뭐라는 거야?"

"각각 봉인된 곳에 마물이 모여들고 있는데 어디로 가면 돼? 라는데요."

"다섯 군데 모두?!"

"머리가 봉인된 네 곳뿐인 모양이에요."

탐지 스킬에서 확인했지만, 몸통이 봉인된 곳에는 모여들지 않았다.

"먹이일지도 모르겠네."

그건 나도 생각했다.

이무기가 자신이 먹기 위해 마물들을 불러들였을 가능성은 충분했다.

"먹이라고 해도 봉인되어 있으면 먹는 게 불가능하지 않아요?"

"봉인이 풀릴 때가 다가오고 있는 걸지도 모르지."

내가 화의 나라로 와서 봉인이 풀리기 시작한 건 아니겠지?

순간적으로 그런 생각이 스쳤지만, 카가리 씨가 입 밖으로 꺼낸 말은 달랐다.

"무무르트 때문일지도 몰라. 그 녀석이 각각의 봉인을 확인했을 때 이무기의 눈이 무무르트를 보고 있는 느낌이었어."

그 기분 나쁜 눈 말인가.

"이무기가 무무르트의 마력에 반응했던 걸 수도 있어. 자신을 긴 세월 봉인한 마력을 지닌 자가 왔으니까, 어쩌면 봉인된 와중에도 분노가 들끓고 있을지도 모르지. 그 영향으로 봉인이 단숨에 약해지고 마물을 불러들였다고 예상할 수 있다."

카가리 씨는 마물이 모여든 이유를 추측한다.

충분히 있을 법한 얘기다. 긴 시간 동안 자신을 봉인했던 마력. 그걸 무무르트 씨로부터 느낀 걸지도 모른다.

"그럼, 무무르트 씨가 오지 않았으면 마물들은 안 왔을 거라는 건가요?!"

"그건 모르지. 그렇지만, 이러니저러니 봉인은 풀리게 되어 있었어. 그게 빨라졌을 뿐이지."

"말로 하면 단순하지만, 아직 준비가 아무것도 되어 있지 않은 걸요."

"무무르트가 오지 않았다면 봉인 강화에 관한 얘기도 없었을 거야. 준비가 되지 않은 건 어느 쪽이나 마찬가지야. 들이닥친 마물들을 토벌하고 봉인을 지키자. 그리고 무무르트에게 봉인 강화를 부탁하면 되는 거야."

쉽게 말한다지만, 사실 카가리 씨가 말한 대로다.

무무르트 씨가 없었다면 봉인 강화에 관한 얘기는 없을 테고, 대응책도 없는 채로 봉인이 풀리는 걸 기다리기만 할 뿐이었을 거다.

하지만 무무르트 씨 덕분에 봉인의 일시적 강화를 할 수 있게 되었다.

리스크도 발생했지만, 전체적으로 본다면 얻는 게 많았다.

다만, 이 장점을 살리려면 이곳에 있는 우리만으로 모여든 와이번과 볼 가라스를 토벌하여 봉인을 지켜내야 했다.

"하지만, 네 군데나 된다니 성가시게 됐군. 우리는 세 사람뿐이잖아."

카가리 씨는 나와 시노부에게로 시선을 옮긴다.

내 실력도 모르면서 나를 잘도 전력의 한 사람으로 넣었다.

사쿠라와 무무르트 씨의 말을 믿는 건가?

"설마, 혼자서 와이번과 볼 가라스와 싸우나요?"

시노부는 싫은 표정을 짓는다.

"안 싸우면 봉인이 풀려서 이무기가 부활하게 되는데."

"그렇긴 해도, 네 군데나 되는데요. 한 사람이 한 군데를 맡는다고 해도 세 사람으로는 다 지켜내지 못해요."

"그래서 곤란하다는 거야. 그래도 생각할 시간이 없어. 다 끝난 사람은 곧바로 움직이는 수밖에."

"""크~응."""

시노부와 카가리 씨의 말에 곰돌이와 곰순이가 운다.

곰돌이와 곰순이가 「맡겨줘」라고 말하는 게 전해져온다.

"뭐야?"

"자기들이 있대요."

나는 곰돌이와 곰순이의 말을 대변한다.

곰돌이와 곰순이를 합쳐서 한 사람으로 생각한다면 네 군데를 지킬 수가 있다. 마물은 볼 가라스와 와이번. 과거에 곰돌이는 저 것들과 겨뤄본 적이 있다. 못 싸울 상대는 아니다.

곰돌이와 곰순이와 떨어지는 건 불안하지만, 이무기의 부활만은 어떻게든 저지해야 한다.

"우측의 두 곳은 저랑 곰돌이, 곰순이가 맡을게요."

만약 곰돌이와 곰순이에게 무슨 일이 생기면 근처라면 곧장 달려갈 수 있다.

"곰을 싸우게 할 거야?"

"일반적인 마물 정도라면 문제없어요."

"일반적인 마물이라니, 와이번이에요."

"전에 와이번이란 싸운 적이 있어서 시간을 버는 정도라면 괜찮아. 게다가 내 쪽에서 정리가 되면 금방 달려갈 거니까."

얼른 해치우고 곰돌이와 곰순이에게 합류하면 되는 얘기다.

"지금 이러쿵저러쿵 해봤자 시간만 낭비야. 이 곰들이 싸울 수 있다면 맡기는 수밖에 없지. 아무튼, 시간이 없어."

"그렇네요. 생각해봤자 인원이 늘어나는 것도 아니니까요. 지금은 한시라도 빨리 마물을 토벌해야겠지요. 그럼, 저는 가장 왼쪽으로 갈게요."

시노부는 곰순이에서 뛰어내리더니 굉장히 빠른 속도로 달려갔다.

닌자 같네.

"그럼 이 몸은 남은 왼쪽에서 두 번째로 가지. 곰돌이랑 곰순이라고 했나. 빨리 끝나면 이 몸이 바로 갈 테니까 무리는 하지 말거라."

카가리 씨는 곰돌이와 곰순이에게 말하고선 달려갔다.

뒷모습의 옷 아래로 꼬리가 흔들거렸다.

"곰돌이, 곰순이. 볼 가라스와 와이번이 있는데, 볼 가라스의 부리에 있는 독은 조심해야 해. 와이번의 발톱도 날카로우니까 둘이 서로 협력하면서 싸워."

""크~응.""

"그리고……."

내가 걱정스러워하는데 곰돌이와 곰순이의 목에 있던 리본이 빛나기 시작한다.

곰모나이트?

둘은「곰모나이트가 있으니까 걱정 마」라고 말하는 듯했다.

"강해졌다는 건 알지만, 무리는 하면 안 돼."

""크~응.""

곰돌이와 곰순이가「알고 있어」라는 듯 울었다.

부모가 자식을 걱정하는 듯한 마음이다.

"내 쪽이 마무리되면 바로 갈게."

""크~응.""

곰돌이와 곰순이는 대답하더니 사이좋게 달려갔다.

마지막으로 남은 나도 자신이 담당할 봉인 장소로 향했다.

곰돌이와 곰순이에게는 금방 가겠다고 했지만, 내 위치에 가장 많은 마물이 모여있었다. 아무래도 탐지 스킬로 보면서 마물이 가장 적은 곳을 정할 수는 없었다. 시노부와 카가리 씨의 실력도 모르는 상황에서 떠넘길 수도 없는 노릇이었기에 내가 맡기로 했다.

봉인된 장소에 다다르자 건물 주변에 무리 지은 볼 가라스와 와이번이 날고 있는 모습이 보였다.

나 스스로 골랐지만, 지지리 운도 없다 싶었다.

내가 나타나자 볼 가라스는 특유의 빨간 부리를 벌려 울부짖기 시작했다.

수십 마리의 볼 가라스가 일제히 울자 꽤 시끄러웠다.

나는 조용히 시키기 위해 바람의 칼날을 날렸다. 그게 신호탄이 되어 싸움이 시작되었다.

볼 가라스는 나를 적으로 인식하여 공격해왔다. 거기에 덧붙여 와이번까지도 참전했다. 와이번의 수는 네 마리.

싸움으로 건물이 무너져 봉인이 풀리기라도 한다면 큰일이니, 볼 가라스와 와이번을 향해 바람의 칼날을 날려 내 쪽으로 끌어들였다.

다만 볼 가라스도 와이번도 건물에서 잘 떨어지려고 하지 않았다. 건물에서 떨어뜨려도 다른 볼 가라스와 와이번이 건물의 영역 싸움을 시작하여 차례차례로 모여들었다. 다른 곳으로 가지 않는 건 다행이지만, 성가신 건 다름없었다. 대형 마법으로 다 쓸어버리고 싶은 마음에 휩싸였지만, 건물 통째로 무너져 봉인이 풀리기라도 한다면 곤란하니 그런 짓은 할 수 없었다.

건물로 모여드는 볼 가라스를 착실하게 바람의 칼날로 상대하고 있는데, 볼 가라스의 뒤에서 와이번이 날개를 펄럭이며 바람의 칼날을 날렸다.

와이번은 볼 가라스와 더불어 나를 공격했다.

나는 흙 마법을 날려 막았다. 흙벽으로 보이지 않는 너머에서 와이번의 공격으로 볼 가라스가 지면에 떨어지는 소리가 났다. 나는 곰돌이 나이프와 곰순이 나이프를 쥐고 벽 옆으로부터 뛰어나갔다.

와이번은 튀어나온 나를 향해 바람의 칼날을 날렸다. 나는 좌우로 몸을 흔들어 바람의 칼날을 피했다. 지면에 바람의 칼날의 흔적이 새겨졌다.

와이번의 공격을 피하면서 간격을 좁히고, 와이번의 틈으로 들어갔다. 와이번은 도망치기 위해 날개를 펄럭이며 날아오르려 했다.

나는 곰돌이 나이프와 곰순이 나이프에 마력을 담아 목을 베었다.

와이번의 날개의 움직임이 멈추고 지면으로 쓰러졌다.

우선은 한 마리…….

그렇게 생각한 순간 건물 근처에서 다른 볼 가라스와 와이번이 싸움을 벌였고, 와이번의 공격이 건물에 부딪혀 일부분이 파괴됐다.

"이런."

나는 곧바로 공기탄을 날려 건물에서 와이번을 떨어뜨리려 했다. 하지만 또 다른 와이번이 볼 가라스를 대신하듯 건물 지붕 위로 날아올랐다.

그리고 이곳은 자신의 것이라고 말하는 것처럼 커다란 소리로 울부짖었다.

495 각각의 결투

시노부의 전투

유나 일행과 헤어진 뒤 나는 달렸다.

설마 섬에 와서 이런 일이 생길 줄은 몰랐다.

우리는 유나의 곰을 타고 바다를 건너왔다.

곰으로 바다 위를 건널 수 있다고 누구에게도 말하지 않겠다고 약속했다. 그래서 우리가 이 섬에 오는 건 곰이 바다 위를 걸을 수 있는 것을 알고 있는 국왕님에게만 알렸다.

나는 달리는 걸 멈추고 품에서 종이와 적을 것을 꺼내『섬에 마물의 습격이 있고, 봉인이 해제될 위험이 있음』이라고 짧은 문장을 적었다.

그리고 손에서 작은 새 피스케를 소환했다.

하야테마루와 같은 나의 작은 파트너다.

나는 종이를 원통형으로 말아서 피스케 목에 있는 작은 통 안에 넣었다.

"마물을 조심하면서 가야 해."

피스케는「피—」하며 대답하곤 날아갔다.

피스케가 날아간 것을 확인하고 편지를 쓰느라 지연된 시간을 따라잡기 위해 달리기 시작했다.

봉인된 건물 앞에 다다르자, 볼 가라스가 건물 위를 날고 있었다. 건물 안으로 들어갈 곳을 찾고 있는 듯 보이기도 했다.

와이번도 찾았지만 보이지 않았다.

나는 와이번이 없는 이유를 생각했다. 길게 생각할 것도 없이 유나밖에 떠오르지 않았다.

곰돌이와 곰순이가 마물의 습격을 발견했다.

그리고 곰들과 유나는 의사소통을 하고 있었다. 곰돌이와 곰순이가 마물의 종류까지 파악하고 있었다면 와이번이 없는 상황도 설명할 수 있었다.

와이번이 많은 곳을 유나가 맡은 것이다. 그래서 오른쪽 두 곳을 맡은 거다.

"하아."

한숨만 나온다.

남의 나라의 위기다. 도망쳐도 아무도 뭐라고 하지 못할 것이다. 그런데 스스로 가장 위험한 곳을 맡다니. 그런 유나가 믿기지 않았다.

처음 유나를 봤을 땐 놀랐다. 옷차림에 대해서도 그렇지만, 곰이 바다 위를 달렸기 때문이다. 처음엔 유나가 전설의 이무기를 무찌를 수 있는 희망의 빛인지 판단이 서질 않았다.

하지만, 귀여운 곰 옷차림의 여자아이는 대단히 강했다. 나는 이길 수 없는 스승을 상대로 이겼다.

나는 어릴 적부터 단련을 해왔다. 재능이 있다는 말도 들었다. 스스로 강하다고도 생각했다. 하지만, 뛰는 자 위에 나는 자가 있는 법. 스승에게는 한 번도 이기지 못했다. 나 외에도 강한 사람은 있을 것이다. 하지만 또래 여자아이에게는 지지 않을 자신이 있었다.

하지만 유나와 스승의 결투를 보며, 자신은 약한 존재였다는 걸 깨달았다.

유나는 강했다. 무기를 다루는 법도, 마법을 다루는 실력도 월등히 나를 앞섰다.

유나는 나와 스승과의 결투를 봤다. 즉, 유나는 나의 실력을 알고 있다는 뜻이다. 내 실력을 알고 있으니 유나는 마물이 가장 많은 곳을 맡은 거다.

그것도 누군가에게 말하지도 않고, 당연하다는 듯 선택했다.

귀여운 곰 옷차림을 한 이상한 여자아이. 유나는 이무기를 무찌르기 위해 자신의 비밀을 말해줬다.

멀리 떨어진 사람과 대화를 나눌 수 있는 마법 도구?

먼 곳으로 한순간에 갈 수 있는 마법 도구?

이런 비밀은 간단히 밝힐 수 없다.

그렇기에 계약 마법을 건 것이다. 만약 계약할 때 거절하거나 도망갔다면 어떻게 할 작정이었을까.

사쿠라 님은 상냥한 분이니 계약을 하지 않아도 말하지 않을 사람이다.

카가리 님도 무무르트 씨와 만나게 해준 은혜를 원수로 갚을 만한 사람은 아니다.

나?

나는 가장 심한 짓을 해왔다.

유나에 대해 뒷조사를 하고, 유나를 시험하고, 유나를 속이고, 자신의 바람을 유나에게 떠넘겼다. 그런데 유나는 화내지 않았다. 그런 유나의 마음을 배신하는 일은 하지 않을 거다.

품에 손을 넣어 단도를 꺼내 들었다. 한 번 크게 심호흡을 한 뒤 볼 가라스를 향해 달려갔다.

가장 편한 장소에 있다고 해서 느긋하게 있을 수는 없는 노릇. 한시라도 빨리 토벌을 마치고 다른 곳으로 가야 했다.

그리고 유나를 도우러 갈 것이다.

건물 주변에 있는 울타리를 이용하여 건물 지붕으로 뛰어올랐다. 내가 건물 지붕 위에 오르자 볼 가라스가 반응했다.

얼른 끝내주도록 하지.

나는 단도에 마력을 담아 날렸다. 날아가는 단도에서 바람의 칼날이 볼 가라스를 향해 들이닥쳤다.

바람의 칼날은 손에서 날리는 것보다 무기 같은 것을 통해서 날리는 편이 이미지를 떠올리기 쉽고 날카로움도 배가 된다.

그래서 유나가 아무렇지 않게 손에서 내보내는 모습을 봤을 때 대단하다고 느꼈다. 심지어 내가 사용하는 마법보다 날카롭고 절삭력이 좋았다.

재능의 차이.

닿을 수 없는 영역.

천재라고 하는 것이겠지.

가지지 않은 것에 대해 질투해도 소용없다.

자신이 가지고 있는 것으로 싸워야 한다.

단도에서 바람의 칼날을 날려 볼 가라스를 무찔러 나갔다.

곰돌이와 곰순이의 전투

유나가 이무기의 봉인에 다다를 무렵, 곰돌이와 곰순이도 봉인의 장소에 도착했다.

"크~응."

"크~응."

곰돌이와 곰순이가 동시에 울부짖었다. 아무래도 주인인 유나를 위해 누가 먼저 도착할지 경쟁을 했던 모양이었다.

하지만 아쉽게도 이곳에는 승부를 봐줄 사람은 아무도 없었기 때문에 누가 일찍 도착했는지 알 수 없었다. 곰돌이와 곰순이는 서로의 몸을 비비며 자신의 승리를 주장했다.

하지만 이런 일로 싸울 때가 아니었다. 눈앞에 와이번이 볼 가라스를 먹고 있는 모습이 보였다. 위를 보니 볼 가라스와 또 다른 한 마리의 와이번이 위협을 서로에게 가하고 있었다.

"크~응."

"크~응."

곰돌이와 곰순이는 얼굴을 구겼다.

주인인 유나에게 받은 지시는 건물 안에 있는 봉인을 볼 가라스와 와이번으로부터 지키라는 것이었다. 그리고 무리하지 않을 것. 곰돌이와 곰순이는 자신들이 상처를 입으면 주인인 유나가 슬퍼할 것을 알고 있었다. 그러니 상처를 입지 않도록 조심하기로 했다.

곰돌이와 곰순이가 식사하고 있는 와이번 앞에 모습을 드러내자 와이번은 고개를 들어 올려 으르릉거렸다. 식사를 방해받아 화가 난 모양이었다.

하지만 곰돌이와 곰순이는 겁먹은 기색 없이 「크~응」하고 대항했다.

와이번은 볼 가라스의 고기를 꿀꺽 삼키더니 곰돌이와 곰순이를 향해 한 걸음 내디디며 다음 포획물을 발견한 듯 입을 열었다.

"크~응."

"크~응."

곰돌이와 곰순이는 뒷다리에 힘을 실으며 전투 태세에 돌입했다.

와이번은 날개를 퍼덕이더니 하늘로 날아올랐고, 곰돌이와 곰순이 위에서 배회하더니 순식간에 미끄러져 내려왔다. 곰돌이와 곰순이에게 와이번의 날카로운 발톱이 날아들었다.

곰돌이와 곰순이는 좌우로 나뉘어 와이번의 공격을 피했다.

와이번의 공격을 피한 곰돌이와 곰순이는 지상으로 내려온 와이번을 향해 공격을 개시했다. 하지만 와이번은 곧장 날개를 펄럭이며 날아올라 곰돌이와 곰순이의 공격을 피했다.

"크~응."

곰돌이는 하늘을 나는 와이번을 보면서 분해했다.

하늘을 나는 와이번을 향해 어떻게 하지도 못하고 지상에 있으려니 몇 마리의 볼 가라스가 곰돌이를 공격했다.

"크~응!"

곰돌이는 달라붙는 볼 가라스에게 팔을 휘두르고 입을 크게 벌리며 위협을 가했다.

"크~응!"

곰돌이가 곰순이를 부르지만, 곰순이는 다른 와이번과 싸우고 있었다.

"크~응!"

곰돌이가 힘을 담자 가슴팍 리본 안에 있던 곰모나이트가 빛을 발했다. 그리고 팔을 휘둘러 내리치자 발톱 끝에서 바람의 칼날이 날아와 볼 가라스를 잘라냈다.

곰돌이는 곧장 와이번과 싸우는 곰순이가 있는 곳에 도우러 향했다. 하지만 그걸 방해하듯 조금 전 도망쳤던 와이번이 곰돌이를 향해 공격했다.

“크~응!”

각자 와이번과 일 대 일 구도가 형성되었다.

그리고 그 주변을 볼 가라스가 둘러싼 채 날고 있었다.

곰돌이와 곰순이는 볼 가라스를 신경 쓰면서 와이번을 상대하게 되었다.

“크~응!”

“크~응!”

곰돌이가 울자 곰순이도 대답하듯 울었다. 그와 동시에 각자 와이번을 향해 발톱에서 바람의 칼날을 날렸다.

두 개의 싸움이 시작되었다.

“크~응!”

“크~응!”

곰돌이는 좌우로 움직이며 와이번의 주의를 자신에게로 돌렸다.

곰순이는 곰돌이에게 방해가 되지 않도록 돌아다녔다.

곰돌이와 곰순이는 서로를 신경 쓰며 싸웠다.

그리고 어느샌가 곰돌이와 곰순이는 합류하여 서로의 엉덩이를 맞대고, 등을 맞댔다.

두 마리의 와이번이 곰돌이와 곰순이 위를 배회하기 시작한다. 공격할 타이밍을 재고 있는 것 같았다.

곰돌이와 곰순이가 상황을 살피고 있자 와이번이 하늘 위에서 공격해오기 시작했다.

곰돌이와 곰순이는 와이번을 정면에서 마주했다.

"크~응."

"크~응."

곰돌이와 곰순이는 공격하는 손이 멈추질 않았다. 지상에 있는 지금이 공격 찬스였다.

와이번에게 공격을 가하려 한 순간, 뒤에서 무언가가 무너지는 소리가 들렸다. 소리가 난 쪽을 보자 볼 가라스가 건물 일부를 무너뜨리고 있었다.

곰돌이와 곰순이는 봉인이 있는 건물을 지켜야 했다.

"크~응."

"크~응."

곰돌이와 곰순이는 대화를 나눴다.

주인인 유나의 부탁은 봉인이 있는 건물을 지키는 것. 그리고 마물을 무찌르는 것.

우선 순위를 정했다.

"크~응."

"크~응."

곰돌이와 곰순이는 서로 대화를 마쳤다. 먼저 곰순이가 건물을 향해 달렸다. 곰돌이는 그런 곰순이의 등 뒤를 지키듯 와이번 앞에 막아섰다.

곰순이가 볼 가라스로부터 건물을 지키고, 곰돌이가 와이번을 상대하기로 한 것이다.

곰순이는 건물로 들어가려 하는 볼 가라스를 무찌르고 그대로 점프하여 건물 지붕에 올라 볼 가라스에게 공격을 가했다. 볼 가라스는 하늘로 날아오르며 도망쳤다.

"크~응."

곰순이에게서 도망친 볼 가라스는 하늘을 날며 건물 주위를 맴돌기 시작했다. 곰순이는 팔을 휘두르며 발톱에서 바람의 칼날을 날려 볼 가라스로부터 건물을 지켰다.

곰순이가 볼 가라스에게서 건물을 지키고 있는 동안, 곰돌이와 와이번의 결투는 다시 시작되었다.

와이번이 위에서부터 공격을 가하고, 곰돌이가 밑에서 기다리는 구도가 되었다.

"크~응!"

곰돌이는 와이번을 향해 울부짖었다.

그러자 와이번은 날개를 퍼덕이며 바람을 날렸다. 곰돌이는 지면을 차고 뛰어올랐다. 와이번은 도망치는 곰돌이를 압박했다.

곰돌이는 반대로 돌아 와이번을 향해 달려들었다. 곰돌이는 와이번을 노리며 발톱을 휘둘렀다.

곰돌이의 발톱은 명중하는 듯 보였으나, 와이번은 곧장 날개를 퍼덕이며 위로 도망쳐버렸다. 아슬아슬했지만 곰돌이의 공격은 닿지 않았다.

"크~응!"

지면에 착지한 곰돌이는 분한 눈치였다.

곰돌이는 손에 마력을 담아 제자리에서 날고 있는 와이번을 향해 팔을 휘둘렀다. 그러자 발톱 끝에서 바람의 칼날이 날아갔다.

와이번은 몸을 뒤집으며 피했다. 곰돌이는 개의치 않고 몇 번이고 바람의 칼날을 날렸다.

와이번이 곰돌이의 바람의 칼날에서 도망치려 한 순간, 뒤에서 공격해오는 하얀 물체가 있었다.

"크~응!"

곰순이가 건물을 발판 삼아 높게 뛰어올라, 와이번에게 공격을 날린 것이었다.

곰돌이가 날렸던 바람의 칼날은 와이번을 건물 쪽으로 유도하고 있었다. 그것을 곰순이가 건물 위에서 공격한 것이다. 곰순이의 날카로운 발톱이 와이번의 날개를 잘라냈다.

날개에 곰순이의 공격을 받은 와이번은 지면으로 떨어졌다. 와이번은 몸을 일으켜 도망치려 했지만, 곰돌이가 와이번의 목에

발톱을 찔렀다.

"크~웅!"

"크~웅!"

곰돌이와 곰순이의 콤비네이션으로 와이번은 토벌되었다.

나머진 한 마리의 와이번과 몇 마리의 볼 가라스뿐이었다. 확연히 곰돌이와 곰순이가 유리해졌다. 한편, 카가리도 다시 자신이 맡은 봉인된 건물에 도착하였다.

카가리의 결투

얼른 끝내고 곰들이 있는 곳으로 가야 한다.

시노부와 곰 아가씨도 걱정이지만, 곰들이 가장 걱정이다. 곰 아가씨의 힘은 미지수. 하지만 그 무무르트가 전적으로 믿고 있다. 이상한 옷차림은 하고 있지만, 시노부와 사쿠라도 인정했다.

그리고 시노부에 대해선 알고 있다. 평소엔 촐랑거리긴 하지만, 속은 성실한 아이. 쥬베이의 제자로서 그 나름의 실력을 지닌 아이다. 일류냐고 묻는다면 아직 실력은 부족하다고 해야겠지. 하지만 그 젊음을 고려하면 충분히 강하다. 와이번 한 마리 정도라면 맡길 수 있다. 문제는 그 녀석이 있는 곳에 와이번이 몇 마리 있느냐겠지. 수가 많다면 최악의 상황도 있을 수 있다.

그건 곰 아가씨와 곰들이 있는 곳에도 마찬가지다. 어느 곳도 불안을 떠안고 있다. 이곳은 이 몸이 얼른 토벌하고 다른 곳으로 가야겠어.

이쪽의 건물 주변에는 볼 가라스 무리가 날고 있고, 그 위의 하늘 위에서는 와이번이 두 마리 날고 있었다.

"우선 방해물인 볼 가라스부터 처리할까."

볼 가라스가 한 마리, 이 몸을 향해 왔다.

"카가리 화염!"

이 몸은 손에 모인 마력으로 화염 구슬, 카가리 화염을 날렸다. 카가리 화염에 휩싸인 볼 가라스는 비명을 지르며 지면으로 떨어졌다.

그 비명에 반응한 다른 볼 가라스가 이 몸쪽으로 날아왔다.

"꼬치구이로 만들어 줄 테니, 어서 오너라."

이 몸은 공격해오는 볼 가라스를 구이로 만들어 나갔다.

건물에서 떨어져 이 몸쪽으로 와주니까 편해서 좋네. 건물에 있으면 카가리 불꽃은 쓸 수 없으니까 말이야.

그리고 볼 가라스를 순조롭게 구이로 만들고 있는데 하늘에서 커다란 새가 대단한 기세로 내려와 이 몸이 구이로 만든 볼 가라스를 먹기 시작했다. 와이번이 두 마리 지면에 내려섰다.

"카가리 화염."

볼 가라스를 먹고 있는 와이번을 향해 카가리 화염을 날렸지만, 와이번은 날개로 휘감아 막아냈다.

와이번이 으르렁거리며 얼굴을 이 몸쪽으로 향했다.

아무래도 식사를 방해받아서 화가 난 모양이었다.

뭐, 이 몸도 술을 마시고 있을 때 방해받으면 화가 나긴 해서 마음은 이해한다. 하지만 그렇다고 해서 식사를 방해하지 않을 생각은 없다.

와이번은 식사를 멈추고 날개를 펼쳐 퍼덕이기 시작했다.

이 몸을 향해 바람의 칼날을 날렸다. 이 몸은 몸을 뒤집으며 피했다. 그와 동시에 카가리 화염을 날렸더니 단단한 피부의 날개에 튕겨 막혔다.

이무기를 생각하면 그다지 힘은 쓰고 싶지 않은데. 여기서 힘을 아꼈다가 건물이 무너져 봉인이 풀리기라도 하면 대참사로 이어진다.

게다가 이곳에 있는 마물을 무찔러도 끝이 아니었다.

곰 아가씨, 곰돌이와 곰순이, 시노부가 다른 곳에서 싸우고 있었다. 어딘가 한 곳이라도 봉인이 풀린다면 끝이다.

몸 안으로 힘을 모았다. 꼬리 부근의 옷이 흔들렸다. 옷 아래로 새로운 꼬리가 나와 꼬리가 두 개가 되었다.

"후우, 오랜만에 하려니 피곤하네."

꼬리를 흔들며 문제가 없는지 확인했다.

"그럼, 이어서 시작해볼까."

시노부의 결투 2

그리고 모든 볼 가라스를 쓰러뜨렸다.

근접전이기도 해서 몸에 볼 가라스의 피가 묻어버렸다.

"끝났다."

여기서 이 장소를 지킬지, 다른 곳을 도우러 갈지 고민했다.

처음엔 볼 가라스를 무찌르면 다른 곳으로 갈 생각이었다. 하지만 싸우고 있는 동안에도 볼 가라스는 늘어나고 있었다. 새로운 마물이 찾아오고 있을 가능성도 있었다.

어떻게 할지 빨리 정해야 했다.

나는 근처 높은 나무 위로 올라 주위를 확인했다.

유나가 맡은 방향을 보니 와이번이 몇 마리나 날고 있었다. 역시, 유나가 있는 곳이 가장 많다. 곰돌이와 곰순이, 그리고 카가리 님이 있는 곳에도 와이번이 날고 있는 게 보인다.

다른 곳으로 갈지 이곳에 남아 마물에 대비할지 고민된다.

그렇지만, 곧 고민할 필요가 없어졌다.

바다에서 와이번이 세 마리 정도 이쪽을 향해 날아오는 것이 보였다.

아무래도 쉽게 끝날 것 같지 않았다.

와이번은 하늘을 날아오고 있었다. 마음속으로 지나쳐 가주지 않을까 생각해버렸다.

나는 치사한 걸지도 모르겠다.
나는 건물 지붕의 가장 눈에 띄는 곳에 섰다.
나를 발견한 것인지 다른 마물과 똑같이 이무기의 봉인에 이끌려 온 건지 모르겠지만, 와이번이 나를 향해 내려왔다.
"세 마리 전부인가……."
와이번은 가까이서 보니 컸다.
이건 위험할지도 모르겠어.
누군가 와주지 않으려나.
나무 위에서 봤던 상황을 생각한다면 무리라는 건 알고 있다.
목숨을 걸고서라도 봉인은 지킬 것이다.
나는 단도를 쥐었다.

유나의 결투

나는 볼 가라스와 와이번과 겨루고 있었다.
차례차례로 모습을 나타났다. 얼른 무찌르고 곰돌이와 곰순이가 있는 곳으로 가고 싶다.
볼 가라스에게 바람 마법을 날렸다. 볼 가라스는 바람의 칼날에 잘려 나가떨어졌다. 그 사이에도 와이번에 공격을 가해 나에게 주의를 돌렸다. 건물만은 지켜야 했다.
공격받은 와이번이 나를 공격했다. 나는 곰 박스에서 미스릴 나이프를 꺼냈다. 와이번의 날카로운 발톱을 피하고 날개를 베었다.

날개가 베인 와이번은 요동쳤지만 그대로 흙 마법으로 벽을 만들어 행동을 제한시키고 얼음 화살을 날려 꽂아버렸다.

나는 차례차례로 볼 가라스와 와이번을 쓰러뜨렸다.

얼른 토벌하고 곰돌이와 곰순이가 있는 곳으로 가고 싶었다.

조금 불안하지만, 둘이 서로를 잘 돕는다면 와이번에게 당할 일은 없을 것이다.

다만, 걱정이 되는 건 볼 가라스와 와이번의 수다.

가끔 탐지 스킬을 사용하여 다른 곳도 확인하고 있는데, 계약 마법을 걸어놨으니 모두에게 곰 폰을 전달해뒀으면 좋았을 거란 생각이 들었다.

그랬더라면 만일의 일이 생기더라도 곧바로 연락할 수가 있었다.

마물이 나타나, 봉인을 지켜야 한다는 것과 마물을 무찔러야 한다는 것만 생각해서 거기까지 생각이 미치지 않았다.

틈을 보며 탐지 스킬을 확인하니 각 봉인된 장소의 마물 수가 순조롭게 줄어가고 있었다.

곰돌이와 곰순이가 있는 곳에 있던 와이번의 반응이 사라졌다. 사이좋게 싸우고 있을지도 모르겠다.

카가리 씨가 향한 봉인 장소도 마물의 수가 줄고 있었다. 예전에 무무르트 씨와 함께 이무기와 겨뤘을 만했다. 강한 사람의 싸움은 그다지 본 적이 없어서 카가리 씨가 싸우는 모습도 보고 싶다는 생각이 들었다.

그리고 다른 한 곳. 시노부가 향한 곳.

그곳엔 볼 가라스의 수는 많았지만 와이번은 없었다.

하지만 탐지 스킬로 확인해보니 새롭게 나타난 와이번의 반응이 있었다.

시노부의 실력은 쥬베이 씨와의 결투에서 봤다. 크리모니아에서 나에게 시비를 걸어왔던 데보 어쩌구와 같은 모험가보다는 훨씬 강하다.

하지만 와이번과 겨룰 수 있는 실력이 있는지는 모르겠다.

불안 요소가 있다면 시노부가 있는 곳일지도 모른다.

도우러 가려고 해도 이 건물 주변에 있는 마물을 쓰러뜨려야 했다.

그건 그렇고 건물에 달라붙는 것 좀 그만두지 않으려나.

나는 건물 안으로 들어서려 하는 볼 가라스를 공기탄으로 튕겨 날리고, 건물에서부터 떨어뜨린 순간에 곰 마법으로 확실하게 무찔렀다.

지금은 모두를 믿고 자신이 맡은 건물을 지키는 것에 집중하자.

496 사쿠라, 도와주다

곰순이 님과 곰돌이 님이 울부짖습니다.

아무래도 마물이 이 마을에 접근하여 이무기가 봉인된 곳을 향해 가고 있는 모양이에요.

나는 위험하니 유나 님의 신기한 문으로 루이밍 씨가 있는 곳으로 가라고 했습니다.

모두를 남기고 나 혼자만 안전한 곳으로 도망치라는 것이에요.

유나 님도 카가리 님도 시노부도 섬에 남아 봉인을 지키기 위해 마물과 싸운다고 합니다. 저에게는 싸울 힘은 없어요.

제가 섬에 남는다고 해도 걸림돌만 될 뿐이라는 건 알고 있습니다.

그러니 「남고 싶어요」라는 말은 참았습니다.

제가 남아도 아무것도 할 수 없을 거예요.

저는 유나 님이 꺼낸 문을 통과합니다.

유나 님이 웃는 얼굴로 「걱정하지 마」라고 말했고, 제 앞의 문이 서서히 닫힙니다.

저는 혼자 안전한 장소로 도망쳤습니다.

이곳이 루이밍 씨와 무무르트 님 일행이 사는 곳.

주위엔 숲으로 되어 있고, 높은 암산이 보입니다.

조용하고 아무도 없어요.

불안해.

저는 가만히 문을 바라보았습다.

이 너머에는 유나 님과 다른 사람들이 있어요. 하지만 이곳과는 멀리 떨어져 있어 스스로는 찾아갈 수가 없는 장소.

만약 유나 님이 무슨 일이 생긴다면 다시는 이 문은 열리지 않을 겁니다.

그렇게 된다면 제 나라로 돌아가지 못할지도 모릅니다. 아뇨, 유나 님에게 무슨 일이 생긴다면 애초에 나라가 사라진 상태일지도 모르죠.

불안이 덮쳐옵니다.

다들, 무사히 있어 주세요.

그리고 잠시 문 앞에서 기다리고 있는데, 말이 달려오는 소리가 들렸습니다.

“사쿠라!”

“루이밍 씨!”

루이밍 씨가 말을 타고 나타났습니다. 루이밍 씨는 말에서 내리더니 제가 있는 곳으로 달려왔습니다.

“사쿠라, 괜찮아?”

루이밍 씨를 만나니 마음이 놓였습니다.

“네, 저는 괜찮아요. 마물이 닥쳐오기 전에 이쪽으로 왔거든요.”

"그랬구나. 이젠 안심해. 이곳에 있으면 안전하니까."

"하지만, 다들 이무기의 봉인을 지키기 위해 남았는데 저만 도망쳐서……."

아무것도 할 수 없는 자신이 분합니다.

"싸우는 건 유나 님에게 맡겨도 괜찮아. 유나 님, 그런 귀여운 옷차림을 하고 있으면서 엄청나게 강하거든."

루이밍 씨가 고개를 숙인 저에게 상냥한 목소리로 말을 해줍니다.

"그렇군요. 그래도 저도 싸울 수 있었더라면 좋았을 텐데, 하고 생각하게 되어버려요. 모두에게 싸우게 하고 저만 안전한 곳에 있는 게 힘들어요."

제가 무력한 어린아이라서. 만약 어른이었다면 같이 싸울 수 있었을지도 몰라요. 아무런 힘을 가지고 있지 않은 자신이 분합니다.

제가 심하게 괴로워하자 루이밍 씨가 눈웃음을 지으며 물었습니다.

"있잖아, 사쿠라. 보이는 그대로의 나이인 거지?"

무슨 의미일까요?

"올해로 10살이에요."

"그렇지."

"그게, 무슨 문제라도?"

"사쿠라는 어린애답지 않아서 보기보다 나이가 많을까 싶었거든."

"어린애답지 않나요?"

항상 주위에서는 어린애라는 말을 듣습니다.

"응, 사쿠라는 어른 같은 생각을 하고 있잖아. 어린아이는 어른에게 기대도 괜찮다고 생각해. 할아버지는 항상 어린아이를 지키는 건 어른의 역할이라고 말씀하시거든. 하지만, 유나 님이 어른이냐 묻는다면 또 고민되지만 말이야."

루이밍 씨는 웃으면서 말한다.

"그건 시노부도 마찬가지예요."

시노부와 유나 님은 어린아이는 아닌 것 같지만, 어른도 아닌 것 같습니다.

하지만 두 사람은 저와 달리 자신의 몸은 확실하게 지킬 수 있죠. 그리고 다른 사람을 지킬 힘도 가지고 있습니다.

"그래도, 역시, 저도 싸울 수 있는 힘을 갖고 싶어요. 모두를 지킬 힘을 말이에요."

하지만 저에게 싸울 힘이 있다고 해도 마물과 싸울 수가 있을지는 모르겠습니다.

마물을 보면 몸이 떨려 움직이지 못할지도 몰라요.

유나 님도 시노부도 싸우는 것이 무섭지 않은 걸까요?

"그건 나도 똑같아. 우리 마을도 전에 큰일이 있었던 적이 있는데. 나도 아무것도 못 했어."

"루미밍 씨도요?"

"응, 맞아. 할아버지랑 유나 님이 싸우고 있는데 나는 집에 가만히 있기만 할 뿐이었어. 나는 유나 님과 함께 싸울 수가 없었어. 그래서 이번엔 할아버지를 도우려고 생각한 거야. 사쿠라도 자신이 할 수 있는 걸 하면 돼."

"루이밍 씨……."

루이밍 씨가 손을 내밀었습니다.

자신이 할 수 있는 일.

아무것도 하지 않으면 누구도 도와줄 수 없습니다. 하지만 작은 일이라도 스스로 할 수 있는 일을 한다면 누군가를 구할 수가 있을지도 모릅니다.

저는 내밀어 온 루이밍 씨의 손을 잡았습니다.

"네."

저는 싸울 수 없습니다.

"루이밍 씨, 저도 무무르트 님을 돕게 해주세요."

"응, 그럼 할아버지가 계신 곳으로 가자."

제가 어디까지 무무르트 님을 도울 수 있을지는 모르겠지만, 아무것도 하지 않고 유나 님과 다른 사람들을 기다리기보다는 조금이라도 자신이 할 수 있는 일을 할 거예요.

"그럼, 조금 서두를 테니까 꽉 잡아야 해."

"네."

저는 루이밍 씨와 함께 말에 올라타, 루이밍 씨를 뒤에서 붙잡았습니다.

제가 몸을 잡자 루이밍 씨는 말을 달렸습니다. 저는 떨어지지 않도록 루이밍 씨에게 확실하게 붙었습니다.

한동안 달리자 마을 안으로 들어섰고, 한 채의 집 앞에 멈춰 섰습니다.

"도착했어."

저는 천천히 말에서 내려왔습니다.

조금 어지러워요.

"괜찮아?"

"네, 괜찮아요."

이곳이 루이밍 씨가 사는 마을이군요. 저희 마을과는 전혀 다르네요. 마을 사람들이 저희를 보고 있었습니다.

건물과 복장이 다른 것을 보니 진짜로 다른 나라에 왔다는 것을 실감했습니다.

"사쿠라, 이쪽이야."

제가 주위를 보고 있는데 루이밍 씨가 말을 건넸습니다.

루이밍 씨는 눈앞의 집 입구 앞에 있었습니다.

지금은 주위를 신경 쓸 때가 아닙니다. 저는 루이밍 씨가 있는 곳으로 갔습니다.

"이 집은?"

"할아버지네 집이야. 이곳에 할아버지가 계시니까 따라와."

루이밍 씨는 집 안으로 들어섰습니다. 저는 그 뒤를 따라갔습니다.

"실례합니다."

저는 인사를 하며 집 안으로 들어섰습니다.

저희가 사는 집과는 다르네요. 신기한 기분이 듭니다.

루이밍 씨의 뒤를 따라 복도를 지나자 위로 향하는 계단과 아래로 향하는 계단이 있습니다. 루이밍 씨는 아래로 향하는 계단을 내려갔습니다.

계단을 내려가자 커다란 방이 있었고, 무무르트 님이 계셨습니다.

"할아버지, 저희 왔어요."

"실례합니다."

무무르트 님이 방으로 들어온 저희 쪽을 바라보았습니다.

"그래서, 마물이 나타났다고 들었는데 사실인가?"

"네, 곰순이 님과 곰돌이 님이 다가오는 마물을 알아차리고, 유나 님과 나머지 일행은 마물과 싸우기 위해 남았어요. 저는 위험하니 이쪽으로 피하라고 했습니다."

"그렇군. 마물이 왔다면 그러는 편이 좋지. 아가씨처럼 불안 요소는 적은 편이 좋아."

불안 요소라고 들으니 가슴이 아파져 옵니다.

정말로 저는 아무것도 할 수 없는 무력한 존재예요.

"할아버지, 그렇게 말씀하지 않으셔도—."

"누군가를 지키면서 싸우는 건 힘든 일이야. 섬의 안전한 곳에 남아있다고 해도 마음속에서 마물에 공격당하진 않을지 불안해지지. 누군가를 지키는 싸움이라는 건 그런 거야."

"그렇긴 하지만."

"루이밍 씨, 괜찮아요. 저도 이해해서 이곳에 온 거인걸요."

모두의 부담이 조금이라도 줄어든다면. 지금의 저로서는 그 정도의 일밖에 할 수 없습니다.

"사쿠라……."

"하지만, 섬에 마물이 모여들었다니……. 서둘러야겠군."

"무무르트 님, 역시 봉인이 풀릴 징조인 걸까요?"

"그럴 가능성이 크겠군. 반대로 말하자면 그 이외에 마물이 모여들 이유는 떠오르지 않아."

무무르트 님의 말로 이무기의 부활이 현실에 가까워져 있다는 것을 실감합니다.

무서워요.

제가 죽는 것도 무섭지만, 모두가 죽는 것도 보고 싶지 않습니다. 그 슬픈 꿈은 현실이 되지 않았으면 좋겠어요.

"할아버지, 유나 님에게 상황을 확인하는 편이 좋을까요?"

루이밍 씨는 곰 모양을 한 인형을 손에 들었습니다. 먼 곳에 있는 사람과 이야기를 나눌 수 있는 마법 도구입니다.

"아니, 아가씨네 쪽은 마물과 싸우고 있지 않니. 방해가 될 뿐일 거야. 그쪽에서 무슨 일이 생긴다면 아가씨 쪽에서 연락이 오겠지. 우리는 서둘러 봉인 강화를 준비하는 수밖에 없어."

확실히 무무르트 님이 말한 대로입니다.

싸우는 와중에 연락해서 유나 님을 방해해서는 안 됩니다.

"무무르트 님, 제가 할 수 있는 건 없나요? 조금이라도 빨리 돌아가고 싶습니다. 제가 할 수 있는 일이라면 뭐든 할 테니까 말씀만 해주세요."

"그럼, 아가씨는 그쪽에 있는 양탄자를 정리해주게."

무무르트 님이 바라보는 곳에는 많은 양탄자가 펼쳐져 있었습니다.

화려한 모양의 그림이 그려져 있네요.

"봉인을 강화할 마법진이 그려진 양탄자를 찾고 있어."

이곳에 있는 양탄자에 그려진 모양이 마법진이라고 합니다.

이렇게나 많이 있군요.

그리고 그중에서 찾는 모양입니다.

힘든 작업일 것 같습니다.

"사쿠라는 그쪽의 양탄자를 정리해줘. 둥글게 말아서 그쪽 비어 있는 선반에 넣어주면 돼."

"알겠어요."

저는 루이밍 씨의 지시에 따라 예쁜 모양이 그려진 양탄자를 말아 선반에 정리해 나갔습니다.

작은 양탄자는 혼자서, 커다란 양탄자는 루이밍 씨와 함께 정리합니다.

“할아버지, 아직 발견하지 못하셨어요?”

무무르트 님은 양탄자를 펼치고는 「아니야」, 「이게 아냐」라고 말하며 새로운 양탄자를 펼칩니다.

“꽤 예전에 사용했거든.”

“잘 좀 정리를 하셨더라면 이러지 않았을 텐데.”

방에는 선반이 많이 있었고, 양탄자가 여럿 놓여 있었습니다.

“마법진 같은 거 보통은 안 쓰지 않니. 어디에 넣어뒀는지 잊어도 별수 없지.”

“그러니까 평소에 제대로 정리를 해뒀어야죠. 마법진의 이름을 양탄자에 적어두면 편했을 것을.”

확실히 이름도 적혀 있지 않아서 무슨 마법진의 양탄자인지 모르겠습니다.

지금 상황으로 봤을 때 루이밍 씨가 말한 그대로입니다. 당장에라도 이무기가 부활할지도 모르는 일입니다. 서두르길 바라는 마음이 앞섭니다.

“알고 있어. 언젠가 해야지 생각하고 있단다.”

“그거, 할머니가 몇 번이나 말해도 안 한다고 하셨던 거 아니에요.”

“몇 년 후에는 하려고 생각하고 있었어.”

“다음에 저도 같이 정리하는 거 도와드릴 테니까 얼른 해요.”

“알았어, 알았어. 그래도 지금은 봉인 강화의 마법진을 찾는 게 우선이야. 펼칠 장소가 없지 않니. 자, 어서 정리하렴."

"할아버지……."

루이밍 씨는 투덜거리면서 양탄자를 정리합니다.

"몇 년 후인가요……."

무무르트 님의 말을 듣고 몇 년 후의 일을 생각해버렸습니다.

이무기는 어떻게 되었을 걸까요. 화의 나라는 어떻게 되었을까요. 그리고 저는……. 만약 유나 님에게 무슨 일이 생긴다면 저는 화의 나라로 돌아갈 수가 없습니다.

그렇게 생각하니 불안해졌습니다.

"사쿠라, 왜 그래?"

제가 손을 멈춘 것을 알아차린 루이밍 씨가 물어옵니다.

"아뇨, 몇 년 후엔 어떻게 되어 있을지 생각하다가 만약 이무기의 봉인에 실패하게 된다면 화의 나라가 어떻게 되어 있을지 생각해버려서."

"괜찮아. 유나 님이 있으니까."

루이밍 씨는 제가 기운을 차리게 도와줍니다.

"정말로 루이밍 씨는 유나 님을 믿고 있군요."

"응, 그거야 유나 님은 굉장히 세니까, 이무기 쯤은 무찔러 줄 거야."

몇 번이나 꿈속에서 나왔던 희망의 빛입니다. 저도 유나 님을 믿습니다.

"그리고 할아버지도 어떻게든 해주실 거야."

"할 수 있는 건 다 하도록 하지. 안심하라고는 말하지 못하겠군. 하지만, 희망을 가지렴."

"네, 고맙습니다."

저는 멈춰 있던 손을 움직입니다.

그런 저에게 루이밍 씨가 물었습니다.

"사쿠라는 앞으로 커서 뭘 하고 싶어?"

"앞으로 커서요?"

이대로 무녀의 일을 할까요?

다만 이 짧은 시간 동안에 유나 님을 만나고, 루이밍 씨를 만나고, 이상한 문을 지나고, 여러 경험을 했습니다.

"언제가 될지 모르지만 여러 세계를 돌아다니고 싶어요."

그런 생각이 있습니다.

하지만 그러려면 강해져야 합니다. 그게 제일 큰 문제입니다.

"그런데 저는 싸울 수가 없어서 무리일지도 모르겠어요."

저는 아직 10살입니다. 시노부에게 이것저것 배운다면 강해질까요?

"그렇다면 나도 같이 갈래."

"루이밍 씨?"

"나, 사쿠라가 크기 전까지 지켜줄 수 있도록 강해질 거야."

"저, 저도 열심히 해서 마법 연습을 할게요."

그러려면 저에게 마법의 재능이 있어야겠지만.

아버님은 마법은 못 쓰셨다는 모양이지만, 어머님은 마법을 쓰셨습니다. 어머님의 피가 흐르는 저는 분명 마법을 쓸 수 있을 겁니다.

게다가 숙부님이 저는 어머님을 쏙 빼닮았다고 했었습니다.

그러니 저도 마법을 쓸 수 있다면 루이밍 씨와 함께 세계를 돌아다니는 것도 괜찮을지 모르겠습니다.

하지만 그렇게 되려면 아무리 빨라도 5년 후가 되려나요?

"루이밍 씨, 5년 정도 기다려 줄 수 있어요?"

"응, 10년이든 100년이든 기다릴게."

아뇨, 아무리 그래도 100년 후에는 제가 죽을 거예요.

"그러려면 이무기를 무찔러야겠지만."

"네."

희망의 미래를 위해 지금 할 수 있는 것을 열심히 해야 합니다.

얼마 지나지 않아 봉인을 강화하는 마법진을 발견할 수가 있었습니다.

다만 문제가 있었습니다.

봉인을 강화하는 마법진이 그려진 양탄자가 바닥에 펼쳐져 있습니다.

"정말로 이런 걸로 되는 건가요?"

"간단한 버전이긴 하지만, 괜찮아. 단지, 문제가 있다고 한다면, 마력을 계속 담아내지 못한다는 거야."

들어보니, 마법진을 계속 발동시키려면 마력을 계속 담아야 한다고 합니다.

덧붙여 무무르트 님은 몇 명의 마법사를 모으면 시간을 벌 수가 있다고 했습니다.

"미안하지만, 이 마을 주민들의 도움은 없을 거라고 생각하게. 마을 모두를 위험한 일을 시킬 수는 없어."

"네, 그건 알고 있어요."

이 마을 사람들은 우리나라와는 관련 없는 사람들입니다. 죽을지도 모르는 곳에 데리고 갈 수는 없습니다.

이건 우리나라 문제입니다.

"숙부님께 전달하면 마법사를 모아주실 수 있을 테니 괜찮아요."

"그렇지만, 나는 가능한 도울 생각이네."

"무무르트 님, 감사합니다."

하지만 이것으로 희망이 생겼습니다.

일시적으로 마법진의 봉인을 강화해 그동안에 이무기의 머리를 하나씩 쓰러뜨릴 수가 있다면 화의 나라를 구할 수 있을 겁니다.

"하지만, 문제는 있네."

"문제요?"

"봉인을 강화할 마법진이 3개 밖에 없어."

이무기의 봉인된 장소는 몸통을 포함해 다섯 군데입니다. 하지만, 머리는 모두 네 개이니 우선은 세 개의 머리의 봉인을 강화하고 나머지 하나의 머리와 싸우면 되는 게 아닌지?

하지만 무무르트 님은 몸을 봉인시킨 장소가 가장 중요하다고 했습니다.

"동체에서 머리로 이어지는 마력의 공급을 막지 않으면 연쇄적으로 다른 머리도 부활할 거야. 아무리 머리의 봉인을 강화한다 해도 사람의 마력으로는 막아내진 못할 거라네."

"그럼, 동체를 막으면서 다른 머리도 억제해야 한다는 말씀인가요?"

"그렇지."

"하지만, 마법진은 세 개."

하나 모자랍니다.

최악의 상황엔 이무기의 머리 두 개와 싸우게 됩니다.

"사쿠라, 자네는 국왕의 조카라고 했지."

"네, 지금은 무녀라는 입장이지만—."

"그건 상관없네. 국왕에게 전달할 수 있다면 상관없어."

"전달은 가능합니다."

"그럼, 무슨 일이 생겼을 때를 대비해서 이 마법진의 사용법을 자네에게 설명해두지."

"저에게 말인가요?! 하지만 저는 마법에 대해 잘 알지 못하는걸요."

“어렵지 않으니 걱정하지 말게. 만약 나에게 무슨 일이 생긴다면 누군가가 자네 나라를 다스릴 자에게 전달해야 하니 말이야. 자네도 뭔가 하고 싶은 게 아닌가?”

“………”

무슨 일이 생겼을 때. 그 말을 들었을 때 꿈에서 본 것이 떠올랐습니다. 모두가 죽는 광경이.

아직 이무기를 쓰러뜨릴 수 있으리라고 정해진 게 아닙니다. 무슨 일이 생길지도 모릅니다.

유나 님이 나타나 무무르트 님을 만나면서, 어딘가 안심하고 있던 저를 발견했습니다.

“알겠습니다. 무무르트 님, 저에게 마법진의 사용법을 알려주세요.”

하지 않고 후회하는 것은 싫습니다.

무무르트 님은 바닥에 마법진 양탄자를 펼치고 제 주먹 정도크기의 마석을 마법진 위에 올려둡니다.

“이렇게 큰 마석까지.”

일반적으로 상용되는 마석보다 큽니다.

“나중에 청구할 거니까 걱정 안 해도 돼.”

“네, 반드시 제가 국왕에게 전달할게요. 국왕이 거절한다고 해도 제가 기필코 지불 하겠습니다.”

부모님이 남기신 재산을 모두 드려서라도 은혜를 갚을 생각이었습니다. 그래도 부족하다면 일해서 갚을 겁니다.

제가 진지하게 대답하자 무무르트 님이 웃기 시작했습니다.

"농담이네. 필요 없어."

"하지만."

"내가 옛날옛적에 하다 남겨둔 일을 정리하는 것뿐이야. 그러니 신경 쓰지 말게. 카가리를 만나게 해준 것만으로도 고마워."

무무르트 님은 제 머리에 부드럽게 손을 올렸습니다.

"……무무르트 님."

"시간이 없으니 확실하게 외워야 하네."

"네."

무무르트 님은 마법진의 사용법을 알려주었습니다. 옆에서 루이밍 씨가 양탄자를 정리하면서 바라보았습니다.

사용법은 생각보다 간단해서 한 번에 외울 수 있었습니다. 다행입니다.

다만, 문제는 마력이 필요하다는 것입니다. 무무르트 님이 조금 전에 얘기했던 대로 마력을 계속 흘려보내야 하기에 며칠씩 이어질 것 같으면 그만큼의 마력량을 가진 자를 몇 명이나 모아야 합니다.

하지만, 희망은 생겼습니다.

무무르트 님은 마법진의 양탄자를 정리하고 아이템 봉투에 담았습니다.

"그럼, 서둘러서 카가리 일행이 있는 곳으로 돌아가지."

저희는 준비를 마치고 집을 나와 이동할 수 있는 문이 있는 곳으로 향했습니다.

497 시노부의 목숨을 건 싸움

"하아, 하아."

와이번 한 마리의 한쪽 날개를 잘라 베어내 지면으로 떨어뜨렸다. 마무리 일격을 가하고 싶지만, 다른 와이번이 방해했다.

한 마리는 하늘을 날고, 다른 한 마리는 나에게 한쪽 눈이 짓뭉개져 나를 노려보며 으르렁거리고 있었다.

"그렇게 화내지 마."

뭐, 나도 눈이 짓뭉개진다면 화를 내거나 도망치거나 둘 중 하나를 할 것이다.

가능하다면 후자였으면 좋겠지만, 와이번은 나를 보며 화를 내고 있었다.

나는 피가 묻은 단도를 힘껏 쥐었다.

"이건 힘들겠군."

한 마리 정도는 어떻게든 할 수 있을 거라고 생각했다. 하지만 세 마리의 와이번을 동시에 상대하며 볼 가라스까지 있으니 나 혼자서는 힘들었다.

공격은 피하고 있어서 치명상은 없었지만, 몸의 이곳저곳에서 피가 나고 있었다.

처음엔 와이번의 공격은 여유를 가지고 피할 수 있었다. 하지만 지금은 아슬아슬하다.

몇 번이나 달리고, 몇 번이나 높이 뛰어오르며, 체력이 줄어든다. 쉬고 싶지만, 상대가 쉬게 두지 않았다.

몸의 피로도 심하지만, 마법으로 공격을 가하거나 공격을 막는 동안에 마력도 꽤 소모하고 있었다.

"조금만 더 단련해두었더라면 좋았을 것을."

이제 와서 후회해도 소용이 없었다. 살아남거든 성실하게 단련하기로 했다. 그러려면 여기 있는 마물을 쓰러뜨리고 봉인을 지켜야 했다.

"도움받는 건 절망적인 걸까."

처음엔 카가리 님과 유나가 도우러 와줄지도 모른다고 기대했지만, 다른 곳에서 두 사람 모두 싸우고 있을 것이라 생각하니 어려울지도 모른다 싶었다.

하지만 다른 사람들도 싸우고 있는데 나만 포기해서는 안 된다. 유나가 한 번 구해준 목숨이다.

"조금 더 힘내보자."

품에서 쿠나이를 몇 개 꺼내 마력을 담았다. 그리고 눈을 다친 와이번의 사각이 되는 위치를 향해 달렸다.

스승을 상대로 싸웠던 경험을 통해 사각에서의 공격이 유효함을 알고 있었다.

쿠나이를 와이번을 향해 날렸다. 와이번은 날개를 퍼덕이며 몇 개의 쿠나이를 튕겨냈지만, 전부를 막아내진 못했다. 몇 개의 쿠나이는 몸에 꽂혔다. 하지만 와이번의 움직임은 멈추지 않았다.

"적당히, 쓰러져주겠니."

바람의 마법을 날려 견제하면서 외눈의 와이번을 상대하고 있는데 뒤에서 충격을 받았다.

뭐지?!

왼쪽 어깨에 격한 통증이 일면서 자신에게 무슨 일이 일어났는지 곧바로 이해했다.

하늘을 날고 있던 와이번에게 뒤에서 공격을 당한 것이다.

눈앞의 와이번에게 너무 집중한 나머지, 하늘을 날고 있던 와이번의 존재를 놓치고 말았다. 다른 와이번을 잠깐이라도 잊은 내 머리를 쥐어박고 싶다.

와이번에게 어깨를 붙잡힌 내 몸이 흔들렸다.

위험해.

몸을 움직여보지만, 와이번의 발톱이 어깨를 파고들어 도망칠 수가 없었다. 게다가 몸을 움직이자 붙잡혀 있는 왼쪽 어깨에서 엄청난 고통이 느껴졌다. 미늘 갑옷을 입고 있던 덕분에 안쪽까지 파고들지는 않은 게 그나마 다행이었다.

와이번의 발톱에 힘이 들어갔다. 이를 악물고 참았다.

"여, 여자의 부드러운 어깨를 그렇게 세게 잡으면 쓰나. 여자의 어깨는 포근하게 안아줘야 하는 거라고. 그런 짓을 하면 여자들

에게 미움받는다."

와이번이 수컷인지 암컷인지 모르지만, 알려두었다.

나는 오른손에 쥐고 있던 단도로 어깨를 잡은 와이번의 다리를 베어냈다.

와이번의 비명과 함께 어깨를 잡은 발톱이 느슨해졌다. 떨어질 뻔했지만 와이번의 다리를 붙잡았고, 팔을 뻗어 무방비한 하복부를 갈랐다.

와이번은 격하게 요동쳤다. 붙잡고 있던 손이 와이번에서 떨어졌다.

건물보다 높은 곳에서 떨어져 버렸다.

나는 자세를 다잡고 지면에 떨어지는 순간에 바람 마법을 사용하여 충격이 완화되도록 착지했다.

"으으."

착지의 충격으로 와이번에게 붙잡혀 있던 왼쪽 어깨에 통증이 전해졌다.

아파.

다리와 배가 잘려 나간 와이번은 나에게서 멀어졌다. 하지만 안심해선 안 될 것 같았다. 지면에 있던 한쪽 날개를 잃은 와이번이 먹이를 포착한 듯 달려왔기 때문이다.

차례차례로 달려드는군. 조금은 쉬게 해주지.

무거운 다리에 힘을 주고 단도를 고쳐 쥐었다.

와이번은 긴 목을 뻗어 입을 열었다.

나는 아슬아슬한 순간에 옆으로 피하고 단도를 휘둘러 와이번의 숨통을 베었다.

와이번의 목을 벨 수는 있었지만, 와이번의 돌진을 완전히 피하지는 못한 탓에 나가떨어져 지면을 나뒹굴었다.

몸이 아파.

하지만, 이것으로 남은 건 외눈 와이번 뿐이다.

나는 싸우기 위해 몸을 일으키려 했지만 다리에, 팔에, 힘이 들어가지 않는다.

다리가 흔들거렸다. 나는 힘이 들어가지 않는 팔로 다리를 치며 흔들리는 걸 막았다.

조금만 더 움직여줘.

한 번 더 다리에 힘을 주고 몸을 일으켰다.

어떻게든 일어설 수는 있었지만, 이 이상 다리에 힘이 들어가지 않았다. 이대로라면 뛰기는커녕 걷는 것조차도 할 수 없다.

나는 몇 번이고 무릎을 쳤다. 다리에 조금이지만 힘이 돌아왔다.

아주 조금은 더 움직일 수 있을 것 같았다.

나는 이마에서 흐르는 땀을 손으로 닦았다.

손을 보니 새빨갛다. 와이번에게 튕겨 나갈 때 베인 모양이었다.

지금은 치료할 시간은 없다.

나는 한 번 더 이마의 피를 닦아내고 하늘에서 배회하는 외눈 와이번을 올려다보았다.

건물 위를 중심으로 돌고 있었다.

역시 목적은 봉인인 건가?

어딘가로 가면 좋겠지만, 갈 것 같지 않았다.

그렇다면 적어도 계속 하늘을 날고 있어 주길.

그런 바람이 통할 리는 없었다. 와이번은 건물을 향해 내려왔다.

비명을 내지르는 몸을 움직여 달려 나갔다.

건물을 무너뜨리게 둘 순 없어.

단도에 마력을 담으며 바람의 칼날을 날렸다. 위력은 없지만, 와이번에게 명중했다.

바람의 칼날을 맞은 와이번은 건물이 아닌 나로 표적을 바꿨다.

스스로 와이번을 불러들이고, 스스로 위험한 상황에 빠지다니. 바보 같은 인간이라고밖에 할 말이 없다.

나에게 마력은 남지 않았다. 다리에 힘을 주고 단도를 쥐었다.

이것이 마지막이다.

나는 와이번의 돌진을 피하지 않고 맞섰다. 또 다른 한쪽 눈에 단도를 꽂았다. 이것으로 양쪽 눈을 망가뜨렸다.

날뛰는 와이번의 되는대로 벌린 입이 내 팔을 물려 했다.

얼마 남지 않은 마력을 단도로 모아 와이번의 입을 갈랐다.

이것이 치명상이 되었다.

……쓰러뜨렸다.

하지만 공중에서 내려온 와이번의 기세로 내 몸은 튕겨 나가 지면을 뒹굴었다.

하늘을 향한 채 쓰러졌다.

하늘이 파랗다.

더는 움직일 수 없다.

하지만, 봉인은 지켜냈다.

"이제 쉬어도 되겠지."

이대로 눈을 감으려 할 때 두 개의 검은 그림자가 지나갔다.

……새로운 와이번.

꿈이었으면 좋겠다. 이대로 못 본 척하고 눈을 감고 싶었다.

하지만, 그럴 순 없다.

여기서 봉인이 풀린다면 끝이다.

유나가 오고, 무무르트 씨가 와서 이무기에 대항할 수단이 보였다. 희망이 보였다.

그러면 무무르트 씨가 돌아오기 전까지 봉인을 지켜야 한다.

다른 사람들도 봉인을 지키기 위해 싸우고 있다. 그런데 이대로 쓰러져 있을 수는 없다.

몸을 일으키려 한다.

몸 전체가 비명을 지른다.

단도를 든 손도 힘이 들어가지 않는다.

나는 몸을 반 바퀴 뒤집어 엎드린 자세로 팔에 힘을 줘서 몸을 일으켰다.

와이번이 내려왔다.

한 마리는 나에게 또 다른 한 마리는 봉인이 있는 건물로.

하지만 지금의 나로서는 서는 것만으로 벅차다. 와이번과 싸울 여력은 남지 않았다.

한 마리가 건물을 무너뜨리며 안으로 들어가는 걸 보고 있을 수밖에 없었다.

그리고 다른 한 마리가 나에게 공격을 해왔다.

봉인도 지키지 못하고, 나도 여기까지인 걸까.

짧은 인생이었지만, 즐거웠다.

마음에 걸리는 건 봉인을 지키지 못한 것.

사쿠라 님, 죄송해요.

와이번이 눈앞으로 들이닥쳤다.

나는 모든 걸 받아들이기 위해 눈을 감았다.

그 순간, 커다란 부딪히는 소리가 났다. 그와 동시에 내 몸이 흔들렸다. 더는 서 있을 수도 없었다. 하지만 내 몸은 쓰러지지 않았다. 누군가가 지탱해주고 있었다.

"시노부, 괜찮니?"

눈을 떠보니 그곳엔 귀여운 곰 옷차림을 한 여자아이의 얼굴이 있었다.

498 곰 씨, 각각의 봉인된 건물로 향하다

하늘에서 들이닥쳐 오는 와이번의 공격을 피하고 곰 바람 마법을 날렸다.

곰의 발톱 같은 바람의 칼날이 와이번을 덮쳐 조각낸다. 와이번은 지면에 쓰러졌다.

"후우."

이것으로 내가 맡은 봉인 장소로 찾아온 와이번은 모두 무찔렀다.

건물 안에 있는 봉인을 지키면서 싸우는 게 성가실 뿐, 건물에서 떨어지기만 하면 쓰러뜨리지 못할 마물은 아니다.

하지만 와이번을 상대하고 있는데 볼 가라스가 건물 안으로 들어서려 하질 않나, 볼 가라스를 상대하고 있으면 와이번이 건물을 무너뜨리려 하질 않나. 귀찮았다.

곰돌이와 곰순이가 있었더라면, 하고 몇 번을 생각했는지.

남은 볼 가라스를 싹 처리하니, 건물에 모여들었던 마물은 모두 해치운 상황이었다.

다시 건물을 보니 여러 군데가 무너져 있었다.

"나 때문은 아니겠지?"

일부는 내 마법으로 무너진 부분도 있지만. 대부분 볼 가라스와 와이번이 무너뜨린 것이었다.

싸움에는 다소의 희생이 따라오는 법이다.

이무기의 봉인은 지켰으니 됐다고 치자.

주위에 마물이 없는 것을 확인한 나는 이곳에서 가장 가까운 곰돌이와 곰순이가 있는 곳으로 향했다.

탐지 스킬로 확인하자 와이번 한 마리와 볼 가라스가 몇 마리 남아있었다. 순조롭게 수가 줄었다. 내가 도우러 가면 금방 전멸시킬 수 있을 거다.

둘 다 다치지 않았으면 좋겠는데.

곰돌이와 곰순이가 지키고 있는 건물에 다다르자 곰돌이와 곰순이가 와이번을 공격하려던 참이었다.

"크~응."

"크~응."

곰돌이와 곰순이에게 몰린 와이번은 날개를 퍼덕이며 도망치려 했다.

곰순이가 날아들어 공격했지만, 간발의 차이로 와이번은 하늘로 도망쳤다.

와이번을 놓쳤다고 생각한 순간, 곰돌이가 건물을 뛰어올라 와이번을 향해 날았다.

곰순이에게 신경이 뺏겼던 와이번은 뒤에서 곰돌이가 공격해오는 것을 알아차리지 못했다.

"크~응!"

곰돌이는 곰순이에게서 도망친 와이번을 날카로운 발톱으로 후려갈겼다. 와이번은 날지 못하고 지면에 떨어졌다.

그럼에도 와이번은 도망치기 위해 몸을 일으키려 했지만, 그 전에 곰순이가 일격을 가했다. 와이번은 숨통이 끊기며 쓰러졌다.

와이번을 쓰러뜨린 곰돌이는 깔끔하게 착지했다.

와이번을 무너뜨린 곰돌이와 곰순이는 서로를 칭찬하듯 몸을 비볐다.

응, 사이좋게 싸우고 있던 모양이다. 둘이 사이가 좋으니 나도 기뻐졌다.

"곰돌이, 곰순이."

말을 건네자 나를 눈치챈 곰돌이와 곰순이가 달려왔다.

"둘 다 열심히 했구나. 다치진 않았고?"

곰돌이와 곰순이의 머리를 쓰다듬으며 물었다.

겉보기엔 다치지 않은 것 같다. 하지만 골절 같은, 몸 안쪽을 다치는 상처는 겉모습만으로는 알 수가 없다.

하지만, 곰돌이와 곰순이는 「「크~응」」하고 「괜찮아」라는 느낌으로 울었다.

아무래도 정말로 다치지 않은 모양이다. 다행이야.

곰돌이와 곰순이개 머리를 쓰다듬어주길 바라기에 쓰다듬어줬다.

하지만 아직 싸움은 끝나지 않았다.

"볼 가라스가 남았네. 나도 도울 테니까 같이 쓰러뜨릴까."

""크~응.""

내 말에 곰돌이와 곰순이는 경쟁하듯 볼 가라스를 무찌르러 갔다.

어라? 지금 사이좋게 싸우고 있던 거 아니었어?

나도 곰돌이와 곰순이를 따라 볼 가라스 토벌을 도왔다.

그리고 셋이서 남은 볼 가라스를 무찌르고 곰돌이와 곰순이가 지키는 봉인을 공격하러 온 마물도 토벌했다.

나는 다음 장소로 향하기 전에 마물이 다시 나타날 가능성을 생각하여 곰돌이에게는 이곳을 지켜달라고 하고 곰순이에게는 내가 맡았던 곳을 지켜달라고 하기로 했다.

"그럼, 둘 다 잘 부탁할게. 그래도, 무리는 하면 안 된다."

""크~응.""

곰순이는 내가 맡은 봉인된 건물을 향해 달려갔고, 곰돌이는 그대로 건물 지붕에 진을 쳤다. 의욕이 대단했다.

나는 다음으로 가까운 봉인된 곳으로 향했다.

달리면서 탐지 스킬로 확인하니 카가리 씨가 맡은 곳에도 시노부가 지키고 있는 봉인된 장소에도 마물의 반응이 있었다.

여기에서 가까운 건 카가리 씨가 있는 곳이라 우선은 그쪽으로 향했다.

만약 괜찮다면 그대로 시노부가 있는 곳으로 갈 생각이었다.

나는 얼마 지나지 않아 카가리 씨가 맡은 봉인이 있는 건물에 다다랐다.

"후, 얼어라, 얼어라."

카가리 씨는 손에서 눈보라 같은 걸 날리며 와이번을 공격하고 있었다. 와이번은 날개를 몸 앞으로 닫고 막아냈다.

"그럼, 이건 어때."

카가리 씨는 화염 구슬 같은 것을 와이번에게 날렸다. 화염은 와이번에게 들러붙어 날개를 태웠다. 와이번은 날개를 퍼덕이며 끄려 했지만, 점성이 있는 화염인 모양인지 좀처럼 꺼지지 않았다.

그래도 와이번은 날개를 휘저으며 화염을 끄려 했지만, 카가리 씨는 계속해서 화염을 날려 끄도록 내버려 두지 않았다.

와이번의 강도가 높은 날개에 금이 갔다.

과연, 온도 차를 이용한 공격인가.

와이번의 피부가 눈보라로 얼어 있어서 수축된 것을 화염의 열기로 팽창시킨 모양이다.

와이번은 견뎌내지 못하고 날개를 크게 펼쳐 도망치려 했다.

"놓칠 리 없지."

카가리 씨는 양손을 위로 올리더니 커다란 화염을 만들어 내고는 그걸 와이번을 향해 던졌다. 와이번은 화염에 휩싸였고 비명을 지르며 쓰러졌다.

강하다.

카가리 씨의 화염은 곰 화염 정도의 위력이 있을지도 모른다.

내가 보고 있으니 카가리 씨가 눈치를 챘다.

"뭐야, 보고 있었니."

"네, 조금 전부터."

"그러면 도와주면 될 것을."

"도와줄 필요는 없었던 것 같았는데요."

"그렇지 않아. 이무기를 생각하면 마력 소모는 되도록 억제하고 싶으니까."

그건 나도 마찬가지였다.

싸움이 끝나면 흰 곰 옷으로 갈아입고 쉬는 편이 좋을지도 모르겠다.

뭐, 지금은 그다지 마력은 소모되지 않았으니 괜찮을 것 같다. 게다가 흰 곰 옷차림을 시노부에게 들킨다면 비웃음을 당할 것 같다.

"그래서, 아가씨가 여기 있다는 건 그쪽은 정리가 됐다는 건가?"

"저랑 곰돌이랑 곰순이가 있는 곳은 정리됐어요."

"그렇군. 아가씨는 겉보기완 달리 정말로 강한가 봐. 사쿠라가 희망의 빛이라고 하는 것도 틀린 게 아니었을지도 모르겠어."

"일단, 확인하는 건데, 여긴 맡겨도 돼요?"

하늘에는 볼 가라스가 날고 있다.

"괜찮지. 너는 시노부가 있는 곳으로 가줘."

나는 시노부가 있을 곳을 향하려 하는데 무언가가 떠올랐다.
"카가리 씨, 이거 가지고 있으세요."
나는 곰 폰을 카가리 씨에게 건넸다.
"이 곰은 분명, 먼 곳의 사람과 얘기를 나눌 수 있는 마법 도구였나?"
"무슨 일 있을 때 이걸로 연락할 테니까 가지고 있을래요?"
"이것으로 무무르트랑—."
카가리 씨는 가만히 곰 폰을 보았다.
"참고로 이 마법 도구는 저랑만 얘기할 수 있어요."
"그래?"
카가리 씨는 아쉬워했다.
그렇게 무무르트 씨랑 얘기를 나누고 싶었나?
나는 카가리 씨에게 곰 폰의 사용 법을 설명했다.
"만약 곰돌이랑 곰순이에게 무슨 일이 있으면 연락할 테니까 가줘요."
시노부가 있는 곳에서 내가 움직이는 게 불가능하다면, 카가리 씨에게 가달라고 하는 수밖에 없다.
"카가리 씨 쪽에서도 무슨 일 있으면 연락해줘요."
"알았어. 고맙게 쓰도록 하지. 곰도 맡겨줘. 무슨 일 있으면 이 몸이 지키도록 하지."
한 가지, 시노부가 있는 곳으로 향하기 전에 묻고 싶었던 게 있었다.

"카가리 씨, 꼬리, 늘지 않았어요?"

카가리 씨를 봤을 때부터 신경 쓰였다. 보이는 것으론 꼬리가 세 개다.

"비밀이 있는 건 아가씨만이 아니야. 이건 비밀이니까 알려줄 수 없어."

설마, 꼬리가 늘어나면 파워업 되는 건가?

아홉 개까지 늘어난다거나?

대요괴 구미호가 떠올랐다.

"그런 것보다 얼른 시노부가 있는 곳으로 가. 그 녀석이 걱정이야."

확실히 그렇다.

여기와 곰돌이와 곰순이가 있는 곳은 카가리 씨에게 부탁하고 시노부가 있는 곳으로 향했다.

탐지 스킬을 확인하면서 달렸다.

와이번의 반응이 두 개.

시노부의 반응이 움직이지 않았다.

싸울 준비를 하고 있나?

시노부, 움직여.

그렇게 바랐지만 역시 움직이지 않았다.

나는 최고 속도로 달렸다.

거리는 멀지 않아서 몇십 초만에 도착했다.

도착하니 여기저기 상처를 입은 시노부가 비틀거리며 몸을 일으키려고 하고 있었다.

몸에서는 피가 흘렀고, 손에 들고 있는 나이프에서도 피가 뚝뚝 떨어지고 있었다.

와이번을 확인하니 하늘에서 두 마리가 내려오고 있던 참이었다.

한 마리는 건물을 향해, 다른 한 마리는 시노부를 향하고 있었다.

양쪽 모두는 제때 맞출 수 없다.

생각하기 전에 나는 움직이고 있었다.

나는 지면을 찼다.

그리고 시노부를 향해 날아오는 와이번을 향해 곰 킥을 날렸다.

날아차기라고도 하지.

와이번은 곰 킥으로 튕겨 날아갔다.

"시노부, 괜찮니?"

쓰러지려는 시노부의 몸을 지탱했다.

"유나?"

흐릿한 눈으로 나를 바라보았다.

"제때 와서 다행이야."

나는 쓰러지지 않도록 시노부의 어깨를 감싸 안았다.

"하지만, 건물에 와이번이."

시노부가 고개를 천천히 젖혀 건물을 바라보았다.

"알고 있어."

다른 한 마리의 와이번이 건물로 향하는 걸 보았다.

"설마, 유나는 봉인보다 나를 지켜준 거예요?"

"………."

나는 봉인된 건물로 향하는 와이번이 아닌 시노부를 공격하던 와이번을 찼다.

눈앞에서 시노부가 저항도 못하는 채로 와이번의 공격을 받으려 하고 있었기 때문이다.

"유나, 선택을 잘못했어요. 제 목숨보다 봉인을 지키는 게 우선이에요."

확실히 국왕이나 윗사람들이라면 한 사람의 목숨보다 많은 목숨을 지키기 위해 봉인을 지키는 선택을 할지도 모른다.

하지만, 나는 국왕이 아니다.

"내가 뭘 지키든 내 자유야."

건물 안으로 들어간 와이번은 건물 안에서 난동을 부리고 있었다. 곧바로 대처하는 편이 좋겠지만, 아마도, 늦었다.

게다가 내가 날아 찬 와이번이 몸을 일으키려 하고 있었다.

지금 시노부에게서 떨어진다면 틀림없이 공격을 당할 것이다.

생각할 시간이 없는 건 틀림없었다.

"나머진 나에게 맡겨."

안심시키듯 부드러운 목소리로 말한다.

“미안해요……. 나는 신경 쓰지 말고 싸워줘요.”

시노부는 눈을 감더니 고개가 툭 하고 내려갔다.

“시, 시노부?!”

말을 걸었지만, 반응은 없었다.

숨은 쉬고 있었다. 아무래도 기절만 한 모양이었다. 놀라게 하지 말아줄래. 죽은 줄 알았다.

하지만 시노부의 상태는 심각했다. 특히 왼쪽 어깨 부분이 피로 잔뜩 물들어 있었다.

얼굴에도 많은 상처가 있었다.

당장이라도 고쳐주고 싶지만, 나에게 차인 와이번이 이쪽을 보며 으르렁거리고 있었다.

“지금 바로 상대해 줄 테니까 가만히 있어 줄래?”

와이번에게 내 말이 통할 리는 없었다. 와이번은 날개를 크게 펼치고 바람의 칼날을 날렸다.

나는 흙벽을 만들어 막았다.

“그럼, 쓰러뜨리고 올 테니까, 쉬고 있어.”

나는 기절한 시노부를 천천히 지면에 눕혔다.

그리고 으르렁거리는 와이번을 곰 마법과 미스릴 나이프를 사용하여 순식간에 해치웠다.

놀고 있을 시간은 없다.

499 곰 씨, 무무르트 씨에게 연락하다

시노부에게 공격을 가하려던 와이번은 해치웠지만, 또 다른 한 마리의 와이번이 공격을 가한 바람에 건물은 무너져 내렸다.

완전히 내 책임이다.

더 빨리 내가 담당했던 곳의 마물을 쓰러뜨렸더라면.

곰돌이와 곰순이와 느긋하게 수다를 떨지 않았더라면.

카가리 씨에게 곰 폰을 건네지 말고 곧장 시노부가 있는 곳으로 왔더라면 막을 수 있었을지도 모른다.

아니, 맨 처음에 시노부와 카가리 씨에게 곰 폰을 건네줬더라면 이런 일은 일어나지 않았다.

더 생각하고 행동해야 했다. 완전히 내 실수다.

시노부가 목숨을 걸고 지키려 했던 봉인이 있는 건물은 무너져 내렸고, 건물 안에서는 와이번이 난동을 치고 있었다.

타이밍을 놓쳤을지도 모르지만, 이대로 내버려 둘 수는 없다.

"조금만 더 기다리고 있어."

정신을 잃은 시노부에게 말을 건넨 뒤 건물을 향해 달렸다. 나는 무너지고 있는 건물로 들어갔다. 바닥이 무너진 지하에 와이번이 있었다.

와이번은 빨려 들어간 것처럼 마법진 위에서 난폭하게 몸부림

치고 있었다.

그 마법진은 시노부가 목숨을 걸고 지키려 했던 것이다. 난동을 치게 내버려 둘 수는 없다.

나는 지하로 뛰어 내려와 곰 마법과 미스릴 나이프를 사용하여 난동을 부리는 와이번을 해치웠다. 와이번은 쓰러져 마법진 위에서 피를 흘리며 지면에 물들였다.

마법진은 검붉게 반짝였고, 그 마법진 아래에 있는 눈 같은 것이 움직였다. 그 눈이 크게 떠졌다고 생각한 순간 지면이 요동치고 천장이 무너져 내리기 시작했다.

……지켜내지 못했다.

나는 곧바로 건물에서 탈출하고 근처 지면에 자는 시노부를 안아든 채 달렸다.

이무기가 봉인된 건물에서 떨어진 후, 상처를 입은 시노부를 지면에 내려뒀다.

왼쪽 어깨 쪽 옷에 구멍이 뚫려 있었고 피가 흐르고 있었다.

나는 나이프로 옷을 잘랐다. 옷 아래에서 미늘 갑옷이 나왔다. 아무래도 이 덕분에 치명상을 입지는 않은 모양이었다.

나는 미늘 갑옷 위로 다친 왼쪽 어깨의 상처를 덮었다. 출혈은 멈췄다. 이제 출혈로 인해 죽는 일은 없을 것이다. 다른 쪽에 피가 나는 곳도 치료했다.

시노부는 치트도 뭣도 없는 평범한 여자아이이다.

그런데도 이렇게 다치면서까지 와이번을 무찔렀다. 이 나이에 와이번을 무찌르다니, 대단하다. 만약 이대로 강해진다면 꽤 실력자가 될 것 같다.

천재란, 분명 시노부 같은 사람을 말하는 거겠지.

마지막으로 상처 난 얼굴에 곰 인형 장갑을 가져가 문지르며 부상을 고치고 피를 닦아줬다. 얼굴도 말끔해졌다.

시노부의 치료를 마친 순간 커다란 진동이 일었다.

지금까지 있었던 것 중 가장 큰 진동이다.

이무기가 부활하는 것은 시간문제일지도 모른다.

곰돌이, 곰순이, 카가리 씨가 걱정이다.

나는 곰 폰을 꺼내 들고 카가리 씨에게 연락했다.

『아가씨, 무슨 일인 거야! 조금 전의 진동은 뭐지?! 설마, 이무기가 부활한 거야?』

통화가 연결됨과 동시에 카가리 씨의 목소리가 들려왔다.

"미안해요, 한발 늦었어요. 시노부를 구하는 건 가능했지만, 봉인은 풀렸어요. 부활은 시간문제일 거예요."

『뭐라고.』

또 흔들렸다. 언제 부활해도 이상하지 않았다.

『시노부 녀석은 무사한 거야!』

"다치긴 했지만, 괜찮아요."

심각한 부상은 고쳤다. 격하게 움직이지 않는다면 상처가 덧날 일은 없을 거다.

『그렇군.』

안도의 목소리가 들렸다.

카가리 씨도 시노부가 걱정됐던 모양이다.

『무무르트는 어쩌고 있어? 그 녀석은 안 돌아왔나.』

맞다. 봉인의 강화가 늦지 않는다면 억제할 수 있을지도 몰랐다.

"지금부터 확인할게요."

나는 카가리 씨와의 통화를 끊고 루이밍이 가진 곰 폰에 연락했다.

『유나 님?』

"루이밍, 그쪽은 어떻게 되어가고 있어?"

『준비가 끝나서 그쪽으로 가는 중이에요.』

"그럼, 서둘러 와줘! 봉인 중 하나가 망가졌어. 이무기가 부활하려고 하고 있어."

『………!』

내가 간단하게 설명하자 곰 폰에서 목소리는 들려오지 않지만 놀랐다는 게 전해졌다.

『유나 님! 모두 괜찮은 건가요?!』

이야기를 듣고 있었던 것 같은 사쿠라의 목소리가 들린다.

"카가리 씨도 곰돌이도 곰순이도 무사해."

『시노부는요?』

“와이번과 싸우다가 다쳐서 정신을 잃긴 했지만, 괜찮아.”

『시노부가 부상을……』

걱정하는 목소리가 들려오지만, 내가 괜찮다고 말하니 안심하는 것 같았다.

『아가씨, 아직 봉인이 풀린 건 하나겠지.』

“네.”

『그렇다면 다른 봉인을 강화하지. 지금부터 갈 테니까 문을 열어주게.』

“알겠어요. 서둘러 와주세요.”

곰 폰의 전화를 끊는다.

나는 지면에서 자고 있던 시노부를 안아 들고 그곳을 벗어났다. 그동안에도 지면은 계속 흔들리고 있었다. 이번엔 크다. 지면이 갈라지고 있었다.

부활은 조금만 더 늦춰줘.

부탁이야.

곰 이동문을 꺼내 엘프 마을과 연결되는 문을 열었다.

그리고 다시 카가리 씨에게 연락했다.

“무무르트 씨, 지금 이쪽으로 오고 있대요.”

『알았어. 이 몸도 그쪽으로 갈게.』

나는 봉인된 건물에서 떨어져 있다는 것을 설명하고 빛의 마법을 하늘 위로 쏘아 올려 카가리 씨에게 장소를 전달했다.

문을 열고 얼마 지나지 않아 말을 탄 무무르트 씨, 루이밍, 사쿠라가 돌아왔다.

"시노부!"

사쿠라는 지면에 누워 있는 시노부를 발견하고 달려왔다.

"아까도 얘기했지만, 정신을 잃은 것뿐이야."

"하지만, 이렇게 피가."

피가 묻은 찢어진 옷을 보고 당황했다.

"응급 처치를 해뒀으니까 걱정 마."

"정말인가요?"

사쿠라는 시노부의 손을 잡고 안도의 표정을 보였다.

그 순간 또다시 크게 지면이 흔들렸다.

"흔들려요."

루이밍이 균형을 잃었다.

그때 카가리 씨가 꼬리를 흔들거리며 다가오는 게 보였다.

"뭐야, 무무르트, 돌아와 있었어?"

"지금, 막 돌아왔어."

"그래서, 결계를 강화하는 쪽은 어떻게 되고 있어?"

"준비는 해왔다. 단지, 문제가 있네. 봉인을 강화할 수 있는 마법진은 세 개뿐이야."

"세 개라고?"

이무기의 봉인은 몸통을 포함해 다섯 군데 있다.

하지만 머리를 세 개 막는다면—.

"음, 머리가 네 개니까 세 개면 되는 거 아니에요?"

"몸을 억제하지 않으면 안 돼. 머리가 하나 부활해버리면 몸통을 찾아내 다른 머리들도 부활할 거야. 몸통만은 반드시 봉인을 강화하지 않으면 안 되네. 시간이 있다면 수작업으로 다른 곳에서도 할 수 있긴 하지만."

"시간 같은 거, 없어! 최악의 상황엔 동시에 두 개의 머리와 싸워야 한다는 건가."

"이렇게 빨리 봉인이 풀릴 줄은 몰랐어."

"미안해요."

전부 내 탓이다.

다른 방법이 있었을 터였다.

"딱히 아가씨 탓을 하는 게 아니야. 애초에 시간에 쫓기고 있었고 말이야."

"그리고 한 가지 더 문제가."

"뭐지."

"마법진을 발동시키려면 마력을 계속 주입해야 해. 사람이 부족해."

이곳에는 나, 카가리 씨, 무무르트 씨 세 사람밖에 없다.

우리 세 사람이 마법진에 대처하고 있으면 이무기가 부활했을 때 아무것도 못 하게 되어버린다.

"그런 쓸모도 없는 마법진은 뭐 하러 준비한 거야."

"그러니까 일시적이라고 하지 않았나. 이것도 이 나라의 마법사 몇 명이 있으면 할 수 있을 거라고 생각했어."

앞으로 며칠. 아니, 하루만 더 있다면 국왕에게 말해서 마법사를 모을 수가 있다.

하지만, 지금은 그럴 시간이 없었다.

얘기를 나누는 동안에도 지면이 흔들리고 있었다. 서서히 그 흔들림은 커지고 있었다.

언제 부활해도 이상하지 않았다.

곰 이동문으로 다른 나라에서 마법사를 데리고 오는 방법도 있지만, 처음부터 사정을 얘기하고 목숨을 걸어야 한다는 설명을 해야 한다.

아무런 관련 없는 엘프에게 부탁하는 건 할 수 없을뿐더러 크리모니아 모험가들에게 부탁하는 것도 불가능하다.

적어도 시노부가 있다면.

나는 마지막까지 결계를 지키려 했던 시노부를 바라보았다.

다쳐서 지금은 자고 있었다.

이 이상 시노부에게 무리를 시킬 수는 없었다.

"미안하지만, 무무르트가 한 곳은 맡아줘."

"그래, 그럴 생각이었어."

"나머지 두 군데인데."

"……하나는 제가 갈게요."

조용히 이야기를 듣고 있던 사쿠라가 진지한 눈빛으로 우리를 바라보았다.

500 곰 씨, 지켜보다

“사쿠라?”

사쿠라의 말에 모두가 사쿠라 쪽을 본다.

“마법진의 사용 방법은 무무르트 님에게 배웠으니 다룰 줄은 알아요. 제 마력으로도 발동은 할 거예요.”

“기다려. 마력을 계속 주입해야 한다고 설명하지 않았나. 아직 어린 자네가 무리하게 마력을 계속 주입한다면 앞으로 마법을 쓰지 못하게 되어버릴 거라네.”

약간의 마법 도구를 사용하는 정도라면 문제없지만, 어린아이가 커다란 마법과 마력을 많이 사용하면 성장한 뒤에 영향이 있다고 노아에게서 들은 적이 있다. 그래서 이 세계에는 꼬마 마법사는 없다.

하지만 사쿠라는 무무르트 씨의 말에 천천히 고개를 저었다.

“제가 마법을 쓰지 못하게 되는 정도로 이 나라를 구할 수 있다면 상관없어요. 이 나라와 제 마법 중 고르라 한다면 저는 망설이지 않고 이 나라를 고를 겁니다.”

사쿠라는 진지한 눈으로 무무르트 씨에게 대답했다.

하지만 무무르트 씨는 이제 막 만난 소녀의 결단에 수긍할 수가 없었다.

나, 카가리 씨, 무무르트 씨가 봉인을 강화하러 가면 부활한 이무기와 싸울 사람은 없어진다. 그래서 사쿠라의 말은 이해가 되었다. 하지만, 위험한 일을 시키고 싶지 않은 마음도 있었다.

마법사를 다른 곳에서 불러오는 방법은 가장 빠른 건 엘프 마을의 주민들. 하지만 곰 이동문에 관해 설명하는 순간 무무르트 씨와 루이밍이 어떻게 될지 모른다. 무엇보다 관련 없는 엘프 사람들이 위험에 노출된다.

아마 무무르트 씨는 그건 허용하지 않을 것이다.

게다가 이무기에 대한 설명을 듣고 곧바로 납득할 사람이 있을지. 있다고 해도 주변에서 말릴지도 모른다. 그런 사람들을 이해시킬 시간도 없다. 지금 당장 무무르트 씨와 떨어지는 것도 곤란하다.

무무르트 씨가 대답하지 못하자 옆에 있던 카가리 씨가 가만히 사쿠라를 바라보더니 입을 열었다.

"사쿠라, 괜찮겠니? 이곳에 남겠다는 건 목숨을 잃을지도 모른다는 뜻이야."

"네. 제가 할 수 있는 일이 있는데 안전한 곳으로 도망칠 수는 없어요. 저에겐 이무기와 싸울 힘은 없지만, 이무기의 부활을 늦출 수는 있어요."

"사쿠라……."

"만약 제가 위험한 상황에 닥쳐도 구하러 오지 말아주세요. 여러분의 발목을 잡고 싶지 않아요. 조금이라도 봉인을 늦출게요. 그러니 이무기를 부탁하겠습니다."

사쿠라는 고개를 숙였다.

그런 사쿠라의 모습을 보고 카가리 씨는 입술을 강하게 깨물었다.

이무기가 부활할지도 모르는 곳에 가는 것이다. 이무기만이 아니라 다른 마물이 공격을 해올 가능성도 남아있었다.

하지만 카가리 씨는 모든 것을 이해하고 입을 열었다.

"알았어. 봉인 중 하나는 사쿠라에게 맡길게."

"카가리 님……."

이 중에서 사쿠라에 대해 가장 잘 알고 있는 카가리 씨의 결정이었다. 그렇기에 아무 말 할 수 없었다.

나도 어떤 대답을 해야 할지 모르겠으니 말이다.

게다가 조금 전부터 지면의 진동은 이어지고 있었다. 언제 부활해도 이상하지 않았다. 시간이 없다는 뜻이다.

"루이밍 씨, 그 약속은 지킬 수 있을지 모르겠네요. 하지만, 만약 살아남는다면 마법을 쓸 수 있게 되게끔 할 테니까 또 말해주세요."

어떤 약속을 했는지는 모르지만, 사쿠라는 미소 지으며 루이밍에게 말했다.

그에 대해 루이밍은 아무런 말도 하지 못했다.

"루이밍 씨, 만날 수 있어서 기뻤어요."

"사쿠라……."

루이밍은 사쿠라의 말에 대답하지 못했다.

무슨 말을 하려 하지만, 뭐라 말하면 좋을지 고민하는 것으로 보이기도 했다.

"유나, 미안하지만, 나머지 하나의 봉인을 강화하는 걸 부탁할게."

"그럼, 이무기는."

"이 나라와 관련도 없는 너에게 가장 위험한 역할을 맡길 수는 없잖아. 봉인 강화만으로도 충분해."

확실히 나 또는 카가리 씨 중 한쪽이 나머지 하나의 봉인을 강화하는 작업을 해야 한다.

카가리 씨의 실력은 모르지만, 이무기에게 이길 수 있을 것 같진 않았다. 이길 수 있다면 전에 무찔렀을 것이다.

그렇다고 해서 내가 무찌를 수 있느냐 묻는다면, 모르겠다.

하지만 곰 장비가 있는 내 쪽이 목숨을 잃을 위험도는 낮다.

"제가……."

이무기와 싸울게요, 라고 말하려 한 순간, 내 말이 가로막혔다.

"기다려 주세요."

루이밍이 말했다. 모두가 루이밍을 보았다. 루이밍은 뭔가를 결심한 표정을 하고 있었다.

"뭐야? 지금은 시간이 없어. 아가씨는 집으로 돌아가렴. 여기는 곧 전장이 될 거야."

"저, 저도 도울래요. 지금은 혼자서도 많은 마력을 쓸 수 있는 사람이 필요한 거잖아요."

"루이밍 씨!"

"무슨 말을 하는 거냐?!"

루이밍의 말에 무무르트 씨가 놀랐다.

"할아버지, 유나 님에게 마법진을 설명할 시간은 없잖아요. 저라면 조금 전에 할아버지가 사쿠라에게 설명하는 걸 봤으니까 알아요. 그러니 다른 하나의 봉인은 제가 갈게요."

"루이밍……."

루이밍은 사쿠라를 대신하는 게 아닌 다른 하나라고 말했다.

지금, 부족한 것은 마법진에 마력을 주입할 사람이다. 그 점을 루이밍은 이해하고 있었다.

"루이밍 씨, 안 돼요. 위험해요."

"둘이서 두 곳을 봉인하면 유나 님과 카가리 님, 두 사람이 이 무기와 싸울 수 있게 되는 거잖아요. 그러면 이길 가능성이 오르는 거고요."

"루이밍 씨……."

"할아버지, 부탁이에요. 저도 돕게 해주세요!"

무무르트 씨는 루이밍을 가만히 바라본다.

"안 돼. 너는 돌아가렴."

물론 나도 무무르트 씨에게 동의한다. 루이밍에게 위험한 일을 시킬 수는 없다. 루이밍은 무무르트 씨와 달리 이 나라와는 관련된 게 없으니까.

“할아버지! 처음엔 유나 님을 도울 수 있다고 생각해서 온 거긴 하지만, 이번에 알게 된 사쿠라가 힘든 일에 처해있는 거잖아요. 저 혼자만 안전한 곳으로 도망칠 수는 없어요.”

루이밍은 무무르트 씨의 옷을 붙잡고 설득했다.

내가 루이밍과 사쿠라를 만나게 해버린 탓이다. 두 사람에게 연결고리가 생겨버렸다.

“루이밍…….”

“할아버지도 카가리 님이랑 유나 님이 돌아가라고 해도 돌아가지 않을 거잖아요?”

“그렇긴 하지만…….”

지면이 흔들렸다.

서서히 커졌다.

얘기를 나눌 시간은 없어지고 있었다.

“할아버지, 부탁이에요. 저도 돕게 해주세요.”

“무무르트, 말씨름할 시간이 없어. 잔인하게 들릴지 모르겠지만, 지금 바로 결정해. 이 몸의 의견을 말하자면, 남아준다면 도움이 될 거야.”

더욱 크게 지면이 흔들렸다.

지금까지 중에서 가장 큰 흔들림이었다.

"할아버지!"

무무르트 씨는 괴로워하며 결단했다.

"루이밍, 약속이야. 만약 위험을 느끼면 곧장 도망쳐야 해."

"……할아버지. 네, 알았어요. 위험하다고 생각되면 도망칠게요."

확실히 이게 현 상황에서 제일 좋은 방법이다.

루이밍과 사쿠라가 마음을 정했다면 나는 두 사람을 서포트해 줄 뿐이다.

나는 마음속으로 곰돌이와 곰순이에게 이쪽으로 오라고 불렀다.

"미안해. 손녀까지 위험에 빠뜨리게 해버렸어."

"루이밍이 스스로 정한 거야. 두 사람 모두 아이템 봉투는 가지고 있겠지."

"네."

"네."

무무르트 씨는 자신의 아이템 봉투에서 양탄자와 작은 봉투를 두 사람에게 건넸다. 두 사람은 무무르트 씨에게 물건을 받아 들더니 아이템 봉투에 담았다.

"내가 몸 중심으로 가지. 두 사람은 머리를 부탁해."

"알겠습니다."

"네."

"루이밍도 사쿠라도 문은 열어 둘 테니까 최악의 상황엔 도망쳐야 해. 이무기도 문 안까지는 들어가지 못할 테니까."

커다란 몸집이다. 곰 이동문을 통과하지 못할 것이다.

"알겠어요."

"네."

두 사람은 고개를 끄덕였다.

모두가 움직이려 한 순간, 땅에서 정신을 잃고 있던 시노부에게 시선이 갔다.

이대로 자게 내버려 두는 건 위험했다.

"거기 문 너머에 자게 해둘까?"

"괜찮아요. 믿을 수 있는 아이에게 봐달라고 할 거예요."

나는 곰 폰을 꺼냈다.

곧이어 상대가 받았다.

『유나 언니?』

"피나, 미안하지만, 지금 바로 내 집으로 와줄래."

『앗, 왜 그러세요?』

"미안, 설명할 시간은 없어. 이동문 앞에 사람이 누워 있을 거야. 돌봐줄 수 있어? 옷에 피가 묻긴 했는데 치료는 해서 괜찮으니까."

『유나 언니?』

"무슨 일 있으면 연락해줘."

『유나 언니!』

피나가 무슨 말을 하려 했지만, 설명할 시간은 없었다.

나는 곰 이동문의 문을 한 번 닫고 크리모니아의 곰 하우스로 연결했다.

그리고 시노부를 공주님 안기로 안아 이동문을 지나 곰 하우스에 시노부를 눕혔다. 그리고 피나가 곰 하우스 안으로 들어올 수 있도록 해두었다.

이제 피나가 곰 하우스로 와준다면 시노부를 돌보게 맡길 수 있다.

나는 문을 닫고 다시 엘프 숲으로 문을 열었다.

"유나 님, 누구랑 얘기하신 거예요?"

"내가 가장 믿고 있는 여자아이. 시노부에 대해선 걱정하지 않아도 돼."

"알겠어요."

사쿠라는 시노부가 걱정하지 않도록 안심시키듯 말했다.

준비가 마친 순간 땅이 가장 크게 흔들렸다.

흔들림은 잦아들지 않았다.

조금 전까지는 흔들려도 곧장 멈췄는데, 이번 흔들림은 멈추지 않았다.

요동이 서서히 커졌다.

루이밍과 사쿠라가 균형을 잃고 쓰러질 것 같았다.

그때 곰돌이와 곰순이가 나타나 두 사람을 지탱해줬다.

"곰돌이!"

"곰순이 님!"

두 사람은 곰돌이와 곰순이에게 안겨 쓰러지지 않았다.

하지만 흔들림은 계속되었다.

지면은 흔들리고, 커다란 소리가 울렸다. 지하에서 무언가가 솟아오르는 듯한 느낌.

탐지 스킬을 확인했다.

이무기의 일부가 완전히 표시되어 있었다.

고고고고고고고, 땅이 갈라지는 소리가 났다.

멀리에서 나무들이 쓰러지는 소리가 들렸다.

지면에서 나온다.

그리고, 떨어진 곳에서도 알 수 있을 만큼 커다란 것이 솟아올랐다.

"이무기인가……."

높게 솟아오른, 빌딩 같은 것이 흔들리고 있었다.

크다.

"저게 이무기……."

"크네요."

"다시는 안 보고 싶었는데."

"그건 동감이야."

누구든 이런 것과 마주하고 싶지는 않겠지.

"두 사람 모두 이제는 발 빼지 못한다."

"……네."

"……네."

사쿠라와 루이밍 두 사람은 이무기를 보면서 대답했다.

두 사람의 손이 떨리는 것 같은 기분이 들었다.

앞으로 이 이무기의 머리가 봉인된 곳으로 향한다. 안 무서울 리가 없었다.

"곰돌이, 곰순이. 루이밍과 사쿠라를 부탁할게. 만일의 경우엔 두 사람을 데리고 이동문 안으로 도망쳐."

""크~응.""

만약 두 사람이 위험해도 도망치지 않으려 할 경우엔 곰돌이와 곰순이가 억지로라도 데리고 가줄 것이다. 게다가 마물이 접근해와도 두 사람을 지켜줄 거다.

곰돌이에게는 루이밍이 타고, 곰순이에게는 사쿠라가 탔다.

"그럼, 다녀오겠습니다!"

"다녀올게요."

곰돌이와 곰순이는 두 사람을 태우고 달려갔다.

"좋아, 나도 가지. 두 사람 모두 무리는 하지 말도록."

"맡겨 둬, 확실하게 힘을 빼놓을 테니까."

"딱히 해치워도 상관없는 거죠?"

"후후, 그게 가장 편하고 좋을 것 같은데. 아가씨가 말하니 정말 그렇게 할 것 같군."

무무르트 씨는 웃더니 달려 나갔다.

"그럼, 우리도 가볼까."

우리는 부활한 이무기의 머리를 향해 달리기 시작했다.

501 곰 씨, 이무기와의 결투가 시작되다

나와 카가리 씨는 움직이기 시작한 이무기의 머리 중 하나로 향했다.

"우리의 역할은 다른 봉인에 접근하지 못하게 만들면서 이무기의 머리를 쓰러뜨리는 거야. 공격은 몸통이 아니라 머리를 노려."

"몸통은 안 돼요?"

물론 머리가 약점인 건 안다.

근데 몸통은 땅에서 나오지 않을 테니까 공격을 계속할 수 있을 것 같았다.

구멍에서 몸이 나올 수 없게 된 커다란 뱀이라고 생각하면 된다.

"무리야. 이무기의 피부는 마력으로 경화돼 있어. 손상은 약간 줄 수 있지만, 피부가 단단하고 두꺼워."

"미스릴 무기로도 무리예요?"

"설령 찌를 수는 있어도 껍질이 두꺼워서 안쪽까지 찌르는 건 어려울 거야. 게다가 엄청난 마력으로 회복되지. 잘못하면 그 자리에서 피부가 회복되어 무기가 안 빠지게 될 거야."

그게 뭐야? 사기잖아.

항상 생각하는 거지만, 회복이 가장 큰 치트다. 특히 게임에서는 우리 편에 있으면 믿음직스럽지만, 적이 사용하면 최악이다.

조금만 더 하면 쓰러뜨릴 수 있는 상황에서 회복하게 되면 참을 수 없을 것이다. 아마 그만큼 스트레스받는 순간은 없지 않을까. 상대가 회복을 쓰게 두어서는 안 된다.

"그럼 전에는 어떻게 쓰러뜨렸어요?"

과거의 싸움을 참고하는 건 나쁜 일이 아니다.

"사람 수로 밀어붙였지. 많은 사람이 하나가 되어 공격하고, 회복해도 공격했다. 그걸 반복했지. 이무기도 마력의 한계는 있어. 계속 싸우다 보니 이무기의 회복 속도가 떨어졌지. 그리고 약해진 틈을 타 무무르트와 다른 모험가들이 머리 하나를 봉인하는 데 성공했다. 비슷한 방법으로 2개, 3개, 4개, 최종적으로 몸을 봉인하고 끝났어. 단지, 그때의 희생자는 수없이 많았다. 무무르트 일행이 없었다면 어떻게 되었을지 몰라."

무무르트 씨 파티, 엄청났구나.

사막에 있던 피라미드도 공략했었지. 지금은 그다지 대단한 사람처럼 보이지 않은데. 당시엔 대단한 모험가였을지도 모른다.

"정말 무무르트에게는 감사할 따름이야."

"그래도 거기까지 몰아붙였다면 쓰러뜨리면 됐던 거 아니에요?"

쓰러뜨렸다면 이렇게 되지 않았다.

"우리도 한계였어. 많은 사람이 죽고, 싸울 수 있는 사람은 거의 없었거든. 봉인도 겨우 했던 거야."

종이 한 장의 싸움이었다는 얘기겠지.

목숨을 걸고 싸운 사람을 탓할 수는 없다. 그때를 경험한 자만이 알 수 있는 일이다.

“그럼 머리에 공격해서 이무기의 마력을 줄이면 된다는 거네요.”

“말로는 간단한데, 가장 위험한 곳이야. 잡아먹히기라도 한다면 거기까지인 거고, 이무기의 공격은 전부 강력해. 일격이라도 당한다면 끝이라고 생각해야 할걸.”

먹힐 생각은 없지만, 곰 장비라면 괜찮을 거라고 생각하면 방심하게 되므로 마음을 다잡았다.

“참고로 저 머리는 어떤 공격을 하나요? 불, 물, 바람, 바위?”

이야기에 따르면, 이무기는 화염을 내뿜고, 물을 내뿜고, 바람을 날리며, 바위를 날린다고 했다. 당시의 일을 아는 카가리 씨라면 어느 장소에 어떤 속성의 머리를 봉인하였는지 알고 있을 것이다.

그렇게 생각했지만, 대답은 예상과 달랐다.

“미안. 아무래도 수백 년 전의 일이라 기억이 안 나.”

카가리 씨는 미안하다는 듯이 말한다.

정보는 있는 게 좋겠지만, 싸워보면 알 수 있다.

우리는 이무기 머리 근처까지 왔다.

이무기는 똬리를 트고 머리를 뻗은 채 움직이지 않았다.

전에 쓰러뜨린 블랙 바이퍼보다 큰 뱀이었다. 이게 네 개의 머리를 가진 마물. 게다가 각각이 속성을 가지고 있다. 그렇게 생각하니 블랙 바이퍼가 귀엽게 느껴질 정도였다.

“안 움직이는데, 이대로 움직일 때까지 기다릴까요?”

원래라면 선공 필승이니까 공격을 하고 싶다.

하지만 지금은 무무르트 씨와 아이들이 봉인을 강화할 준비를 하고 있을 것이다.

만약 공격했다가 이무기가 날뛰기라도 해서 다른 봉인이 풀려버린다면, 무무르트 씨와 아이들이 하려는 일이 헛수고로 돌아간다.

“그러게. 지금 막 눈을 떴고 움직임도 둔한 것 같은데. 그래도 무무르트와 아이들이 봉인을 강화할 시간도 필요할 거야.”

나와 카가리 씨의 의견이 맞았다.

하지만 곧 상황이 바뀌며 생각도 바뀌었다.

“아니, 그럴 시간은 없는 것 같은데.”

이무기의 검은 몸이 붉게 타기 시작했다.

“불 이무기인가!”

이무기의 몸이 불로 휩싸였다.

“다가가면 저놈의 열로 타버릴 거야. 조심해.”

주위의 나무들이 타기 시작했다.

카가리 씨는 마법으로 물을 만들어 내더니 머리에서부터 뒤집어쓴다.

“아가씨, 어떤 마법을 잘하지?! 물 마법을 쓸 수 있다면 물을 뒤집어써. 약간은 열을 막을 수 있을 거야. 마치 달궈진 돌에 물 붓는 꼴이지만, 안 하는 것보다 낫겠지.”

"웬만한 마법은 쓸 수 있어요. 이 옷은 내열 효과도 있으니까 괜찮아요."

곰 보호구는 내열, 내한 기능이 포함되어 있다.

"그건 든든하네. 공격해올 거야."

이무기가 고개를 들고 카가리 씨와 나를 봤다.

저 눈은 봉인되어 있을 때 움직이던 눈이다.

이무기는 머리를 떨어뜨리듯 우리를 향해 내려쳤다. 나와 카가리 씨는 그 자리에서 움직였다. 우리가 있던 자리에 이무기의 머리가 쿵 하고 큰 소리를 내며 떨어졌다. 카가리 씨는 물의 공을 날렸고, 나는 얼음 화살을 날렸다. 각각의 공격은 명중했지만, 데미지를 준 것 같지 않았다.

"계속해서 마법을 날려! 놈은 물이 약점이야. 물을 싫어해서 화염을 만들어 내지. 그만큼 마력을 소모하고 말이야."

카가리 씨는 이무기의 머리를 향해 물을 날렸지만, 맞은 순간 모두 증발했다.

하지만 카가리 씨의 말대로 물을 싫어하는 건지, 명중한 곳이 불타올랐다.

카가리 씨에게만 맡길 수는 없으니 나도 사각지대에서 이무기를 향해 물 마법을 날렸다.

이무기 머리 위로 물을 떨어뜨리자 잠시 불길이 사라졌지만, 곧바로 다시 타올랐다.

옛날 사람들은 이런 상대에게 목숨을 걸고 싸웠다.
봉인도 겨우 했다는 말을 이해했다.
하지만, 이번에야말로 쓰러뜨려야 한다.
예전 사람들은 못 했을지 모르지만, 나라면 할 수 있을지도 모른다.
나는 이무기 앞을 달렸다. 이무기가 입을 벌리고 불길을 뿜어내려 했다. 그 타이밍에 맞춰 화염 곰을 만들어 냈다.
바깥이 안 되면 안에서부터다.
"가라!"
화염 곰을 불 이무기 입 안에 넣었다. 이무기는 입을 다물었다. 그 속이 전부 타는가 싶었으나 곧바로 입을 열었다.
그 순간 입안에서 화염이 만들어지며 나를 향해 날아왔다.
화염 곰이 먹혔다?!
나는 순간적으로 몸을 비틀어 불길을 피했다. 조금 전까지 내가 있던 자리에 불길이 지나갔다.
……피했다.
라고 생각하는 순간 이무기의 머리가 옆으로 움직였다.
나는 불길에 휩싸였다.
"아가씨!"
나는 불길에 휩싸인 채 지면에 착지했다.
"위험했네."

방금 건 죽는 줄 알았다.

역시 곰 장비.

“아가씨, 괜찮아?”

카가리 씨가 신기한 것을 보는 눈초리로 나를 보았다.

“괜찮아요.”

“너, 이무기의 화염에 휩싸였던 거 아니었어?”

“이 옷은 저 정도 화염이라면 끄떡없어요.”

그렇다고 해도 지금 건 꽤 쫄았다.

처음으로 불길에 휩싸이는 경험을 했다.

“아무리 내열 효과가 있는 옷이라고 해도 너무 규격을 벗어난 거 아니야?”

나도 그렇게 생각하지만, 신님이 주신 옷이라 어쩔 수 없다.

하지만 이것으로 이무기를 체내에서부터 쓰러뜨리는 방법은 쓸 수 없다는 것이 증명되고 말았다.

운이 나쁘다고밖에 할 수 없다.

이것이 불 이무기가 아니었다면 체내 파괴가 가능했을지도 모른다.

하필이면 부활한 이무기가 불 이무기라 화염 곰을 먹어버렸다. 최악이다.

502 사쿠라, 봉인을 강화하다

도중에 루이밍 씨와 헤어지고, 저는 곰순이 님을 타고 봉인이 있는 건물로 향합니다.

상관없는 루이밍 씨까지 끌어들여버려서—. 마음이 괴롭습니다.

루이밍 씨뿐만 아니라 유나 님, 무무르트 님, 곰순이 님에게 곰돌이 님. 이 나라와는 관계없는 사람들이 목숨을 걸고 이무기를 쓰러뜨리는 것에 도움을 주고 있습니다.

저는 모두에게 은혜를 갚을 수 있을까요?

그러려면 다 같이 살아남아야 합니다.

그런 생각을 하고 있는데 뒤에서 땅이 울리기 시작합니다.

곰순이 님이 멈춰 서서 뒤를 봅니다.

거기에는 큰 이무기의 모습이 있었어요.

저게 이무기….

크다.

떨어진 곳에 있어도 그 거대함을 알 수 있습니다.

저런 큰 마물과 당시의 사람들은 목숨을 걸고 싸워 봉인했습니다.

저곳에서 유나 님과 카가리 님이 오직 둘이서 맞서 싸우려고 합니다.

지금의 우리가 할 수 있을까요?

공포로 몸이 떨려옵니다.

"크~응."

곰순이 님이 웁니다.

"걱정하지 마세요."

무섭지만 곰순이 님에게 걱정을 끼치고 싶지 않기에 부드럽게 머리를 쓰다듬으며 말합니다.

카가리 님이 계시고, 당시 이무기의 봉인을 도와주신 무무르트 님이 있습니다. 게다가 꿈에서 본 희망의 빛인 유나 님이 있습니다.

분명 어떻게든 될 거예요.

하지만 그러기 위해서는 우리뿐만 아니라 국왕 폐하와 국민들의 힘도 필요합니다.

국왕 폐하께 현황 보고를 드리고 싶은데 연락 수단이 없습니다. 유나 님의 문도, 멀리 있는 사람과 대화할 수 있는 마법 도구도 사용할 수 없어요.

시노부가 있다면 국왕 폐하께 보고할 수 있었을 테지만, 봉인을 지키기 위해 마물과 싸우다 쓰러지고 말았습니다.

"이곳에는 저밖에 없어요. 지금, 제가, 할 수 있는 일을 해야 해요."

"크~응."

곰순이 님께서 어쩐지 모르게 「나도 있어」라고 말씀해 주시는 것 같습니다.

그래서 제가 「그러게요. 곰순이 님도 있네요」라고 대답하자 기뻐했습니다.

“곰순이 님, 서두를까요.”

제 말에 곰순이 님은 멈추었던 다리를 움직여 달리기 시작했습니다.

그리고 곰순이 님 덕분에 눈 깜짝할 사이에 봉인이 있는 건물에 도착했습니다.

건물이 조금 망가져 있어요.

유나 님과 다른 분들은 이곳을 지키기 위해 목숨을 걸고 싸웠다는 걸 보면 알 수 있습니다.

여러 곳에 싸움의 흔적이 남아있습니다. 새 같은 마물의 시체. 처음 보는 건데, 말로만 들었던 볼 가라스일까요? 볼 가라스뿐만 아니라 와이번도 쓰러져 있습니다.

커요. 죽었다는 걸 알지만 무서워요.

“쿠에.”

위에서 울음소리가 납니다. 울음소리가 나는 쪽을 보니 검은 새, 볼 가라스가 날고 있습니다.

저는 곰순이 님에게서 내리고는 문을 열고 도망치듯 뛰어 들어갔습니다.

그런데 곰순이 님은 들어오지 않습니다.

“곰순이 님. 얼른, 들어오세요.”

문을 닫지 않으면 들어올지도 모릅니다.

"크~응."

곰순이 님은 울더니 문에서 떨어집니다.

어디 가는 거예요?!

제가 따라서 밖으로 나오자, 곰순이 님이 볼 가라스로 향하는 모습이 보였습니다.

저는 곧바로 이해했어요.

곰순이 님은 볼 가라스를 쓰러뜨리러 가는 겁니다.

"곰순이 님……."

곰순이 님은 저를 지키기 위해, 봉인을 지키기 위해, 유나 님의 말을 지키고 있네요.

저도 제가 해야 할 일을 해야 합니다.

"곰순이 님, 잘 부탁드릴게요."

마물은 곰순이 님에게 맡기고, 저는 건물 안으로 돌아와 마법진이 있는 지하로 향합니다.

지하로 내려가니 큰 마법진이 있습니다. 검붉고, 기분이 좋은 건 아니에요. 과거에 몇 번 본 적이 있지만, 이렇게 꺼림칙하지는 않았습니다.

저는 그런 검붉은 마법진 앞에 섰습니다. 그때 마법진이 그려져 있는 바닥의 모양이 움직였습니다.

저는 방어 태세를 잡았습니다.

자세히 보니 마법진 안에 힐끔 뜬 눈 같은 게 있어요.

이무기 눈…….

무서워요.

그래서 카가리 님은 제가 겁먹지 않도록 안으로 들여보내 주지 않으셨던 거군요.

만약 여기서 이무기가 부활한다면 제 목숨은 없는 것과 마찬가지일 겁니다.

다리가 떨려요.

하지만 유나 님도, 카가리 님도 이무기와 싸우고 있습니다.

여기서 제가 무서워하며 도망갈 수는 없습니다. 스스로 말을 꺼내 시작한 일입니다. 저는 마법진의 중심으로 걸어갔습니다. 중심에는 마석이 박혀 있었습니다. 거기에 덮어씌우듯 무무르트 님께 받은 양탄자를 올려놓았습니다.

이 양탄자의 이 자리에, 이 마석을 합쳐서—.

저는 무무르트 님에게 배운 것을 떠올리며 준비했습니다.

그 사이에도 이무기의 눈이 가만히 저를 보고 있었습니다.

무서워요.

하지만 지금 이 봉인을 지킬 수 있는 것은 저뿐입니다.

저는 볼을 양손으로 톡톡 치며 기합을 넣었습니다.

싸우고 있을 유나 님과 카가리 님을 위해서라도 이 봉인만은 지킬 거예요.

저는 무무르트 님에게 받은 마석을 양탄자 위에 올려놓았습니다.

"여기랑, 여기랑, 여기."

이걸로 괜찮을 거예요.

마석이 양탄 위에 올려졌습니다.

"스…… 하……."

저는 심호흡을 하고 양탄자에 그려진 마법진에 손을 얹었습니다.

제발 잘 되길.

저는 마력을 흘려보냈습니다.

몸에서부터 마법진으로 마력이 흘러 들어가는 것을 느낄 수 있었습니다.

양탄자에 그려진 마법진과 마석이 빛을 내뿜습니다.

저는 마력을 조금씩 흘려보냅니다.

무무르트 님의 말씀대로라면 마력을 계속 흘려보내야 하는 것이지, 한 번에 마력을 흘려보는 건 의미가 없다고 했습니다. 다만, 봉인이 풀릴 것 같을 때는 마력을 강하게 넣어야 한다고 했습니다.

봉인의 마법진 아래에서 움직이던 눈의 움직임이 둔해졌습니다. 그리고 천천히 멈췄습니다.

해냈어요.

아무래도 봉인의 강화가 잘 된 것 같습니다.

이무기는 과거에 많은 사람을 죽였습니다.

만약 이무기가 완전하게 부활해버린다면 절망뿐일 것입니다.

그 꿈에서 본 것이 현실이 될 거예요.

무서워. 사람 죽는 걸 보는 건 싫습니다.

유나 님, 카가리 님…….

커다란 무언가를 땅에 몇 번이고 내리치는 것 같은 소리가 나고, 땅이 흔들렸습니다. 이무기가 날뛰고 있습니다.

저 큰 거구에게 맞기라도 한다면 유나 님도 카가리 님도 죽고 말 겁니다.

유나 님, 카가리 님, 제발 죽지 말아주세요.

지금의 저는 기도밖에 할 수 있는 게 없습니다.

503 국왕, 움직이다

어제 사쿠라가 꿈에서 본 희망의 빛이라는 곰 옷차림을 한 소녀를 만나고 왔다.

처음에 보고를 받았을 때는 이해할 수가 없었지만, 정말 곰 옷차림을 한 여자아이였다.

보고에 따르면 15살이라고 한다. 내 딸이랑 크게 다르지 않잖아.

보기에는 도저히 쥬베이를 이길 수 있을 정도로 강하다고는 생각되지 않았다. 시노부 녀석도 잘도 저 곰 옷차림을 한 여자아이가 사쿠라가 말한 희망의 빛이라는 것을 알아차렸다고 생각했다.

만약 쥬베이와의 결투에 관한 보고가 없었다면, 사쿠라의 희망의 빛이라는 말만으로는 믿기 어려웠을 것이다.

곰 복장을 한 소녀의 실력을 알기 위해 쥬베이와 싸우게 했다. 쥬베이는 이 나라 안에서도 손꼽히는 힘을 가지고 있다. 이길 수 있는 사람은 적다.

설령 쥬베이가 상대가 어린아이라서 봐준다고 할지라도 지지는 않을 거라고 생각했다.

그러나 결과는 곰 옷차림을 한 소녀가 이겼다.

하지만 기쁜 오산이다. 이것으로 사쿠라의 말이 증명된 것이다. 이의를 제기하던 사람도 이 결과를 보면 입을 다물 수밖에 없다.

실제로 이번 일로 참견하는 사람은 없어졌다.

곰 소녀를 시험한 점은 미안했다. 자칫 잘못하면 희망의 빛을 잃을 뻔했다.

하지만 곰 소녀는 나의 사과를 받아들이고 이무기와 싸우는 일을 받아들여 줬다.

저런 소녀에게 나라의 미래를 맡기게 되다니 한심하기 짝이 없다.

그런 곰 소녀는 카가리를 만나기 위해 오늘 셋이서 리네스의 섬으로 간다고 시노부로부터 보고받았다.

그 섬으로 가는 방법이, 곰을 타고 바다를 건너는 것이라고 한다. 아무래도 제일 처음 받았던 보고 내용이 틀린 건 아니었던 것 같다.

곰 복장을 한 여자아이가 곰을 타고 바다에서 왔다고 적혀 있었다. 처음에는 배에 곰과 함께 타고 있었나 라는 정도로만 생각했다.

하지만 말 그대로 바다 위를 곰이 달려온 것이다.

곰이 바다 위를 달린다고?

착각해도 어쩔 수 없는 부분이겠지. 곰이 바다 위를 달린다는 보고를 받고 그 말 그대로를 믿을 사람은 없다. 그런데 사실이었던 모양이다.

오늘은 사쿠라의 소원으로 그 곰을 타고 섬으로 갈 거라고 했다.

그때 곰이 바다 위를 건너는 건 아무에게도 말하지 말아 달라고 시노부가 말했다.

누구한테 말하겠는가.

만약 곰이 바다 위를 건너왔다고 신하들에게 말한다면, 내 머리가 이상하다고 여겨질 것이다. 곰이 바다 위를 달린다는 말은 나 자신도 믿을 수 없다. 이걸 다른 사람이 믿을 것 같지는 않다.

게다가 곰 옷차림을 한 소녀가 비밀로 해달라고 한 것은 지킬 생각이다.

사쿠라의 말처럼 곰 복장을 한 소녀가 희망의 빛이라면 기분을 언짢게 할 일은 하지 않으려 한다.

그것이 설령 작은 희망의 빛일지라도 말이다. 이 나라가 구원받을 수 있다면 어떤 사소한 일에라도 매달릴 것이다.

그런데 그 곰이 정말로 바다 위를 달리는지 보고 싶었다.

지금쯤이면 리네스 섬에 있는 카가리를 만나고 있겠지.

카가리는 오랜 세월 이 나라를 지켜온 수호자다. 이 나라에 위기가 있을 때마다 구해주었다. 카가리는 수백 년째 사는 여우다. 예전부터 모습은 변하지 않았다.

카가리를 아는 사람은 한정되어 있다. 불로장수에 그 미모로 귀찮은 일이 끊이지 않기 때문이다. 그것이 원인이 되어, 남자가 가까이 가지 못하도록, 리네스 섬에 결계를 쳐버렸다.

나는 어렸을 때부터 알고 지냈기 때문에 누나이자 엄마 같은 느낌이다. 그런 이유로 나에 대해 많이 알고 있어서 귀찮다. 그래서 카가리에게는 고개를 들지 못하는 경우가 많다.

마음에 걸리는 건, 그런 카가리가 저 곰 옷차림을 한 소녀를 믿을지였다. 그 때문에 위험할 수도 있지만 사쿠라의 동행을 허용했다. 나와 마찬가지로 카가리는 사쿠라를 태어날 때부터 알았다. 사쿠라의 말이라면 들어주겠지.

사쿠라도 걱정이지만, 나도 이무기에 관한 대책을 준비해야 한다.

앞으로의 대책을 생각하면서 일하고 있는데 연락이 왔다.

아무래도 마을에 마물이 나타났다는 모양이다.

처음에는 왜 그런 걸 굳이 나한테 보고하나 했는데 수가 많은 모양이었다. 그래서 모험자 길드에서 병사를 내보내 달라고 연락이 왔다고 했다.

나는 일부 부대를 내보낼 것을 지시하고 무슨 일이 있으면 수시로 보고하라고 전했다.

안 좋은 예감이 들었다.

왜 이 타이밍에 마물이 모이지?

마물의 보고를 받고 한동안 일을 하고 있는데, 열려 있는 창문으로 하얀 작은 새가 들어왔다.

하얀 작은 새는 방안을 빙글빙글 날았다. 내가 손을 내밀자 손에 멈춰 섰다.

시노부의 전령새다. 작은 새의 목에는 작은 통이 달려 있었다.

뭐지? 시노부는 사쿠라와 곰 옷차림을 한 소녀와 함께 카가리에게 가고 있을 것이다. 무슨 일이 있었나? 순간적으로 카가리가 곰 복장을 한 소녀에게 엉뚱한 짓을 한 것이 아닌가 하는 생각이 들었다.

나는 서둘러 작은 새의 목에 달린 통 속에서 종이를 꺼냈다. 거기에는 짧은 글로 섬에 마물의 습격이 있음, 봉인, 풀릴 우려가 있음이라고 적혀 있었다.

아니었다.

더 최악의 상황이었다.

마물이 모여들고 있다. 조금 전의 보고가 생각났다.

짚이는 것은 한 가지.

그게 원인인가!

나는 자리에서 일어나 즉시 신하들을 모으라는 지시를 내렸다.

그때 전령병이 찾아왔고, 마물을 토벌하기 위해 먼저 출발한 부대장으로부터 증원 요청이 도착했다.

마물의 수가 늘고 있다고 했다.

지도를 꺼내 마물이 나온 보고와 대조했다.

역시 리네스 섬 부근으로 이동하고 있었다.

다른 섬에서도 비슷한 일이 일어나고 있을 가능성이 있다.

아니, 틀림없이 일어나고 있을 거야.

"리네스 섬에서 가까운 곳이 제일 위험하다."

"무슨 말씀이세요?"

"조금 전에 리네스 섬에 있는 시노부에게서 연락이 왔다. 섬으로 마물들이 모여들고 있다고 한다."

"설마."

내 말에 다른 사람도 짚이는 게 있었던 모양이다.

"과거 이무기가 나타났을 때 마물도 많이 나타났다고 하네. 이번에 마물이 모여들기 시작한 것도 그 조짐일 가능성이 커."

내 말에 모두가 술렁였다.

"곧바로 각 섬에 확인하도록. 그리고 군사 준비를 서둘러라."

거리 입구의 방위, 도로의 확보를 지시한다.

마을 주변 도로에는 이동 중인 사람도 있을 터였다. 최우선으로 지켜야 한다.

그런 다음, 각각의 거리, 마을에서 나오지 말라고 전했다.

"그리고 자네들이 이무기와 싸우기 위해 모은 여자들을 리네스의 섬으로 보내도록."

만약 이무기가 부활했다면 얼마나 도움이 될지 모른다. 하지만 남자가 들어갈 수 없는 지금, 그 여자들에게 의지할 수밖에 없다.

최악의 상황엔 사쿠라라도 데려오게 할 것이다. 사쿠라는 죽은 여동생의 아이다.

"마법사는 어떻게 할까요?"

"아직 이무기는 부활하지 않았네. 지금은 마물로부터 주민을 지키는 것이 우선이야. 마물 토벌을 보내도록."

빌어먹을, 아직 며칠은 시간이 있을 줄 알았는데—.

그 카가리가 곰 아가씨를 어떻게 평가했느냐에 따라 앞으로의 일을 생각하고자 했다. 이 건에 관해서는 카가리의 의견이 가장 중요하다. 그렇기에 카가리의 평가에 따라 곰 아가씨를 어떻게 대할지 판단할 참이었다.

카가리, 네 눈으로 봤을 때 곰 아가씨는 희망의 빛이었나. 아니면 아무것도 못 느꼈나.

그걸 묻고 싶어도 지금은 물을 수 없다.

지금은 모여드는 마물을 토벌해야 했다.

그리고 성 및 성 아랫마을은 다른 사람에게 맡기고 항구로 갈 것을 전했다.

"국왕 폐하께서는 성에 남아주세요."

"마물에 관해서는 너희만으로도 대응할 수 있지 않나. 만약 이 무기가 부활한다면 현장은 혼란스러워질 것이다. 내가 나서야 할 때다!"

"하지만—."

"알고 있다. 위험한 일은 하지 않으마. 만일의 일이 생긴다면 지시만 내릴 것이다. 가능한 한 병사, 마법사를 남겨두거라. 단, 주민이 위험할 때는 아끼지 말고 투입하도록. 마물에 관해서는 자네에게 일임하겠다. 만약, 긴급한 상황일 땐 항구에 전령을 보내도록."

"알겠습니다. 국왕 폐하께서 명하시는 대로 따르겠습니다."

각 신하에게 지시를 내린 뒤, 나는 항구로 향했다.

“배가 준비되는 대로 출발하지.”

항구에서는 출항 준비가 진행되고 있었다.

금방 배의 준비가 끝나서 배에 올랐다.

섬은 보이지만, 여기서는 상황을 알 수가 없다.

배의 출발이 준비되자 나는 리네스의 섬으로 향했다.

배는 서서히 리네스 섬으로 다가갔다.

“국왕 폐하! 섬이—.”

리네스 섬을 관찰하던 병사가 당황한 듯 소리쳤다. 말로 표현할 수 없을 정도로 당황한 모습이었다.

나는 가지고 있던 망원경으로 섬을 보았다.

리네스 섬에서 연기가 피어오르고 있었다. 불길이 보였다.

그리고 또 하나 큰 것이 움직이고 있었다.

뭐지……?

기다란 목.

……이무기.

이무기가 부활했다.

저 섬에는 카가리, 시노부, 사쿠라, 그리고 곰 옷차림을 한 소녀 네 사람이 있다.

어떻게 된 거야. 사쿠라는 무사한가.

“배를 섬에 가까이 대도록.”

“그렇지만!”

“확인만 할 뿐이다.”

나와 동행하는 남자들은 섬 안으로 들어갈 수 없지만, 선착장 근처까지는 갈 수 있었다.

배가 리네스 섬에 가까워지면서 점차 모습이 보였다.

망원경을 사용하여 확인했다.

저것이 이무기. 화염을 두른 커다란 뱀의 머리. 그리고 그 주위를 작은 무언가가 움직이고 있다.

저것은 카가리랑 유나.

설마, 싸우고 있는 건가?!

시노부와 사쿠라는 어떻게 되었지?

생각할 수 있는 건 카가리와 유나가 싸우고, 시노부가 사쿠라를 데리고 도망치고 있는 것이 아닐까 하는 정도다.

하지만 저 이무기가 부활한 섬에 안전한 장소가 있을까?

다만, 지금은 머리가 하나밖에 안 보였다.

머리가 하나뿐이라면 아직 어떻게든 될 것이다.

우선 사쿠라를 보호해야 한다.

“전령, 여성들을 모은 배를 리네스 선착장으로 보내도록 해라. 우선 사항은 사쿠라를 보호하는 것. 보호가 끝나는 대로 이무기와 싸우라는 지시를 내리도록!”

곧바로 내 명령은 전달됐지만, 여자들이 탄 배가 움직이지 않았다.
뭘 하는 거야!
서두르지 않으면 사쿠라가 죽고 말 것이다.
작은 새가 날아오는 것이 보였다.
전령병이 받아 확인했다.
"국왕 폐하!"
"뭐야?!"
"이무기를 본 여자들이 겁에 질려 섬에는 내리지 않겠다고 한답니다."
"이제 와서 무슨 소리를 하는 거야!"
나의 외침에 전령병은 얼굴이 경직된 채 난처한 표정을 지었다.
이 전령병에게 말해 봤자 화풀이밖에 안 된다는 건 알고 있다.
하지만 그렇게 나에게 반기를 들더니 모인 결과가 이건가?
사쿠라가 희망의 빛이라고 말한 곰 옷차림을 한 소녀는 싸우고 있단 말이다.
"전령! 마법사를 항구에 모으도록."
그것밖에 방법이 없는 건가.
최악에 상황엔 마법사에게 희생이 발생하더라도 이 나라에서 이무기를 떼어놓는 수밖에 없다.

504 곰 씨, 이무기와 싸우다 1

이무기의 몸은 새빨갛게 타오르며, 근처의 풀과 나무를 태웠다.

"젠장, 뜨겁잖아."

카가리 씨는 마법으로 많은 물을 만들어 내더니 자신의 머리 위에서 확산시켜 머리에서부터 물을 뒤집어썼다.

옷이 비치고, 조금 섹시함을 내뿜는다. 역시, 섹시함은 가슴일지도 몰라. 나는 내 가슴을 봤다. 수백 년 정도 지나면 카가리 씨처럼 성장할 것이다.

"아가씨는 그런 차림으로 뜨겁지 않아?!"

'그런 차림'인 곰 장비 덕분에 뜨겁지 않다. 쾌적하다.

"특별하게 만들어진 천으로 되어 있어서 괜찮아요."

"그렇군. 그렇다면 다행이지만, 보는 쪽이 더 더워져."

그렇다고 벗을 수는 없다. 곰 장비를 벗으면 순식간에 죽고 말 거다. 곰 장비가 있기에 싸울 수 있다.

"그래서 카가리 씨, 물 마법을 써서 소모 시키는 것 말고는 쓰러뜨릴 방법이 없어요?"

화염 곰 마법으로 체내 파괴를 하지 못했다.

"그러게. 바다로 집어 던진다면 편하게 쓰러뜨릴 수 있을 텐데."

몸통이 움직이지 않으면 그런 건 할 수가 없다.

"그럼 다른 이무기도 부활시킬까요?"

"후후, 농담이야. 그렇게 되면 물 이무기와 바다 위에서 싸우게 될 거고, 지금보다 더 힘든 상황이 될 거야. 우리는 바다 위에서 싸울 수 없잖아. 물 이무기의 공격을 받으면 배는 단숨에 가라앉게 될 거야. 우리 바다 위에서는 약자잖니."

그건 크라켄과 싸울 때도 생각했던 거다.

파도 하나로 배는 흔들리고, 큰 파도가 발생하면 배는 가라앉는다. 바다에서 마물과 싸운다는 것은 그만큼 위험한 일이다. 그러고 보니 국왕이 제안한 마법사를 이용해 이무기를 이 나라에서 떼어내는 방법은 위험하네. 바다로 나가면 이무기를 끌어들여야 해서 화의 나라로 돌아올 수가 없게 된다. 미끼를 맡게 될 마법사와 선원들은 틀림없이 죽게 될 것이다. 그렇게 생각하니 그 방법은 절대 시도하게 만들어선 안 될 것 같다.

"그럼, 여기서 열심히 쓰러뜨리는 수밖에 없겠네요."

"그럼, 여기서 쓰러뜨리면 아무런 문제는 없을 거야."

나와 카가리 씨는 미소를 짓는다.

"자, 간다."

불 이무기를 쓰러뜨리는 효과적인 방법은 없다. 여기서 그냥 싸울 수밖에 없다.

나와 카가리 씨는 달리기 시작했다.

나는 높이 뛰어 이무기 머리 부근까지 올라갔다. 그리고 이글거리는 머리를 향해 물 구슬을 날렸다.

물 구슬은 불 이무기 머리에 닿는 순간 증발했다.

달군 팬에 물을 떨어뜨린 느낌이다.

카가리 씨도 양손에서 격류처럼 물을 날리지만, 데미지를 입은 것 같지는 않았다.

불의 약점은 물이잖아.

시험 삼아 곰 바람의 칼날을 날리지만, 이무기 화염이 강하게 타올랐다.

이번에는 큰 바위를 만들어 냈다. 머리에 맞았지만 튕겨 나갔다.

으~음, 물리적 공격은 안 되나?

얼음 구슬을 날렸지만, 바위와 마찬가지로 튕겨 나갈 뿐이었다.

"이무기의 피부는 마력으로 인해 단단해. 그건 머리도 마찬가지야. 눈, 입, 그 근처를 노려!"

카가리 씨는 그렇게 말하며 눈과 입을 노렸다. 그런데 이무기는 동상처럼 꼼짝도 안 하는 게 아니었다. 머리는 움직이고, 공격을 가해온다. 또한 수십 미터 이상의 높이에 있어 뛰어올라야 했다.

게다가 이무기는 땅에 머리를 부딪치며 공격을 해오거나, 땅을 기어 접근했다. 그런 행동을 저렇게 큰 몸으로 하면 주변 나무들까지 함께 파도처럼 덮쳐오기 때문에 섣불리 접근할 수도 없었다.

여기가 아무것도 없는 평지였다면 더 편안한 싸움이 가능했을지 모르지만, 이곳은 나무들이 우거진 곳이다. 리네스 섬에는 아무것도 없는 커다란 평지가 없다. 그러니 이 상황을 받아들이고 여기서 싸울 수밖에 없었다.

나는 곰돌이와 곰순이만 한 크기의 물 곰을 만들어 내 타이밍을 맞춰 발사했다.

물 곰은 불 이무기 얼굴에 명중하더니 끓기 시작했다. 곰의 모양을 유지하지 못하고 마지막에는 터지듯 퍼졌다. 불 이무기는 싫다는 듯이 머리를 흔들었고, 명중한 곳은 불길의 기세가 약해졌다.

데미지는 주는 것 같긴 한데 치명상과는 거리가 멀었다.

이밖에 데미지를 줄 법한 건 전격 마법 정도다.

마력으로 전격 곰을 만들어 냈다. 치직치직 소리를 냈다. 전격 곰에 바람을 휘감아 발사했다. 전격 곰은 불 이무기 몸에 명중했다.

이무기의 피부 일부가 벗겨졌다.

효과가 있다.

하지만 상처받은 곳이 불길에 탔나 생각하자마자 복구된다.

아니, 재생이 너무 빠르잖아.

전격 마법으로도 치명상을 입힐 수 없다.

얼마나 단단한 거야. 아니지, 마력의 내성이 높은 걸 수도 있어.

게임이긴 했지만, 마법이 통하지 않는 상대는 있었다. 하지만, 이번에는 물리로도 피해를 주지 못하고 있다.

클리어할 수 없는 게임 아니야?

"번개 마법인가? 신기한 마법을 쓰네."

카가리 씨는 내 마법을 한 번 보는 것만으로도 어떤 마법인지 이해한 것 같다.

지금까지 전격 마법을 쓰는 마법사는 본 적이 없는데, 카가리 씨는 전격 마법을 알고 있는 것 같다.

"카가리 씨는 비밀 기술 같은 거 없어요?"

수백 년을 산 대여우다. 필살기 한두 가지를 가지고 있어도 이상하지 않다. 저 꼬리가 늘어난다거나. 현재는 세 개의 꼬리가 보인다.

"……있지만, 지금은 사용할 수 없어. 쓰면 움직일 수 없게 되거든."

그런 필살기가.

나도 마력을 다 쓰면 나른해져서 움직일 수 없게 된다.

크라켄을 쓰러뜨렸을 때의 일이 떠올랐다.

이무기의 머리는 4개다. 만약 하나를 쓰러뜨리는 데 힘을 다 써버린다면 다른 3개를 남기게 된다.

나 혼자서 3개 쓰러뜨릴 수 있다면 좋겠지만. 이 불 이무기의 머리만으로도 애를 먹고 있었다.

그럼, 어떻게 해야 할까.

불은 바다로 던져버리는 게 제일인데 불 이무기 머리만 떨어뜨리는 건 무리다. 더욱이 스스로 이동할 것 같지는 않다.

체내 파괴는 불가능하다. 상처는 재생된다. 최악의 상대다.

그렇다고 도망갈 수는 없다.

일단은 달라붙는 귀찮은 화염을 어떻게든 해야 했다.

"카가리 씨, 큰 기술을 쓸 테니까 떨어지세요."

"알았어."

카가리 씨는 이유도 묻지 않고 뒤로 물러났다.

어쩐지 나를 믿고 따라주니 기쁘네. 나를 신뢰하고 있다는 뜻이다.

나는 곰 인형 장갑으로 마력을 모으면서 불 이무기를 향해 달렸다.

"아가씨!"

열풍이 나를 덮치지만, 곰 장비를 갖춘 나에게는 효과가 없었다.

나는 마력을 모은 곰 인형 장갑을 뻗었다. 대량의 물이 방출되었다. 물은 물줄기가 되었고, 불 이무기에 휘감기듯 타고 올라갔다.

그리고 물줄기는 회전했다.

워터 토네이도.

이무기의 불타는 몸통에서부터 머리를 향해 물의 소용돌이가 덮쳐나갔다.

신성수 때 바람의 커다란 소용돌이를 사용했을 때도 마력 소모가 컸다. 그래서 웬만하면 쓰고 싶지 않았지만 그럴 때가 아니었다.

워터 토네이도는 불 이무기를 휘감았고, 이무기를 휘감던 불길이 사라졌다.

됐어, 사라졌다.

"아가씨! 잘했어!"

뒤에 있던 카가리 씨가 나를 추월하더니 불 이무기를 향해 달리기 시작했다. 그리고 공격을 시도하려 한 순간, 불 이무기의 몸이 타오르기 시작했다.

"잠깐……."

힘들게 껐는데 벌써 부활하다니?

이무기 몸의 불길이 사라진 것은 한순간뿐이었다. 이무기의 몸은 금방 타오르기 시작했다. 이무기는 고개를 들어 후려치듯 옆으로 크게 흔들었다.

단순히 후려치는 게 아니다. 불타오르는 큰 나무가 들이닥치는 느낌이었다. 옆으로 도망쳐도 길어서 피할 수가 없다. 나와 카가리 씨는 위로 뛰어올랐다.

"이 몸의 꼬리가 타오르잖아."

카가리 씨는 피하면서 물을 날렸지만, 달궈진 돌에 물 뿌리는 격이었다.

"생각보다 마력을 많이 축적한 것 같군."

"저 화염은 마력이에요?"

"처음에 말했잖아. 저 녀석의 몸은 마력에 덮여 있다고 말이야."

그래서 피부가 딱딱해졌다고 들었다.

"이무기의 몸을 마력이 덮고, 마력으로 피부를 경화시키고, 마력으로 화염을 태우고 있지."

"그건 다른 이무기 머리도 그렇단 말이에요?"

"그렇지."

이거 생각보다 귀찮을 수도 있겠다.

이무기는 고개를 들더니 화를 냈고, 입을 열더니 아무렇게나 화염 덩어리를 뿜어냈다. 우리는 피했지만, 주위의 나무들이 불타올랐다.

"이런, 저 방향은!"

카가리 씨가 소리쳤다.

이무기가 쏘아 올린 화염 덩어리 한 방이 이무기가 봉인된 건물로 향했다.

불길은 건물에 닿아 건물이 타오르기 시작했다.

옆 건물이다. 저 건물에는 루이밍이나 사쿠라는 없을 것이다.

만약에 둘이 있었다면 위험했을 거야.

"아가씨! 이무기를 부탁해. 이 몸은 건물로 향하지."

카가리 씨는 뛰기 시작했다.

부탁한다고 해도, 어떻게 하지.

나는 이무기를 침묵시키기 위해 한 번 더 워터 토네이도를 날렸다.

워터 토네이도가 불 이무기를 덮치자 또다시 이무기 몸에 휘감긴 불길은 사라지고 공격도 멈췄다.

불 이무기가 목을 땅에 문질러 워터 토네이도를 지우고 신음 소리를 내자 몸이 타올랐다.

도대체가, 너무 세잖아. 이런 거, 어떻게 쓰러뜨려야 하는 거야?

체내 파괴가 안 되는 것은 예상 밖의 일이다. 큰 마물이라면 곰 화염으로 몸속을 태우면 쓰러뜨릴 수 있다고 생각했던 내가 안일했다.

적어도 부활한 것이 불 이무기가 아니었다면 체내 파괴로 쓰러뜨렸을 가능성은 충분히 있었다.

이무기는 화를 내며 신음하더니 화염을 내뿜었다.

나에게 화염이 들이닥쳤다. 나는 바람의 마법으로 다가오는 화염으로부터 몸을 보호했다. 하지만 주위는 불길에 휩싸였다.

물을 만들어 내서 주위의 불을 껐다.

이러다가는 빈털터리가 될 것이다.

마력 소모의 승부가 되면 마력이 적은 쪽이 진다.

어떻게 할지 생각하고 있는데 땅이 흔들렸다.

이 흔들림은?

불 이무기가 움직인 흔들림이 아니었다.

혹시 또 하나의 이무기 머리가 부활한 거야?!

이대로라면 이무기 머리를 두 개 동시에 상대해야 한다.

시간이 너무 없어!

앞으로 얼마나 지나면 부활하지?!

어떡하지?

어떻게 불 이무기를 쓰러뜨리지?

불 이무기는 단단하다. 체내 파괴는 불가능하다. 바위는 맞아도 데미지는 들어가지 않는다. 바람은 먹히지 않는다. 물 마법은 괴롭힘 정도밖에 되지 않는다.

역시 전격 마법?

나는 머리를 굴린다.

그러는 동안에도 땅은 흔들렸다.

불 이무기는 불길을 내뿜었다. 나는 피하면서 생각했다.

어디를 파괴하면 쓰러뜨릴 수 있을까?

심장? 마석? 어디에 있지? 몸통?

생각하는 중에 흔들림이 커지고 땅이 갈라지면서 두 번째 머리가 천천히 땅에서 나왔다.

……두 번째 머리.

"미안. 부활을 막지 못했어."

카가리 씨가 미안해하며 돌아왔다.

딱히 카가리 씨 때문이 아니다.

이무기의 화염이 건물에 부딪힌 시점에 부활하게 되어 있었다. 그 불길의 공격을 막았어야 했다.

부활한 지 얼마 안 됐으니 당분간은 잠자코 있어 줬으면 좋겠는데.

그렇게 생각하는데 바람이 불었다.

뭐지?

그 이유는 금방 알 수 있었다.

새로운 이무기의 몸에 바람이 휘감기고 있었기 때문이다.

"다음은 바람 이무기인가. 최악의 조합이네. 이게 물 이무기라면 화염과 궁합이 안 좋으니까 싸워 볼 수도 있었을 텐데."

그런 게 된다면 어디에 어떤 머리가 봉인되어 있었는지 기억해 두라고 말하고 싶어졌다.

그리고 두 개의 이무기 머리가 우리 앞에 우뚝 섰다.

505 곰 씨, 이무기와 싸우다 2

불 이무기와 바람 이무기로 인해 불타오르고 바람이 휘몰아쳤다. 불이 바람에 타올랐다.

바람의 영향으로 불 이무기 몸에 달라붙은 불길이 강해졌다.

서로의 힘을 약하게 만드는 상성도 있지만, 서로의 힘을 증폭시키는 상성도 있다. 만약 이러다 물, 바위 이무기 머리도 부활한다면 어떻게 될까.

상상만 해도 무섭다.

"귀찮게 됐군."

"마석을 부술 수 있으면 좋겠는데."

몸속 어딘가에 마석을 지니고 있을 것이다.

"그럴 수 있으면 고생하지 않았겠지."

이만큼의 속성을 가진 것이 신기할 따름이다.

불이면 불의, 바람이면 바람의, 무속성이라면 무속성의 마석을 갖고 있을 것이다.

무속성 마석의 마력을 변환시키고 있는 건지도 모른다. 그 마석을 깨부술 수 있다면 마력의 원천은 사라지고 재생도 불가능해질 것이다.

그리고 무엇보다 불의 마석을 파괴할 수만 있다면, 저 휘감긴 화염을 없앨 수도 있다.

반대로 몸을 부활시켜 버리면 동시에 머리 4개와 싸우게 될 것이다.

게다가 바다로 도망쳐 버린다면 싸울 수단은 사라진다. 좋은 점이 있는 것과 동시에 단점도 많았다.

"차라리 이무기를 부활시키고 몸을 공격해 마석을 부수는 게 낫지 않을까요?"

그렇게 생각하게 된다.

이무기의 몸이 얼마나 단단한지는 모르겠지만, 재생하는 머리를 반복해서 공격하는 것보다 마석이 있는 몸통을 공격하는 것이 마력 낭비가 적을 거다.

하지만 내 말에 카가리 씨가 예상 밖의 말을 한다.

"마석은 몸이 아니라 각 머리에 있어."

"머릿속에 마석이요? 어떻게 마석이 머리에 있다는 걸 알아요?"

"이건 전에 싸운 경험으로 알아낸 거야. 마력의 흐름, 속성의 마력으로 봤을 때, 당시 이 몸과 무무르트는 각각의 머릿속에 속성의 마석이 있다고 판단했지."

이건 나의 완전한 확신과 지식 부족이다.

울프와 타이거 울프, 스콜피온 같은 것들은 몸의 중심에 있었다. 그래서 마석은 몸의 중심에 있을 거라고 생각했다.

블랙 바이퍼를 해체할 때는 못 봐서 마석이 어디에 있는지 알지 못했다.

“그럼 마석이 전부 4개나 있어요?”

만약 큰 마석이 4개가 있다면 그만큼 강할 거다. 만약 크라켄 크기의 마석이라고 추측한다면 크라켄이 네 마리 있는 것과 같다. 그렇게 생각하니 이 재생 능력도 이해가 갔다.

크라켄도 다리가 잘려 나가도 회복됐던 기억이 났다.

“아니지, 이무기의 마석은 몸통 부분에도 있으니까 다섯 개지.”

“……다섯 개.”

“무무르트의 봉인은 체내에 있는 마석의 힘을 억제함으로써 봉인하는 것이야. 그래서 당시 우리는 다섯 군데를 봉인한 것이고 말이야.”

그래서 머리뿐만 아니라 몸통도 봉인이 돼 있던 거구나.

“그 몸통 부분에 있는 마석에서도 각각의 머리로 마력이 공급되고 있어. 그렇기 때문에 몸통 부분의 봉인만은 풀 수 없는 거고. 몸통에서부터 마력이 공급되면 지금 이상으로 쓰러뜨리기 어려워지게 될 거야.”

그러니까 카가리 씨는 남자 결계를 풀 수 없는 건가. 지금보다 강해지면 정말 싸울 방법이 없어질 거다.

하지만 머리에 마석이 있다면, 얘기는 달라진다.

“그럼, 그 머릿속의 마석을 파괴하면…….”

“지금 무무르트가 몸을 억누르고 있으니, 다른 곳에서 마력 공급은 이뤄지지 않을 거야. 그러니 머리에 있는 마석을 부술 수만 있다면 움직이지 못하게 될 거야."

오오, 희망이 생겼다.

"뭘 웃고 있는 거지."

아무래도 나는 웃고 있었던 모양이다.

"그거야, 이무기 머릿속에 있는 마석을 파괴하면 쓰러뜨릴 수 있다는 말이잖아요?"

"간단하게 말하지만, 머리는 화염으로 휘감겨 있어서 다가갈 수가 없다고. 섣불리 다가갔다간 불타 죽을지도 몰라. 바람 이무기도 마찬가지. 다가가면 부상 정도로 끝나지 않을 거야. 몸이 잘려 나갈 수도 있어. 게다가 너도 봤잖아. 저 재생 속도, 약간의 데미지를 줘도 상처는 금방 나을 거야."

"시도해볼 방법은 있어요."

몇 차례의 공격을 보며 알게 된 것이 몇 가지 있다. 약점이랄까, 그 부분을 공격한다면 이길 수 있을 것이다. 문제는 바람 이무기에게 같은 방법이 먹힐지 미묘하다는 점이다. 하지만 불 이무기는 쓰러뜨릴 수 있을 것 같았다.

"그럼 이무기 퇴치하러 갈까요?"

나는 등을 폈다 굽히며 몸을 푼다.

"정말이지 바보야. 이렇게 다른 나라를 위해서 목숨을 걸다니. 도망친다 해도 아무도 뭐라 하지 않을 거야."

"으~음, 그건 그렇지만. 알게 되었잖아요. 그리고 시노부의 마음도, 사쿠라의 마음도, 그리고 카가리 씨의 마음도 알아버렸으니까. 그러니까 저만 도망칠 수는 없죠."

게다가 내가 온 것으로 인해, 무무르트 씨를 끌어들이고 루이밍까지 위험한 일과 마주치게 만들었다.

내가 화의 나라로 오지 않았더라면 무무르트 씨는 모르고 살 수 있었을 테니까.

하지만 이곳에 내가 오지 않았으면, 이무기를 쓰러뜨릴 희망도 없었을 거다. 여기까지 온 이상 한배를 탄 셈이다. 무무르트 씨도 열심히 해주고 있다. 루이밍은 스스로 남겠다고 했으니 자신의 책임이라고 말하고 싶은 부분도 있지만, 나 때문이긴 하지. 루이밍에게 곰 폰으로 연락을 해서 사쿠라를 만나게 만들었다. 그 일로 두 사람의 연결고리가 생기고 말았다.

"게다가 저에겐 문이 있으니까 언제든지 도망칠 수 있어요."

"그랬지. 그렇다면 만일의 경우엔 이 몸도 도망치도록 하지."

그런 말을 하지만 카가리 씨는 마지막까지 도망치지 않을 것 같았다.

도망갈 거면 이미 오래전에 도망갔을 거다.

"그래서 아가씨, 어떻게 쓰러뜨린다는 거지? 무슨 생각이 있는 거잖아?"

"시도해보고 싶은 것은 있어요. 제가 불 이무기의 머리를 파괴할 테니까, 카가리 씨는 바람 이무기를 유도해주면 고마울 것 같은데요."

"알았어. 그 역할을 맡도록 하지."

내가 설명할 것도 없이 맡아주겠다고 했다.

카가리 씨가 주먹을 나에게 내밀었다.

"어서, 너도 주먹을 내밀어. 약속할 때 하는 거잖아."

그런 게 있구나.

카가리 씨가 내미는 주먹에 나도 주먹 곰 인형 장갑을 모았다.

"쑥스럽네요."

"이 몸도 마찬가지야, 도대체 누가 생각해낸 건지."

우리는 각각의 이무기를 향해 달리기 시작했다. 나는 타오르는 불길 속으로, 카가리 씨는 바람이 휘몰아치는 곳을 향해 달렸다.

곰 장비가 없었다면 뜨거웠을 테지만, 쾌적했다.

하지만 초목을 불태우는 건 기분이 좋지 않다. 생활에 사용한다면 어쩔 수 없지만, 파괴 목적으로 태우는 건 좋지 않다.

나는 불 이무기 주위를 시계 방향으로 돌면서 타이밍을 쟀다.

카가리 씨 쪽을 보니 바람 이무기에게 공격을 가해서 불 이무기 머리로부터 떼어내 주고 있었다.

근데 너무 그쪽으로 가면 루이밍과 사쿠라가 있는 건물이 있다.

불 이무기에게 소비할 시간은 그다지 없을 것 같다.

달리면서 곰 마법의 물을 날려, 불 이무기의 주의를 나에게 돌

렸다.

얼굴, 이쪽을 봐라.

나는 곰 마법의 물을 불 이무기 얼굴에 맞췄다. 이무기는 싫어하는 반응을 보이더니 나를 발견했다.

불 이무기가 내 쪽으로 향했다.

나는 타이밍에 맞춰, 불 이무기의 얼굴 정면을 향해 뛰어올랐다.

"아가씨!"

바람 이무기와 싸우고 있던 카가리 씨가 외쳤다.

나를 볼 여유가 있는 거야? 라고 생각하면서 나는 불 이무기 얼굴에 접근했다.

곰 옷이 없었다면 여기까지 접근했을 때 화상을 입었을 것이다. 아니지, 타 죽었을지도 모른다.

불 이무기가 크게 입을 열자 마력이 모여들었다. 그 마력이 새빨갛게 타오르는 화염으로 변하려 했다. 하지만 그렇게 두지 않을 거다.

팔을 뻗어 크게 벌린 입안에 곰 바위를 만들어 냈다. 화염을 만드는 곳이 있다면 그곳을 막으면 된다.

마법은 마력을 모아야 사용할 수 있다.

손에서 내려면 손으로 마력을. 발에서 만들어 내려면 발로 마력을.

이무기는 몸 전체에서 마력을 방출해 화염을 내뿜고 있다. 그리고 또 한 군데, 마력을 모으고 있는 곳이 있었다. 그것은 화염을 내뿜을 때의 입안이다.

나는 이무기의 입안에 곰 바위를 내던졌다.

마물은 몸속 어딘가에서 화염을 만들고 내뿜는다. 게임에서는 불 주머니, 물 주머니, 번개 주머니 같은 것으로 만들어 토해낸다.

그런데 이 이무기는 몸속에서 화염을 만들어 내는 게 아니었다. 마력을 화염으로 바꾸고 있다. 입에서부터 불길을 뿜어낼 때 입안에서 마력을 모아 불길을 내뿜고 있었다. 그렇기에 입을 막는다면 이무기는 입안에서 화염을 만들어 내지 못할 것이다.

불 이무기는 입을 다물려고 했지만, 곰 바위가 방해했다.

불 이무기는 머리를 좌우로 흔들며 입안의 바위를 꺼내려고 했다. 나는 곰 바위를 잡아 떨어지지 않도록 했다. 이어서 이무기는 자신의 머리를 땅바닥에 내동댕이쳐 입안의 곰 바위를 파괴하려 했다. 이무기의 머리가 땅에 내동댕이쳐지기 전에 나는 벗어났다.

이무기는 괴로운 듯 몇 번이고 머리를 땅에 내리쳤지만, 곰 바위는 빠지지 않았고 부서지지도 않았다.

더 크게 입을 벌리고 삼키려고도 했지만, 서 있는 곰 바위를 삼킬 수는 없었다. 깨부수려고 하지만 그것도 할 수 없다.

나는 최후의 일격을 가하기 위해 불타오르는 이무기의 머릿속으로 파고들었다.

크라켄 때는 해저의 흙을 이용해 곰을 만들었기 때문에 거리가 멀어도 만들 수 있었다. 하지만 마력이 닿지 않는 곳에서는 만들어 낼 수 없다. 그리고 이무기의 마력 때문인지 나의 마력은 막혔다. 그렇기에 다가가야 했다.

나는 불 이무기 입 안에 있는 곰 바위를 만지며 마력을 쏟아부었다.

곰 바위는 커졌고, 최대로 벌어졌을 것이라고 생각됐던 불 이무기의 입은 더욱 벌어졌다.

이무기는 괴로운 듯이 머리를 흔들기 시작했다. 나는 떨어지지 않도록 곰 바위를 잡았다.

불 이무기의 몸에 휘감겨 있던 화염이 뿜어져 나와 나를 불태우려 했지만 곰 장비가 지켜줬다. 나는 곰 바위에 마력을 보내 크게 만들었다. 곰 바위의 사이로 신음하는 듯한 소리가 새어 나왔다.

하지만 멈추지 않았다.

이무기의 입 일부가 터졌다. 곰 바위의 거대화는 멈추지 않았다. 마지막에는 이무기의 턱을 파괴했다.

으으, 생각보다 역겹다.

턱이 파괴된 이무기는 크게 절규하며 땅에 쓰러졌다. 곰 바위도 떨어져 나뒹굴었다.

꺼내져서 다행이라고 말하려는데 이무기의 턱 부분이 화염에 휩싸이며 재생하기 시작했다.

아니, 이렇게까지 했는데 재생한다고?

하지만 재생하도록 내버려 두진 않을 거다.

곰 마법의 물로 화염을 끄자 재생이 멈췄다. 역시 화염의 마력으로 재생하고 있었던 것 같다. 재생되는 부분의 불을 끄자, 재생은 일어나지 않았다.

하지만 이무기는 곧 화염을 만들어 냈고 재생하려고 했다.

"그렇게는 안 될 거야."

나는 손에 마력을 모았다. 손에 전격이 모으자 곰 모양이 되었다. 바람을 휘감아 전격 곰을 머리로 향해 날렸다.

이무기의 머리가 완전히 파괴되며 커다란 붉은 것이 튀어나왔다.

그와 동시에 불 이무기의 움직임은 둔해졌고, 목은 지면에 쓰러져 움직이지 않게 되었다.

불 이무기는 재생하지 않았다.

나는 조금 전 이무기의 머리에서 튀어나온 붉은 것을 확인하러 갔다. 땅에 붉은 마석이 나뒹굴고 있었다.

마력의 원천인 불의 마석을 잃은 불 이무기는 재생할 수 없었다. 무무르트 씨가 몸을 억제해 주고 있었기 때문에, 다른 곳으로부터의 마력 공급이 막혀 있는 덕분일지도 모르겠다.

어쨌든 불 이무기는 쓰러뜨렸다.

일단 첫 번째.

나는 우선 재생되지 않도록 불 이무기의 불 마석을 곰 박스에 회수해 뒀다.

뭔가 수거해 두지 않으면 흩어진 살점들이 이 마석으로 모여들어 재생될 것 같아서였다.

애니메이션이나 만화를 너무 많이 봤나?

뭐 나중에 수거해 둘 걸, 하고 후회하는 것보다는 낫다.

506 곰 씨, 카가리 씨의 비밀을 알다

“아가씨!”

바람 이무기를 상대하던 카가리 씨가 사각지대로 들어가더니 이무기로부터 떨어진 뒤 나에게로 달려왔다.

“저 불길 속으로 뛰어 들어가던데, 다친 데는 없어?! 화상은?”

카가리 씨는 내 몸과 얼굴에 손을 대고 다치지 않았는지 확인했다.

“이 옷은 특별한 천으로 만들어져 있어서 저 정도 화염은 막아 주니까 괜찮아요.”

“저 정도? 도대체 어떤 천으로 만든 거야? 아가씨가 이무기의 화염으로 들어갔을 때는 자포자기한 줄 알았어.”

아무래도 걱정하게 만든 것 같다.

“그런데, 정말로 쓰러뜨린 거야?”

“보시는 대로에요.”

카가리 씨는 파괴된 불의 이무기 머리와 굴러다니는 곰 모양의 바위로 시선을 옮겼다.

“믿기지 않아. 쇠약하게 만든 게 아니라 쓰러뜨리다니.”

하지만, 문제는 바람 이무기다.

머리의 주변이라고 해야 하나, 몸 전체에 바람이 휘감겨 있었다.

저거, 접근하면 곰 장비라면 잘려 나갈 일은 없을 수도 있지만, 보통은 튕겨 나가겠지?

“정말 불 이무기를 쓰러뜨릴 줄이야. 이것으로 남은 건 3개네. 그래서 확인하는 건데, 바람 이무기를 쓰러뜨릴 방법은 있니?”

카가리 씨는 바람 이무기에게로 시선을 돌렸다.

바람 이무기는 카가리 씨를 놓친 탓인지, 불 이무기가 쓰러져서인지 움직임이 멈춘 상태였다.

다만, 몸에 휘감긴 바람만은 계속 끊기지 않고 있었다. 그 바람에 불 이무기로 인해 불에 탄 풀과 나무가 더욱 불타올랐다.

루이밍과 사쿠라가 있는 건물로 옮겨붙지는 않는지 신경 쓰였지만, 만약의 일이 생긴다면 곰돌이와 곰순이가 함께 도망칠 것이다.

“아까 그 방법으로는 가까이 접근해야 해서, 이무기를 휘감고 있는 바람 때문에 안 될 것 같아요.”

어디까지나 곰 장비는 방어 내성이 있을 뿐, 공격을 받지 않는 것은 아니다. 충격이 내 몸으로 전달되지 않을 뿐, 그 힘을 흘려보내는 것은 아니었다. 곰 장비에 충격이 가해지면 나는 튕겨 나간다.

“바람을 막을 방법이 있으면 좋겠지만…….”

카가리 씨와의 싸움을 봤을 때, 어설픈 공격으로는 저 달라붙는 바람에 튕겨나갈 거다.

곰 마법의 불, 곰 마법의 전격이라면 데미지를 줄 수는 있겠지만—. 만약 곰 마법의 불이나 전격을 빨아들여 파이어 토네이도나 전격 토네이도 같은 것이 된다면 최악이다.

재생능력을 생각한다면 쓰러뜨릴 가능성은 적다.

확실하게 쓰러뜨릴 거라면 안쪽부터다.

"그렇구나. 그럼 바위 이무기, 물 이무기는 어때?"

바위는 딱딱하기만 한 이미지다. 불 이무기와 같은 방법으로도 쓰러뜨릴 수 있을 것 같고 체내에서의 파괴도 가능할 것 같다. 물 이무기는 전격도 효과가 있을 것 같고, 곰 마법의 불로 끓여서 쓰러뜨릴 수도 있을 것 같다. 바람 이무기와 달리 쓰러뜨릴 방법이 있다.

"……그쪽은 괜찮을 것 같아요."

"후후, 이무기를 상대로 쓰러뜨릴 수 있다고 하니까 웃음밖에 안 나오네."

"딱히 농담으로 하는 말은 아니에요."

웃고 있는 카가리 씨에게 말했다.

"불 이무기와의 싸움을 보면 알 수 있어. 그렇게 말한다면 쓰러뜨릴 수 있는 거겠지. 바람 이무기를 무찌를 방법이 없다면, 이 몸이 바람 이무기를 쓰러뜨릴게. 그러니 나머지를 부탁해도 될까? 아마 바람 이무기와 싸우면 이 몸은 더 이상 싸울 수 없게 될 거야."

그거, 아까 말했던 비밀 기술을 꺼내겠다는 뜻?

보고 싶다.

대마법? 아니면 변신? 여우로 변신했으면 좋겠다.

곰돌이랑 곰순이와는 다른 폭신함일지도 모른다.

"이 힘을 쓰면 이 몸은 전력으로서 더 이상 쓸모가 없어질 거야. 미끼로 끌어들이는 것도 못해. 이 몸을 없는 존재라고 생각해."

"없는 존재라뇨. 그거, 죽는다는 건 아니죠?"

만약 죽을 법한 일이라면 시킬 수 없다.

아직 쓰러뜨릴 방법이 없는 것뿐이지 어떻게든 될 수도 있다.

자신을 희생하는 스토리는 좋아하지 않는다. 물론 감동하거나, 울기도 한다. 단지, 그런 캐릭터가 죽지 않았으면 좋겠다. 설령 손쓸 방법이 없는 스토리일지라도 말이다. 나는 해피엔딩을 좋아한다.

"후후, 괜찮아. 죽지는 않으니까. 다만, 무력해지니까 이무기가 날뛰면 죽을지도 모르지만 말이야."

"정말로 안 죽는 거죠?"

"약속할게. 이 몸은 죽지 않아."

카가리 씨는 내 눈을 보고 분명하게 말했다.

"네가 다른 이무기의 머리를 쓰러뜨려 준다면 이 몸은 죽지 않을 거야."

"그럼 카가리 씨가 바람 이무기를 쓰러뜨리면 나머지 이무기 머리는 제가 무찌를게요."

"그렇지. 그렇다면, 너에게 모든 걸 걸겠어. 만약 쓰러뜨리지 못하면 이 몸도 뒤따를 테니 안심해."

그거, 내가 죽는다는 이야기잖아?

무리인 것 같으면 나 도망갈 건데?

그런 내 생각과 상관없이 카가리 씨는 몸에 힘을 주기 시작한다.

"조금 떨어져 있어 봐. 이 몸에게 다가와선 안 돼."

카가리 씨의 엉덩이 부근이 부풀어 오르고, 꿈틀거리며 무언가가 움직이더니 옷 아래로 새로운 꼬리가 나왔다.

오, 꼬리가 늘어나면 파워가 올라가나?!

꼬리 늘어나는 수가 한두 개가 아니다.

"아가씨, 가능하면 이 모습을 보고도 이 몸을 무서워하지 않았으면 좋겠어."

카가리 씨는 허리띠를 풀고 옷을 벗어 나에게로 향해 던졌다.

카가리 씨의 몸이 금빛으로 빛나며 몸이 변했다.

얼굴은 뾰족하게, 팔과 다리는 동물의 다리로 변했고, 몸은 금색 털로 뒤덮였다.

"……여우."

구미호.

그렇게 생각했다.

꼬리는 9개, 금색 여우. 예쁜 몸.

카가리 씨의 몸은 거대한 여우로 변했다.

크기는 곰돌이 정도다.

비밀 기술은 여우로의 변신이었다.

카가리 씨는 대여우로 변하더니 하늘을 달리듯 뛰어올랐다.

바람 이무기는 대여우를 발견하자 바람을 날렸다. 대여우는 하늘에서 방향을 바꿔 피했다.

"……날고 있잖아."

대여우가 된 것도 놀랍지만, 하늘을 나는 것에 놀랐다.

하늘을 날 수 있구나.

대여우는 바람이 부는 이무기 주위를 날아다니며 공격을 피했다.

대여우는 입에서 화염 구슬을 뿜어냈다. 화염 구슬은 이무기의 바람을 맞더니 튕겨 나갔다.

역시 저 휘감아져 있는 바람이 성가시다.

대여우는 이무기 주위를 날아다니며 더 많은 상태를 살폈다.

만약 나도 하늘을 날 수 있다면 싸움이 편해질 거다. 다만, 곰 인형 차림으로 나는 것은 너무 이상하다.

대여우는 화염 구슬을 내뿜으며 조금씩 이무기에게로 다가갔다.

이무기는 입을 크게 벌리고 대여우를 물려고 머리를 뻗었지만 대여우는 도망쳤다. 그리고 타이밍을 맞추듯 바람 이무기의 머리를 물어뜯었다.

이무기는 머리를 흔들어 뿌리치려고 했다. 하지만 대여우가 된 카가리 씨는 떨어지지 않았다.

더 깊게 물어뜯었다.

바람 이무기를 휘감고 있는 바람이 대여우를 베었다. 대여우의 몸에서 피가 뿜어져 나왔다. 하지만 대여우는 손톱을 세우고 이무기를 떠나지 않았다.

안 되겠다.

더 이상은 위험해.

대여우의 몸이 빛났다.

마력?

대여우의 몸이 바람에 휘감겼다.

스스로 바람을 휘감아 이무기의 바람을 막고 있었다.

생각도 못 했다.

일반적으로 생각해 보면 가능할 거다. 하지만 그러기 위해서는 상대의 바람에 맞서 동등하거나 그 이상의 힘이 없으면 안 된다. 이무기를 상대로는 쉬운 일이 아니다. 그걸 증명하듯 이무기의 바람이 거세졌다. 그에 맞추듯 대여우를 휘감은 바람도 거세졌다.

이무기의 바람이 더욱 거세졌다. 주위가 토네이도가 일어난 것처럼 되었다.

이래서는 다가갈 수가 없다. 대여우도 한 번 떨어지면 다시는 물어뜯기 어려울 거라는 걸 아는지 이무기의 머리에서 떨어지지 않았다.

이무기는 머리를 자꾸 땅바닥에 내리꽂았다.

대여우는 그래도 놓지 않았다.

더는 위험해.

"카가리 씨!"

목소리는 안 들릴 거라는 걸 알지만, 외쳤다.

하지만 대여우의 눈이 나로 향한 것 같았다.

그 순간 대여우의 몸에 휘감겨 있던 바람이 더욱 거세진 것 같더니 이무기의 머리를 잘게 다졌다. 이무기는 괴로워했다.

대여우의 이무기를 깨물던 잇몸이 드러났다.

공격을 가할 작정이다.

대여우가 물어뜯는 힘이 더욱 세지더니, 이무기의 머리를 물어뜯었다.

이무기의 바람이 약해졌다.

승부처라고 생각한 대여우가 몇 번이고 몇 번이고 물어뜯었다. 바람 이무기는 물어뜯긴 곳에 바람을 휘감으며 재생하려고 했지만, 대여우가 자신의 바람으로 이무기의 바람이 모여들지 못하게 만들었다.

이무기의 마력을 휘감긴 바람이 재생시킨다면 바람이 모여들지 못하게 만들면 된다.

알고 있어도 쉽게 할 수 있는 일이 아니다.

대여우가 마지막 힘을 쥐어짜듯 이무기를 깨물자 입가에서 화염이 새어 나왔다. 몸에 바람을 휘감으며 입안에 화염을 만들어 내고 있었다.

그리고 이무기의 머릿속으로 불길이 뿜어져 나왔다.

바람 이무기는 괴로워하다, 반복해서 머리를 흔들어 대여우를 뿌리치려고 했다.

하지만 대여우는 이무기를 꽉 물고 놓지 않았다. 화염을 계속 내뿜었다.

"그으으으읏!"

이렇게까지 했는데, 못 쓰러뜨린다고?!

이무기는 괴로워하며 몇 번이고 고개를 크게 좌우로 흔들며 대여우를 뿌리치려 했다. 하지만 대여우는 놓지 않았다.

이무기 바람이 대여우의 몸을 베어 피가 뚝뚝 떨어졌다.

이 이상은 위험하다.

하지만 대여우는 이무기를 놓지 않았다.

더는, 무리야. 죽어 버릴 거야.

"지금부터는 제가 싸울게요!"

내 목소리가 들렸는지 모르겠지만, 대여우가 울자 화염이 커지는가 싶더니, 그 순간 폭발했다.

"카가리 씨!"

이무기 바람이 사라지고 이무기의 몸은 대여우와 함께 쓰러졌다.

나는 대여우에게 달려갔다.

"카가리 씨!"

이무기의 머리 부분에 대여우가 쓰러져 있었다. 하지만 몸은 움직이고 있었다.

그런데 이무기의 머리는 바람을 휘감아 회복하려고 했다.

웃기지 마. 카가리 씨가 목숨 걸고 싸웠는데 더는 재생하지 마라.

내가 공격을 시도하려던 순간, 대여우가 일어나 다친 이무기의 머릿속에 입을 넣었다.

그리고 마지막 힘을 쥐어짜듯 머리를 빼내자 커다란 녹색 마석이 튀어나왔고, 내 근처에 떨어졌다.

바람 이무기가 휘감던 바람이 사라졌다.

대여우는 이무기가 회복되지 않는 것을 확인하더니 물고 있던 곳에 화염을 토하고, 토하고, 토했다.

이무기의 몸이 날뛰었지만, 마석을 잃은 이무기는 건전지가 다 된 장난감처럼 소리를 내며 쓰러졌다.

바람 이무기를 무찔렀다.

나는 눈앞에 있는 마석을 수거하고 대여우에게 달려갔다.

얼굴과 몸이 상해 있었다.

"카가리 씨 괜찮아요?!"

"괜찮아."

그런데 온몸은 피투성이다.

"그렇지만, 이제 이 몸에 싸울 힘은 남아있지 않아."

"그런 건 신경 쓰지 말아요. 나머지는 제가 싸울 테니까."

"후후, 미안해."

카가리 씨는 몸이 점점 작은 아기 여우가 되어갔고, 이윽고 플로라 공주 정도의 작은 여자아이가 되어버렸다.

아홉 개였던 꼬리도 하나만 남았다.

아이의 모습이 된 카가리 씨의 얼굴에는 피가 흐르고 있었다.

나는 가볍게 만져 상처를 치료했다. 그리고 손수건을 내밀어 피를 닦아냈다. 말끔한 얼굴이 되었다.

"……통증이 사라졌어."

"응급 처치니까, 너무 움직이지 마세요."

상처는 막았지만 움직이면 다시 찢어질지도 모른다.

"아니, 충분해."

카가리 씨는 일어나다가 얼굴을 조금 찌푸렸다.

"그리고 미안한데, 옷을 돌려받을 수 없을까?"

사람의 모습이 된 카가리 씨는 실오라기 하나 걸치지 않은 모습이었다. 내가 들고 있던 카가리 씨의 옷을 돌려주자 옷을 입기 시작했다.

옷은 사이즈가 맞지 않고 헐렁헐렁했다.

뭐, 그렇게 가슴이 컸던 여자가 아이가 돼버리면, 옷 사이즈는 안 맞아 마땅했다.

"원래대로 돌아가요?"

카가리 씨가 아니라 카가리 양이라 부르는 게 더 맞을 정도였다.

"시간이 지나면 돌아와. 하지만 마력이 없으니 이 몸은 더는 싸

울 수 없어."

카가리 씨는 미안해했다.

"카가리 씨는 약속을 지켰으니, 이제 제가 약속을 지킬 차례예요."

남은 건 바위 이무기와 물 이무기. 불 이무기나 바람 이무기만큼 위협적이지 않았다.

"카가리 씨는 쉬고 있어도 돼요."

그건 그렇고, 뭔가 기분이 이상했다. 조금 전까지는 가슴이 큰 미인이었는데, 눈앞에 있는 것은 어여쁜 어린아이다.

나는 무심코 카가리 씨의 머리 위에 손을 얹었다.

"왜 이 몸의 머리 위에 손을 얹지?"

"그냥이랄까요?"

"외모는 어린아이지만, 너보다 나이가 많다고."

그건 알지만, 사람이 겉보기가 중요하지.

이 대사. 몇 번이나 스스로 말했는지 모르겠다.

"그럼 나머지 머리와 싸우고 올 테니까 카가리 씨는 떨어진 곳에 있어요."

"부탁할게. 이 꼴로는 너의 발목만 잡을 거야. 도망칠 수도 없으니까 말이야. 무무르트가 있는 곳으로 가 있을게."

카가리 씨는 그렇게 말하곤 큰 옷을 걷어 올리고, 걷기 힘든 듯했지만 무무르트 씨가 있는 건물로 향했다.

나는 가장 가까운 건물로 향했다.

507 곰 씨, 바위 이무기와 싸우다

사쿠라와 루이밍이 기다리고 있을 것이다. 나는 달렸다. 약간의 지연으로 후회하게 될지도 모른다.

나는 가장 가까운 건물로 왔다. 건물은 반파되었고, 볼 가라스의 시체가 늘어나 있었다.

나는 서둘러 건물 안으로 들어가 계단을 내려갔다.

지하에 봉인된 것 중심에 곰돌이에 기대 있는 루이밍의 모습이 있었다.

곰돌이가 나를 발견하고 고개를 돌렸다.

"크~응."

"곰돌이, 무슨 일이야?"

루이밍이 곰돌이가 향하고 있는 쪽을 봤다.

"……유나 님?"

그 표정은 피로가 짙고, 눈의 초점이 맞지 않는 것 같았다.

"루이밍, 괜찮아?"

가까이 달려가 말을 건넸다.

"네, 좀 위험할 때도 있었지만, 어떻게든—. 그래서, 바깥은 어떻게 됐어요? 소리가 조용해졌는데."

"불 이무기와 바람 이무기는 쓰러뜨렸어."

“정말요? 다행이다.”
루이밍은 지친 표정으로 미소 지었다.
상당히 마력을 소모하고 있는 것 같다.
“그러니까 다음으로는 여기에 봉인된 이무기를 쓰러뜨릴 거니까 마력을 보내지 않아도 돼.”
“사쿠라 양은요?”
“이곳의 이무기를 쓰러뜨리면 갈 거야.”
“그럼, 저보다 먼저 사쿠라에게 가주세요. 저는 조금 더 견딜 수 있으니까요.”
사쿠라도 걱정이지만, 루이밍도 한계다.
“금방 쓰러뜨리고 갈 테니까 걱정하지 마. 이런 대화를 하는 동안 사쿠라에게 가는 게 늦어질 거야.”
우선순위는 매길 수 없다.
다만, 지금부터 사쿠라에게로 가는 것보다 루이밍이 지키던 이무기를 쓰러뜨린 뒤 사쿠라에게 가는 것이 시간을 단축할 수 있다.
루이밍은 나와 봉인을 번갈아 봤다.
“알겠어요. 유나 씨, 잘 부탁드립니다.”
루이밍은 마법진에서 손을 뗐다.
그러자 루이밍은 건전지가 다 된 로봇처럼 쓰러질 것 같았다. 나는 쓰러지지 않도록 루이밍을 껴안았다.
“그래, 나머지는 맡겨.”

나는 루이밍의 몸을 안아 들고 곰돌이의 등 위로 올렸다.

"곰돌이, 루이밍을 부탁해."

"크~응."

등에 루이밍을 태운 곰돌이는 계단을 올라가 밖으로 향했다.

"그럼, 봉인을 파괴하고 이무기와 싸워볼까."

나는 봉인이 강화된 마법진이 엮인 양탄자를 회수했다. 그리고 이무기를 봉인한 마법진을 향해 곰 마법 바람을 내뿜었다.

봉인 마법진은 갈라지고 파괴되었다.

나는 곧장 계단을 올라 건물에서 나왔다.

"유나 씨!"

건물 밖으로 나오자 루이밍이 있었다.

"봉인을 깼으니까, 루이밍은 곰돌이와 이 자리를 떠나."

말을 마치자마자 땅이 흔들리고 건물이 무너지기 시작했다. 우리는 서둘러 건물에서 벗어났다.

땅의 울림이 나고 땅이 솟아오르며 이무기의 긴 목이 출현했다.

바위 같은 비늘……. 바위 이무기.

"……유나 님, 혼자 싸우는 거예요?"

"괜찮아. 위험하니까 둘은 떨어져 있어."

나는 곰돌이와 루이밍에게 말하고는 바위 이무기를 향해 달렸다.

시험 삼아 곰 마법 불을 날렸지만 피부가 붉어질 뿐 반응이 없었다. 곰 마법 바람의 칼날을 쏴 보았지만, 생채기만 날 뿐이었다.

역시, 마력으로 강도가 상당히 높아진 것 같았다.

그렇다면 예정대로 안쪽부터 파괴해 쓰러뜨릴 뿐이다.

나는 바람 마법을 써서 이무기를 나에게로 주의를 끌었다. 사쿠라나 무무르트 씨가 있는 건물로 가까이 가게 만들어서는 안 된다.

곰 마법의 바람을 뿜었지만, 바위 이무기의 비늘은 상처만 나고 곧바로 재생되고 복구되었다.

진짜 상처가 회복되는 건 반칙인 것 같단 말이지.

바위 이무기가 입을 벌리고 마력을 모으자 바위가 만들어져 나를 향해 날아왔다.

내 키보다 큰 바위가 차례차례 날아왔다. 나는 좌우로 계속 달리며 바위를 피했다.

땅에 바위가 떨어질 때마다 큰 소리가 났다.

다른 사람이 저런 바위가 맞으면 틀림없이 즉사할 거다.

옛날에는 이 바위에 여러 사람이 짓눌려졌을지도 모르겠다. 바위뿐만이 아니다. 불 이무기에게는 타죽고, 바람 이무기에게는 잘려 나가, 많은 사람이 죽었을 터였다.

이 나라 국민이 아닌 내가 원수를 갚는다는 말을 할 생각은 없다.

사쿠라와 시노부, 숙소의 여자아이 소노하. 다다미를 팔아준 아주머니, 사탕 세공을 해준 아저씨, 장어 가게 사람.

단지 지금 지내는 사람들이 이무기에게 겁먹지 말고 평화롭게 살았으면 좋겠다.

이무기도 살기 위해 사람을 죽이고 있는지도 모른다. 하지만, 그렇다고 이무기를 동정할 생각은 없다.

나는 달려 나가 큰 나무를 이용해 바위 이무기 앞으로 뛰어올랐다.

"미안하지만, 사쿠라가 기다리고 있으니 빠르게 쓰러뜨릴게."

나는 이무기에게로 바짝 다가섰다. 불 이무기나 바람 이무기와 달리 불도 바람도 휘감고 있지 않았다. 두 머리에 비하면 무서울 게 없었다.

바위 이무기의 목을 타고 머리로 뛰어 올라갔다. 여기까지 접근하면 이무기도 공격하지 못할 거다.

머리를 흔들며 나를 뿌리치려 했지만, 나는 위로 뛰어올랐다.

이무기는 크게 입을 벌려 바위를 만들어 내려 했다. 그 타이밍에 맞춰 내 앞에는 이미 무수한 화염으로 만든 곰들이 줄지어 서 있었다.

"가라."

내가 팔을 휘두르자 화염 곰은 바위 이무기의 입속으로 들어갔다.

화염 곰은 바위 이무기의 몸속으로 들어가 이리저리 움직였다. 입안으로 들어간 화염 곰을 내뱉으려 했지만, 뱉어내지는 못했다. 화염 곰을 견뎌내지 못한 바위 이무기는 괴로운 듯 연신 땅바닥에 몸을 내동댕이쳤다.

하지만 회복 능력 때문인지 쓰러지지 않았다.

그렇지만, 그러는 와중에도 화염 곰은 바위 이무기의 몸속을 구워나갔다.

쓰러졌다. 하지만 불에 탄 입이 회복되었다.

이러다 부활할지도 모른다.

나는 쓰러져 있는 바위 이무기 머리에 다가갔다.

"미안하지만, 쓰러뜨릴게."

살짝 벌어진 입안에 마력을 흘려 곰 마법 바위를 만들어 냈다. 곰 마법 바위는 점점 커지고 이무기의 입도 벌어졌다.

그리고 그대로 곰 마법 바위는 바위 이무기의 머리를 파괴했다.

곰 마법 바위가 굴러떨어지고 그와 함께 갈색의 큰 마석이 떨어져나왔다.

바위 이무기의 마석이다.

나는 마석을 곰 박스에 넣었다.

이제 회복할 수 없을 테니 토벌은 완료다.

하지만 이게 끝이 아니다. 서둘러 사쿠라에게 가야 했다.

내가 사쿠라를 향해 달리기 시작하자, 곰돌이를 탄 루이밍이 나란히 달려왔다.

"루이밍? 왜 이곳에."

"유나 님을 혼자 남겨두고 갈 수 없어서 곰돌이에게 가까이 있어 달라고 했어요. 그래서 유나 언니가 이무기를 쓰러뜨리는 걸 보고—."

“몸은 괜찮니?”

“네, 조금 쉬니까 편해졌어요.”

봉인에 마력을 쏟을 때는 축 늘어졌지만, 지금은 안색도 좋아졌다.

“그래도 이제 사쿠라에게 가야 하니까, 위험해.”

“사쿠라가 걱정되니까 저도 갈게요. 곧장 사쿠라를 데리고 갈 테니까, 유나 님을 방해하지 않을 거예요.”

여기서 실랑이를 할 시간은 없다.

게다가 사쿠라를 맡길 수 있다면 불안감도 없어진다.

“그럼 사쿠라를 부탁할게.”

“네.”

나는 루이밍이 탄 곰돌이 위로 올라가 그대로 사쿠라가 지키는 봉인 건물로 향했다.

508 사쿠라, 울다

제가 봉인을 강화하기 시작한 이후로 몇 번이나 크게 땅이 흔들렸습니다. 무서워서 불안해져 옵니다.

유나 님과 카가리 님이 싸우고 있는 것 같아요.

밖으로 나갔을 때 모두가 죽어 있으면 어쩌나 생각하게 되니 몸이 떨려옵니다.

또 땅이 흔들리네요.

땅이 흔들릴 때마다 검붉은 눈이 깜빡여요.

제발, 아직은 일어나지 마.

저는 마력을 보냅니다.

한 번에 많은 양의 마력을 보내면 안 됩니다. 조금씩 길게, 끊기지 않도록 계속 흘려보내야 합니다.

물론 마력을 많이 들어가면 봉인을 강화할 수는 있습니다. 하지만 지금의 제가 그걸 하게 된다면 마력이 금방 바닥이 나버릴 겁니다. 중요한 것은 마력을 꾸준히 흘려보내는 것.

시간이 얼마나 지났는지 모르겠어요.

몇 분, 몇십 분, 몇 시간, 길게 느껴집니다.

유나 님, 카가리 님, 루이밍 씨, 곰순이 님, 곰돌이 님, 무무르트 님. 모두 무사하신가요?

제발 무사해 주세요.

저는 바랍니다.

모두가 보고 싶어요.

그런 불안에 마음이 짓눌릴 것 같은 때 그 어느 때보다 땅이 크게 흔들립니다.

"뭐지?!"

땅이 흔들리고 땅의 울림이 여기까지 전해져 옵니다.

지금까지 중에서 가장 컸습니다.

"설마!"

안 좋은 상상이 듭니다.

그리고 땅에서 뭔가가 나오는 것 같은 소리가 나기 시작했습니다.

봉인이 풀리고 이무기가 부활했습니다.

그것을 증명하듯 봉인이 검붉게 깜빡이기 시작했고, 쿵 하고 큰 소리가 난 것 같더니 이무기의 눈이 크게 떠졌습니다.

안 돼!

저는 마법진에 마력을 넣었습니다.

아직은 안 돼. 제발—. 잠들어.

이무기가 괴로워하는 듯하면서도 화내는 듯한 눈을 하고 있었습니다.

저는 마력을 주입했습니다.

제발 잠잠해져라.

마력이 빨려 들어갑니다. 이 이상 주입하면 마력이 떨어져 억제할 수 없게 될 겁니다. 하지만 여기서 이무기를 부활시켜 버리면 끝이에요.

제발, 아직 일어나지 마.

제 소원이 통했는지 눈이 천천히 감겼습니다.

그 대가로 상당한 마력을 써버렸습니다.

이 탈진된 것 같은 느낌으로 비추어 볼 때, 저의 마력은 오래 가지 않을 것 같아요.

제가 조금 더 어른이었더라면, 다른 사람이 있었으면, 좋겠다고 생각하게 됩니다.

심호흡하고 일정한 마력을 계속 흘려보냈습니다.

제발 좀 더 효과가 있길.

저 땅에서 기어 나오는 소리가 났던 후로 땅이 흔들리는 횟수가 늘기 시작했습니다.

건물이 흔들립니다.

천장 일부가 떨어집니다.

하지만 여기를 떠날 수는 없어요.

이 순간에도 유나 님과 카가리 님이 이무기와 싸우고 있습니다.

만약 이 봉인까지 풀려버리면 이길 가능성이 떨어질 겁니다.

서서히 피로감이 온몸으로 퍼집니다.

오래는 가지 못할 것 같아요.

그런데도 저를 몰아붙이듯 땅의 요동은 가라앉지 않았습니다.

땅이 흔들릴 때마다 마법진이 반응합니다.

아직 안 돼.

제발 이 이상은 움직이지 마.

밖에서 움직이고 있는 이무기를 향해 바라보았습니다. 하지만 그 소원은 닿질 않았습니다.

더 큰 소리가 나더니 땅이 흔들리며 건물 일부가 무너져 내렸습니다.

마법진 위로 떨어졌어요. 그리고 이무기의 눈이 떠집니다.

“안 돼!”

저는 마력을 주입했습니다. 주입했습니다. 또 주입했습니다. 정신을 잃을 것 같아요. 하지만 여기서 그만둘 수는 없습니다. 저는 마지막 한 방울을 쥐어짜듯이 마력을 보냈습니다.

제발 멈춰!

이무기의 눈이 천천히 감깁니다.

안심과 동시에 몸이 휘청거리네요.

제가 옆으로 쓰러질 뻔했을 때 벽에 부딪혀 간신히 쓰러지지 않았습니다.

여기에 벽 같은 게 있었던 기억이 없습니다.

원래 저는 공간 한가운데에 있었기 때문이에요.

흐릿한 눈으로 옆을 보니 하얗고 부드러운 벽이 있었습니다.

"크~응."

"곰순이 님?"

저를 지탱해 준 것은 곰순이 님이었습니다. 곰순이 님은 매우 따뜻하고 기분이 좋았습니다.

굉장히 안심돼요.

"곰순이 님, 감사합니다."

저는 곰돌이에게 기대면서 마력을 흘려보냈습니다.

곰순이 님의 몸에서 따뜻한 것이 흘러들어오는 것 같은 느낌이 듭니다. 곰순이 님 덕분에 조금 더 열심히 할 수 있을 것 같아요.

그러다가 자꾸 땅바닥에 뭔가가 내동댕이쳐지는 소리가 났고 땅이 흔들리더니 조용해졌습니다.

어떻게 된 걸까요?

하지만 지금의 저로서는 확인할 수 없었습니다.

서서히 의식이 희미해져 가요.

"크~응".

곰순이 님이 부드럽게 감싸줍니다.

"괘, 괜찮아요."

저는 의식을 다잡습니다.

기절하면 안 돼요.

마력을 주입하려 하지만, 주입이 되지 않았습니다.

이제 저에게는 마력이 남지 않았습니다.

곰순이 님, 이제 마력은 없습니다. 제발 도망가세요.

"크~응."

곰순이 님이 부드럽게 「크~응」하고 작게 울더니, 저를 상냥하게 감싸줍니다.

감사합니다. 이제 충분해요. 유나 님을, 카가리 님과 모두를 도와주세요.

유나 님, 카가리 님 죄송해요.

루이밍 씨, 약속을 지키지 못해서 미안해요.

눈을 감으려고 한 그때, 제 이름을 부르는 사람이 있었습니다.

"사쿠라 괜찮아?"

힘들게 눈을 떠 목소리가 나는 쪽을 보니 무너져가는 계단에 유나 님의 모습과 곰돌이 님을 탄 루이밍 씨의 모습이 있었습니다.

"유나 님?"

유나 님이 달려옵니다.

"늦어서 미안. 이젠 괜찮을 거야."

괜찮다는 게 무슨 뜻일까요?

"사쿠라, 이제 손을 떼도 괜찮아."

유나 님이 제 손을 만지더니 마법진에서 손을 떼게 합니다.

이제 마력이 남지 않았는데도 저는 마법진에서 손을 떼지 않았던 것 같습니다.

저는 작게 숨을 내쉬었습니다. 그리고 유나 님께 물었습니다.

"유나 님, 괜찮다는 게 무슨 말이에요?"

"말 그대로야. 세 개의 이무기 머리는 쓰러뜨렸으니, 남은 건 사쿠라가 지키던 이무기 머리가 마지막이야."

쓰러뜨렸다? 마지막?

유나 님의 말을 이해하지 못했어요.

"사쿠라 양. 이무기라면 유나 언니가 쓰러뜨렸으니 이젠 괜찮아."

루이밍 씨가 밝은 목소리로 알려줍니다.

서서히 유나 씨와 루이밍 씨의 말을 이해할 수 있게 되었습니다.

"정말요? 정말로 이무기를 쓰러뜨렸어요?"

작은 소리로 물었습니다.

"나중에 네 눈으로 직접 확인해보면 돼. 그 전에 마지막 머리를 쓰러뜨릴 테니 두 사람 모두 안전한 곳에 있겠니."

유나 님은 제 몸을 들어 올리더니 곰순이 님의 등에 올려줬습니다.

저와 루이밍 씨를 태운 곰순이 님과 곰돌이 님은 유나 님의 말에 따라 걸어 나갔습니다. 계단 위로 올라가자 유나 님이 마법진을 향해 마법을 사용했습니다.

그러자 땅이 흔들립니다. 여러 번 겪은 흔들림입니다. 땅의 울림이 일고 흙이 솟아올랐습니다.

이무기가 나타났어요.

크다.

그리고 화가 난 듯한 으르렁거리는 것 같은 소리를 내며 몸에 물을 휘감고 물을 뿜어냈습니다.

이무기가 부활해버렸습니다.

저렇게 큰 걸 진짜 쓰러뜨릴 수 있을까요?

무서워요.

하지만 유나 님은 겁먹은 기색도 없이 물 이무기를 보았습니다.

"유나 님……."

"두 사람은 위험하니까 떨어져 있어."

"………"

건넬 말이 안 나옵니다. 「조심하세요」, 「힘내세요」, 「무리하지 마세요」와 같은 말이 떠오르는데 건넬 수가 없었습니다.

유나 님은 지금부터 많은 사람을 죽인 이무기와 싸우러 갈 거니까요.

"아니, 불안해하지 않아도 돼."

유나 님이 안심시키는 듯 미소를 지으며 말했습니다.

"두 사람은 곰돌이랑 곰순이에게서 절대로 떨어져선 안 돼. 곰돌이도 곰순이도 두 사람을 부탁할게."

"""크~응."""

유나 님의 말에 곰순이 님과 곰돌이 님이 대답했습니다.

"그럼 쓰러뜨리고 올게."

유나 님은 산책이라도 가는 듯한 느낌으로 이무기 쪽으로 향해 갑니다.

나머지 일은 꿈을 꾸고 있는 것 같은 느낌이었어요.

유나 님은 검은 곰 손에 금색의 무언가를 휘감더니 물 이무기에게 날렸습니다. 엄청난 소리가 나며 물 이무기의 움직임이 멈췄습니다.

게다가 곰 모양의 큰 화염을 여러 개 만들어 내더니 물 이무기에 휘감았습니다.

몸에 달라붙는 물이 부글부글 끓기 시작하자 저는 깜짝 놀랐습니다.

그리고 마지막에는 물 이무기의 입안에 커다란 곰 모양의 바위를 넣는가 싶더니 이무기의 입이 찢어졌습니다.

영문을 알 수 없어요.

유나 님과 이무기의 싸움에 관해 이야기해봤자 아무도 믿어주지 않을 거예요.

"끝났어."

유나 님은 산책에서 돌아온 것처럼 가볍게 말을 걸어옵니다.

그러자 옆에 있던 루이밍 씨가 큰 소리로 유나 씨에게 말을 걸었습니다.

"유나 님, 굉장해요."

그런 두 사람을 제가 보고 있으니 유나 님이 저를 쳐다봅니다.

"사, 사쿠라, 무슨 일 있니?"

"사쿠라?"

두 사람이 놀란 표정으로 나를 쳐다봅니다.

무슨 일이라니 무슨 뜻일까요?

"어디 아파? 아니면 힘들어?"

유나 님이 걱정스러워합니다.

"아니요, 아무 곳도 아프지도, 고통스럽지도 않아요."

"그럼, 왜 울고 있는 거야?"

저는 제 눈에 손을 가져갔습니다. 손이 젖었습니다.

저는 울고 있었던 것 같아요.

스스로 울고 있다는 것을 알게 되니 멈출 수 없었습니다.

"……유나 님."

저는 곰순이 님에서 내리고 유나 님에게 달려가려고 했지만, 다리가 휘청휘청 흔들거렸습니다. 쓰러질 뻔했지만 유나 님이 달려와 안아줬습니다.

"괜찮니?"

"으으으, 유나 님……."

눈물이 멈추지 않아요.

정말로 이무기가 쓰러졌습니다.

"이봐, 울면 귀여운 얼굴이 엉망이 되잖아."

유나 님이 손수건을 내밀어 얼굴을 닦아줍니다.

"으, 감사합니다."

눈물을 참을 수가 없어요.

그래도 유나 님은 미소를 지으며 닦아줍니다.

그런 저를 유나 님이 「열심히 했네」라며 부드럽게 머리를 쓰다듬어 줬습니다.

"그럼, 무무르트 씨와 카가리 씨에게 갈까?"

"네!"

509 곰 씨, 부활한 이무기와 겨루다

끝났다. 이제 몸통이 남아있지만, 머리를 다 파괴했으니 끝이겠지.

머리가 없으면 생물은 활동하지 못한다.

회복할 가능성도 있지만, 이무기의 머릿속에 있던 마석은 모두 곰 박스로 회수해놨다.

아직 몸통에 마석이 남아 있기에 회복하지 않을 거라고 단언할 수는 없지만, 생각해봤자 답은 나오지 않는다. 그 부분은 무무르트 씨와 카가리 씨에게 물어보는 수밖에 없다.

나는 사쿠라와 함께 곰순이를 타고 무무르트 씨와 카가리 씨가 있는 곳으로 향했다.

"루이밍 씨는 괜찮았어요? 다치진 않았고요?"

사쿠라는 옆 곰돌이를 탄 루이밍에게 물었다.

"곰돌이가 지켜줘서 괜찮았어."

루이밍은 손을 뻗어 곰돌이의 머리를 쓰다듬었다.

"크~응."

곰돌이는 기쁜 듯이 울었다.

"저도 곰순이 님이 지켜주셨어요."

"크~응."

곰순이도 기쁜 듯이 울었다.

곰돌이와 곰순이가 2명을 확실하게 지켜준 것 같다.

"그런데, 루이밍이랑 사쿠라 둘 다 너무 열심히 했어. 위험해지면 도망치라고 했는데."

두 사람 모두 건물이 무너져 가는데도 남아서 봉인을 지키고 있었다.

"그거야, 유나 님이랑 카가리 씨가 싸우고 있는데 도망가면 안 될 것 같아서—."

"저는 싸우지는 못해요. 마력을 주입하는 정도밖에 하지 못하는걸요."

마음은 알지만, 조금만 더 자신의 생명을 소중히 하면 좋겠다.

"그래서 유나 님. 카가리 씨는 무사하신가요?"

사쿠라가 루이밍의 말을 듣고 뒤에 탄 내 쪽을 봤다.

"그건……."

나는 사쿠라에게서 눈을 돌렸다.

큰 여우에 관한 것이나 어린 여자가 되어 버린 것을 내가 이야기해도 되는 건지 모르겠다.

내가 가만히 있자 사쿠라가 소리쳤다.

"서, 설마 카가리 씨에게 무슨 일이 생긴 거예요?!"

"미안, 내 입으로는 말할 수 없어."

내가 그렇게 대답하자 사쿠라의 눈에 눈물이 맺히기 시작했다.

"어, 왜 그래?"

갑자기 우는 사쿠라에 나는 놀랐다.

왜 우는 거지?

"카가리 씨를 언니처럼 어머니처럼 따랐어요. 하지만……."

"혹시 착각한 거 아니지? 카가리 씨라면 살아있어."

내 말에 사쿠라가 놀란 듯이 고개를 든다.

"그런가요?! 그럼 카가리 씨는 무사하군요."

사쿠라는 눈물을 닦고 안도의 표정을 지었다.

"유나 님이 말할 수 없다고 하셔서."

"죽은 줄 알았구나."

"……네."

확실히, 지금의 내 반응을 되돌아보니 착각할 만했다.

"큰 상처는 입지 않아서 괜찮아. 단지, 마력을 너무 많이 써서 싸우지 못하게 되었을 뿐이니까."

그리고 어린 여자아이가 되어버렸지만.

"다행이에요. 그럼 왜 말을 안 해주시는 거예요?"

"미안, 그건 직접 확인해 줄래?"

설명하는 것보다 보는 것이 빠르다. 게다가 말한다 해도 안 믿어줄지도 모른다.

"……네, 알겠어요."

사쿠라는 물어보고 싶은 듯하다가 고개를 끄덕였다.

곰돌이와 곰순이는 달려서 무무르트 씨에게로 향했다. 건물이 보이자 그 건물 앞에 작은 여자아이가 서 있었다.

"유나 님, 어린 여자애가 있어요."

"이곳에 여자애가? 어떻게 섬에?"

루이밍과 사쿠라는 어린 소녀를 보고 고개를 갸웃거리고 있었다.

그렇겠지.

카가리 씨가 어린 여자아이가 되어버릴 수도 있다는 걸 모르면 그런 의문을 가지겠지.

곰돌이와 곰순이를 탄 우리는 어린 여자아이에게로 향했다.

"아가씨, 잘했어."

어린 여자가 달려왔다.

어린 여자아이에게 아가씨라고 불리니 이상하다.

여전히 폭신폭신하고 커다란 옷을 입고 있었다. 뭐, 여자아이 사이즈의 옷 같은 건 가지고 있지 않을 테니까 어쩔 수 없겠지.

"사쿠라도 루이밍도 무사한 것 같네. 다행이야."

여자아이는 두 사람의 몸을 만졌다.

그런 여자아이에 대해 두 사람은 혼란스러워하고 있었다.

역시 사쿠라도 이 상태의 카가리 씨를 본 적은 없었던 모양이다.

"음, 혹시 카가리 님이세요?"

"헉, 카가리 님?!"

사쿠라가 묻자 루이밍이 반응했다.

그런 두 사람의 반응을 보고 카가리 씨는 자신의 모습을 봤다.

“이 모습에는 이유가 있어.”

“그럼 정말 카가리 님이시군요.”

“그래, 카가리야.”

“무사해서 다행이에요.”

사쿠라는 카가리 씨를 껴안았다.

“너도 무사해 보이니 다행이야.”

카가리 씨는 사쿠라의 등에 손을 두르고 껴안았다.

카가리 씨가 어른의 모습이라면 모녀처럼 흐뭇한 광경일 테지만, 어린아이의 모습 때문에 미묘한 느낌이 들었다. 하지만 두 사람에게는 상관없겠지.

“그런데, 설마 정말로 이무기 네 체를 쓰러뜨릴 줄이야.”

“하나는 카가리 씨가 한 거잖아. 그 덕분에 나머지 이무기를 무찌를 수 있었던 거고 말이야.”

“아니, 너에게는 고맙다는 말밖에 할 말이 없어.”

“하지만 아직 끝난 건 아니에요.”

머리는 쓰러뜨렸는데 몸통이 남았다. 몸통의 봉인을 풀었을 때, 어떻게 될지는 알 수 없다.

일반적이라면 머리가 없어지면 생물은 살 수 없지만. 회복할 가능성도 충분히 있을 수 있다.

“맞아, 그렇지. 무무르트가 있는 곳으로 가지.”

카가리 씨가 걷기 힘들어하기에 곰돌이 위에 올려줬다.

우리는 건물 안으로 들어가 지하에 있는 무무르트 씨에게 향했다.

무무르트 씨는 모두와 마찬가지로 마법진에 손을 얹고 마력을 흘려보내고 있었다.

"할아버지!"

루이밍이 말을 걸며 달려갔다. 그러자 무무르트 씨가 우리를 발견했다.

"아가씨, 다 쓰러뜨렸나? 이무기의 반응이 약해졌군."

"루이밍이랑 사쿠라가 열심히 해준 덕분에 쓰러뜨릴 수 있었어요."

"신성수 때도 그랬지만, 정말이지 대단한 아가씨야. 봉인 결계가 필요 없게 됐어."

아무래도 봉인 결계도 준비되어 있었던 것 같다.

"저기, 유나 님이 이무기의 머리를 쓰러뜨려 주셨어요. 이제 끝인 거죠."

사쿠라가 아직도 마법진에서 손을 떼지 않는 무무르트 씨에게 물었다.

"정확히 말하자면, 끝이 아니란다."

그 말에 사쿠라는 놀랐다.

"선택지는 두 가지야. 하나는 이대로 이무기의 몸을 봉인하는 것."

"봉인이라뇨, 유나 님이 무찔러 주신 거 아닌가요?"

"그래, 아가씨가 이무기의 머리를 무찔러 주긴 했지만, 몸통은 살아있단다. 봉인을 푼다면 움직일 가능성도 있어."

머리를 파괴했으니 쓰러뜨린 줄 알았는데. 역시 그렇게 간단한 일은 아닌 것 같다.

머리가 파괴됐으니까 죽어도 괜찮을 텐데 말이야.

"나머지 또 다른 선택지는 뭔가요?"

"뻔하지 않나. 봉인을 풀고 몸통을 쓰러뜨리는 것."

그렇겠지. 그래도 이해하기 쉽고 좋다.

"그럼 됐어요."

"유나 님?!"

내가 쓰러뜨리는 쪽을 선택하자 사쿠라가 놀란 표정으로 나를 본다.

"유나 님 아직 싸우실 수 있으세요?"

"쓰러뜨리면 이 나라 사람들도 안심할 수 있고, 무무르트 씨도 뒷일 걱정할 필요 없이 마을로 돌아갈 수 있을 테니까."

무무르트 씨는 그러기 위해 찾아온 것이다.

뭐, 내가 말하기 전까지 잊고 있었던 것 같지만. 그 부분은 말하지 않겠다.

"하긴 그렇지. 수백 년 뒤에 마력을 축적해 완전히 부활할 가능성도 있어. 그때는 우리가 없을지도 모르지. 지금 우리가 고생하듯이 새로운 후대를 고생시킬 수는 없잖아. 유나, 부탁해도 될까?"

카가리 씨가 확인하듯이 나를 바라보았다.

"카가리 님, 마음은 알지만, 유나 님을 이 이상 싸우도록 하는 것은……."

"사쿠라, 신경 쓰지 마. 나도 무찌를 수 있을 때 무찌르지 않으면 마음이 편치 않을 거야."

여기까지 왔으면, 매듭짓고 끝내는 편이 좋다.

불안 요소를 남기는 것은 좋지 않다.

"유나, 끝까지 너에게 맡기게 돼서 미안해. 이 나라에 걱정이 남지 않도록 이무기를 부디 쓰러뜨려 줘."

카가리 씨가 고개를 깊이 숙인다.

"그럼, 이무기 몸통의 봉인을 푸는 건가."

무무르트 씨가 최종적으로 확인하듯 카가리 씨와 사쿠라를 바라보았다.

"유나가 괜찮다면 부탁할게."

"……유나 님."

"아가씨, 휴식이 필요하진 않나?"

모두가 나를 보았다.

"조금만 더 하는 거라면 이대로 유지할 수 있으니 쉴 수는 있다네."

역시 무무르트 씨는 루이밍이나 사쿠라와는 마력의 양이 다른 것 같다.

"괜찮아요. 얼른 끝내고 돌아가죠."

오래 머물다 다른 사람이라도 오면 귀찮아질 수 있다. 여기까지

했으면 우리끼리 쓰러뜨리고 끝내는 게 좋다.

“카가리나 사쿠라 아가씨는 어떻게 할 건가? 섬에서 도망갈 거라면 그 정도의 시간은 있어.”

“여기까지 와서 이 몸이 도망칠 리가 없지. 남아서 끝까지 지켜볼 거야.”

“저도 남을래요. 마지막까지 지켜보겠습니다.”

“물론 저도 남을 거예요.”

무무르트 씨의 물음에 카가리 씨와 사쿠라는 대답했고, 돌아갈 줄 알았던 루이밍도 대답했다.

여기서 돌려보내기도 그렇다. 그래도 안전을 확보하는 건 필요하다.

“셋 다 싸우지 못하니까 곰돌이랑 곰순이에서 벗어나면 절대 안 돼.”

그 부분만은 확실히 당부했다.

곰돌이에게는 루이밍이 타고, 곰순이에게는 사쿠라와 카가리 씨가 탔다.

“그럼, 빠르게 마법진을 부수도록 하지.”

무무르트 씨는 마법진이 그려져 있는 양탄자에서 손을 떼더니, 마법진을 향해 바람 마법을 날렸다.

“서둘러 나가자.”

우리는 건물 밖으로 나갔고, 거기에서 더 떨어졌다.

잠시 후, 땅이 몇 번이고 흔들렸다.

땅이 갈라지고 뱀처럼 큰 몸집이 땅에서 솟아올랐다.

크게 똬리를 튼 뱀의 몸통이 움직이기 시작했다.

그리고 일어나자 머리가 4개 부활해 있었다.

"거짓말. 유나 님이 쓰러뜨려 주셨는데……."

사쿠라가 절망하는 듯한 표정으로 이무기를 보고 있다.

몸통의 마석. 추측할 수 있는 건 그것이다.

설마 머리를 네 개 다 재생시킬 줄은 몰랐다.

다만, 다른 점은 각각의 머리에는 속성이 감겨 있지 않았다. 마석을 회수한 건 잘한 것 같다. 속성이 없으면 그저 큰 뱀에 머리가 4개일 뿐이다.

이거라면 괜찮을 것 같다.

"그래도, 불도 바람도 휘감고 있지 않아."

"이무기의 머릿속에 있던 마석들은 모두 수거했거든요."

만약 마석을 회수하지 않았더라면 어떻게 되었을지 알 수 없었다. 어쩌면 마석을 끌어들여 완전히 부활했을 가능성도 있었다.

정말이지, 마석을 수거해 두길 잘했다.

"아가씨, 정말 혼자 괜찮겠나? 도와줄 수 있다네."

무무르트 씨가 이무기를 보며 말한다.

"무무르트 씨는 세 사람 곁에 있어 주세요. 저런 이무기 정도는 저 혼자 괜찮아요."

"저런 이무기 정도라니."

내 말에 사쿠라는 믿을 수 없다는 표정을 지었다.

"그럼 완전히 움직이기 전에 쓰러뜨리고 올게요."

나는 달려 나갔다.

아직 재생된 지 얼마 되지 않아 이무기의 움직임이 둔했다.

똬리를 튼 이무기 아래에 다다른 뒤 이무기의 몸을 이용해 뛰어올랐다. 화염은 없고, 바람도 물도 휘감겨 있지 않았다. 일반적인 이무기다.

내가 이무기의 머리 가까이 뛰어오르자 네 개의 이무기 머리가 나를 향해 입을 벌리고 들이닥쳤다.

그렇게 나를 잡아먹고 싶다면 먹게 해줄게. 이무기의 입에 맞춰 거대한 화염 곰 4개를 만들어 각각의 입에 집어넣었다.

화염 곰을 입 안에 넣은 네 체의 이무기 머리는 고통스러워했다. 이무기는 자꾸 몸을 땅바닥에 내리쳤다.

입을 벌리고 화염 곰을 뱉어내려 했지만 뱉어내지 못했다. 오히려 입을 벌린 틈을 노려 2탄, 3탄의 화염 곰을 이무기의 입속에 집어넣었다.

화염 곰은 이무기의 입을 지지고, 목을 불태운 뒤 몸속으로 들어갔다. 화염 곰이 지나가며 이무기의 몸 일부가 붉어지고 있는 것을 밖에서도 알 수 있었다.

이무기의 머리가 땅에 쓰러졌다. 회복력이 따라잡지 못하게 되었는지 점점 움직이지 못하게 되었다.

510 피나, 시노부를 간호하다

집에 있는데 곰 모양의 장식물이「크~응, 크~응」하고 울리기 시작했어요.

이 곰 모양의 물건은 떨어진 장소에 있는 유나 언니와 이야기를 나눌 수 있는 곰 폰이라는 마법 도구랍니다.

마력을 가볍게 흘려보내고 곰 폰에 응답하자 유나 언니네 집으로 이동할 수 있는 문 앞에 정신을 잃은 사람이 있으니 돌봐달라는 부탁받았습니다.

자세히 설명을 들으려고 했지만, 유나 언니의 목소리는 서두르고 있는 것 같아 이유를 물을 수가 없었어요.

사정은 몰랐지만, 저는 서둘러 유나 언니 집으로 향했습니다.

저는 곰 모양의 유나 언니 집까지 왔습니다.

숨을 고르고 문을 열었어요. 분명, 이동할 수 있는 문 앞에 사람이 있다고 했습니다.

저는 이동할 수 있는 문이 놓인 방으로 향했습니다. 문을 열자, 본 적도 없는 옷을 입은 여자가 바닥에 쓰러져 있었어요.

저는 서둘러 달려갔습니다.

옷에는 피가 묻어 있었습니다. 특히 왼쪽 어깨 부분이 심하네요. 옷이 찢긴 자국이 있습니다.

어떻게 해야 하죠!

의사 선생님 부르러 가야 하나?

저는 당황했지만, 곧장 유나 언니의 말이 떠올랐습니다.

옷에 피가 묻어 있긴 하지만, 부상은 없고 정신만 잃은 것뿐이라고 했습니다.

전에 유나 언니가 제가 해체를 하다 손을 다쳤을 때 마법으로 고쳐줬던 기억이 났습니다.

저는 심호흡을 하곤 피가 묻은 왼쪽 어깨가 찢긴 옷 부분을 들어보았습니다.

옷 밑에서 쇠가 뜨개질처럼 엮인 옷이 나왔습니다. 이렇게 무거운 걸 입고 있었네요?

저는 그 쇠로 엮인 옷 아래를 봤습니다. 피가 났을 텐데 어디에도 상처는 없습니다.

유나 언니가 다 치료한 것 같아요.

의사 선생님은 필요 없는 것 같습니다.

하지만 정신을 잃은 상태이기에 이대로 둘 수는 없습니다.

침대로 옮기고 싶었지만, 저 혼자서는 옮길 수 없어요.

저는 일단 방을 나와 머리의 버팀목이 될 베개와 춥지 않도록 담요를 준비했습니다. 그리고 더러운 얼굴을 닦기 위해 미지근한 물이 담긴 통과 수건을 가져왔습니다.

저는 이 여자가 힘들지 않게 머릿밑에 베개를 넣습니다.

조금 힘들어하기에 옷을 풀었어요. 사실은 이 쇠로 엮인 옷도 벗겨 주고 싶지만, 무리일 것 같습니다. 그건 그렇고, 본 적도 없는 옷이에요. 어느 나라 사람일까요?

옷을 푸니 몸의 여러 곳에 상처와 피, 오염된 부분이 있었습니다.

저는 가져온 수건을 따뜻한 물에 적시고 얼굴, 팔, 손을 닦아 주었습니다.

옷은 너덜너덜하고 피가 묻어있어서 놀랐지만, 상처가 심하지 않아서 다행입니다. 남아있는 건 작은 상처 정도예요.

저는 몸과 얼굴을 다 닦고 담요를 덮어줬습니다.

유나 언니는 이 여자와 함께 있던 걸까요? 이 여자가 이런 상태라는 건 유나 언니도 위험한 상태일 수 있겠어요. 유나 언니가 강하다는 건 알지만, 여자의 상태를 보니 불안해집니다.

사실은 지금 당장이라도 연락하고 싶습니다.

하지만 유나 언니의 조급한 목소리와 정신을 잃은 여자의 상태를 보니 쉽게 연락할 수 없을 것 같습니다.

만약 무언가와 싸우고 있다면 방해가 될 겁니다.

"으, 사쿠라 님……."

여자가 가위에 눌리고 있어요. 이마에 땀이 납니다.

저는 수건을 미지근한 물에 적셔 이마에 올렸습니다.

유나 언니, 괜찮은 거죠?

그러고 나서 어떻게 해야 할지 모른 채 시간이 지나갔습니다.

잠시 후, 여자의 몸이 움직였습니다.

"으, 여기가 어디죠?"

여자가 잠에서 깼어요.

그리고 일어나려고 합니다.

"잠을 조금 더 자는 게 좋겠어요."

제가 말하자 여자는 힘차게 일어나 저에게서 거리를 두고 자세를 취했지만, 어깨를 누르고 있었습니다.

"으."

상처가 아문 후에도 조금 통증이 남아있던 것을 저도 기억하고 있습니다.

"상처는 아물었지만 무리하지 마세요."

제가 말을 걸어도 여자는 경계를 풀지 않았습니다.

"조금 아프긴 하지만, 상처는 없어요."

여자는 왼쪽 어깨와 피에 물든 옷을 봤습니다.

"혹시 유나인가?"

여자는 작은 소리로 말했습니다.

역시 유나 언니를 알고 있는 것 같아요.

"저기, 아가씨는 누구죠?"

여자는 저를 경계하면서 물었습니다.

"저는 피나라고 해요. 유나 언니의 부탁을 받아서, 언니를 보고 있었어요."

여자는 자기가 잠들어 있던 장소를 보았습니다. 담요에, 베개에, 물이 담긴 통 등이 놓여 있었습니다.

"유나와 아는 사람이에요?"

"네."

제가 그렇게 말하자 경계를 풀었습니다.

믿어주신 것 같아서 다행이에요.

"그래서 유나는 어디죠? 여기는 어딘가요?"

"여기는 유나 언니네 집이에요. 유나 언니가 어디 있는지는 모르겠어요."

"유나의 집?"

음, 문에 관해 얘기해도 될까요?

이동할 수 있는 문에 관해선 비밀입니다.

하지만 여자는 문을 바라보고 있었어요.

"이 문은, 혹시, 제가 옮겨진 건가요?"

"그 문에 대해 아세요?"

여자는 고개를 끄덕입니다.

"유나와 계약을 했기 때문에 자세한 것은 말할 수 없지만, 아가씨도 그런 말투로 말하는 걸 보니 알고 있나 봐요?"

"네, 유나 언니에게 연락이 와서 문 앞에 여자가 잠들어 있으니까 돌봐달라고 했거든요."

“사쿠라 님, 그리고 카가리 님, 유나는 어떻게 됐는지 들었나요?”

여자는 피나 흙으로 더러워진 옷을 다시 입으면서 물어옵니다.

“모르겠어요.”

저는 고개를 저었습니다.

처음 들어보는 이름이에요.

“분명 피나라고 했죠. 피나는 이 문을 열 수 있나요?”

“못해요.”

문은 유나 언니만 열 수 있습니다.

“그럼 한 가지 더 확인할게요. 아까 유나에게서 연락이 왔다고 했죠? 그럼 이쪽에서도 연락이 된다는 건가요? 유나랑 연락할 수 있을까요?”

빙 돌려서 물어보고 있습니다. 문에 대해 알고 있다는 것은 곰폰에 대해서도 알고 있는 것일까요?

“그건…….”

어떻게 하면 좋을까요?

“부탁할게요. 제발 유나와 연락을 해줬으면 좋겠어요. 저는 곧바로 돌아가야 해요.”

여자는 정좌 자세를 하고 바닥에 손을 대며 머리를 깊이 숙였습니다.

“부탁드립니다.”

“아니, 그, 고개를 들어주세요.”

여자는 고개를 들지 않았습니다.

진지합니다. 이 사람에게는 다쳤어도 돌아가야 할 이유가 있는 것 같습니다.

유나 언니도 무슨 일이 생기면 연락해도 된다고 했어요.

"알았겠어요. 연락해드릴 테니 고개를 들어주세요."

"고, 고마워요."

여자는 한번 고개를 들더니 다시 고개를 숙였습니다.

"저기, 성함을 여쭤봐도 될까요?"

"시노부입니다."

"그럼 시노부 씨, 물이라도 마시며 기다려 주세요."

저는 물이 담긴 물병과 컵으로 시선을 보냅니다.

"고맙습니다."

"저는 유나 언니와 이야기를 나누고 올게요. 이 방에서 나오지 마세요."

어디까지 말해야 할지 모르기 때문에 방에서 나오지 않도록 부탁드렸습니다.

시노부 씨는 「알겠습니다」라고 말하곤 물을 마시기 시작했습니다.

상당히 목이 말랐는지 컵에 물을 따르더니 단숨에 마십니다.

방에서 나온 저는 곰 폰을 꺼내고 유나 언니를 생각하며 곰 폰에 마력을 보냈습니다.

유나 언니, 유나 언니…….

잠시 후 곰 폰에서 「여보세요?」라고 들려옵니다.

유나 언니의 목소리입니다.

"피나예요."

『피나? 무슨 일 있었니?』

곰 폰에서 밝고 태평한 목소리가 들려옵니다.

혹시 잊어버린 건가요?

"그게, 시노부라는 여성이 눈을 떴어요."

『……앗.』

방금 「앗」이라고 했어요.

분명 잊고 있었던 거예요.

걱정했던 것이 바보처럼 느껴집니다.

그래도 아무 일도 없었던 모양이니 다행이에요.

『그래서 시노부는 괜찮니?』

"네, 괜찮은 것 같아요. 그래서 유나 언니한테로 돌아가고 싶은 것 같아요."

『아, 응. 알았어. 그럼 조금 있다가 문을 열 테니까 기다려줘.』

"알겠습니다."

저는 곰 폰을 가지고 시노부 씨가 있는 방으로 돌아갑니다.

"어땠나요?!"

제가 방으로 돌아오자마자 다가옵니다.

"조금 있다가 문을 열어준대요."

"그렇군요. 다행이에요. 유나는 무슨 말을 하던가요?"

"아무 말도 안 했어요."

시노부 씨를 잊고 있었던 사실은 입 다물고 있기로 했습니다.

물병을 보니 안은 텅 비어 있었습니다. 다 마셔버린 것 같아요.

"아직 시간이 있는 것 같으니 물 좀 가져올게요."

시노부 씨는 가져온 물도 다 마셔버렸습니다.

511 곰 씨, 돌아가고 싶지만 돌아가지 못하다

이무기는 쓰러뜨렸다.

죽은 것 같긴 하지만, 마석은 빼놓는 편이 좋겠지. 이렇게까지 생명력이 강하면 방심은 할 수 없다.

하지만 이무기의 몸통은 커서 마석을 찾기 위해선 해체를 하지 않고서는 어려울 것 같다.

"무무르트 씨, 이무기의 마석이 어디 있는지 아세요?"

"확인해보겠네."

"이 몸도 도울게."

무무르트 씨와 곰돌이를 탄 카가리 씨가 쓰러진 이무기에 다가갔다.

"곰돌이, 조금만 더 오른쪽으로 부탁해."

"크~응."

곰돌이를 탄 카가리 씨는 곰돌이에게 지시를 내렸고, 곰돌이는 그에 따라 이동했다.

"이 부근인가?"

"그런 것 같군."

카가리 씨와 무무르트 씨는 이무기의 몸을 만지면서 확인했다.

"카가리, 잠시 떨어져 봐."

마석이 있는 위치를 발견한 것인지 무무르트 씨는 나이프를 꺼내 이무기를 갈랐다.

"이 부근이라고 생각하는데."

손을 넣어 마석을 찾았다.

"어서, 힘내 봐."

"그렇게 말할 거면 보고만 있지 말고 좀 도와."

"이 몸은 이런 모습이잖아. 당연히 무리지. 어서, 제대로 찾으라고."

이무기 쪽에서 두 사람의 즐거운 듯한 목소리가 들려왔다.

그런 대화를 보면서 기다리고 있는데 무무르트 씨가 「찾았다」라고 말하더니, 무무르트 씨의 손에는 무색의 커다란 마석이 손에 쥐어져 있었다.

이무기의 머릿속에 있던 마석보다 조금 클지도.

"이것으로 안심이네."

"이걸로 정말로 끝난 거네요."

사쿠라는 마석을 보며 다시 한번 안도의 표정을 보였다.

"마석이 없다면 회복도 못 하겠지. 이것으로 전부 끝이야."

"더는 사쿠라가 울 일도 없겠네."

"유나 님은 짓궂은 말씀을 하시네요."

"남이 우는 게 익숙하지 않아서 그래. 되도록 기뻐해 줬으면 좋겠어."

"네, 알겠어요."

사쿠라는 눈에 어렴풋이 눈물이 차올라 있었지만, 기쁘게 미소 지었다.

이것으로 예지는 회피됐고, 죽는 꿈을 꿀 일은 없을 것이다. 여러 가지로 힘이 들었지만, 한 명의 소녀를 구한 것 같으니 열심히 한 보람이 있다.

"이것으로 내 역할은 끝이군. 루이밍, 돌아갈까."

무무르트 씨는 루이밍에게 말하더니 손에 들고 있던 마석을 카가리 씨에게 건넸다.

내가 가진 마석도 전달하는 게 좋을까?

"잠깐, 이번에도 도망칠 생각인 거야?"

"도망친다니, 원래 이곳에 없던 자가 있으면 이상하잖아."

확실히 무무르트 씨가 이 섬에 있는 건 이상하다.

"그렇지만, 무무르트 님. 아직 답례도 하지 못했는걸요. 이대로 돌아가시는 건."

"나는 이무기의 부활 시간을 벌어준 것뿐이네. 해치운 건 아가씨야."

"이무기를 무찌른 건 유나 님이지만, 무무르트 님과 루이밍 씨가 힘을 보태지 않았더라면 이무기를 해치울 수는 없었을 거예요."

확실히 이무기가 완전히 부활했다면 쓰러뜨리지 못했을지도 모른다. 피해도 커졌을 수도 있다. 무무르트 씨의 봉인 강화 덕분에 하나하나 따로 싸울 수가 있었다는 건 틀림 없다.

하지만 이 경우엔 어느 쪽의 편을 들어줘야 할지 곤란했다.

물론, 사쿠라의 마음도 이해가 됐다. 목숨을 걸고 싸운 사람에게 답례도 하지 못하고 돌려보내는 건 마음이 걸릴 거다. 하지만 귀찮은 일에 엮이고 싶지 않은 무무르트 씨의 마음도 잘 알겠다. 내가 사쿠라의 입장이라면 가지 못하게 막을 것 같고, 무무르트 씨의 입장이라면 도망치고 싶을 것 같다.

"보답을 바라서 도와줬던 게 아니란다. 과거의 나 자신이 남긴 일을 한 것뿐이야. 그러니 보답 같은 건 생각하지 않아도 돼."

무무르트 씨는 사쿠라의 머리를 부드럽게 쓰다듬으면서 말했다.

그렇게까지 말하니 사쿠라는 아무런 말도 하지 못하게 되었다.

"그 말도 이해가 돼. 그렇지만, 무무르트. 이번엔 놓치지 않을 거야."

사쿠라를 조용히 만들었다고 생각했더니, 카가리 씨가 놓아주지 않았다.

"……카가리."

"그때 남겨진 이 몸이 얼마나 고생했는지 알아."

그래서 돌아가고 싶은 게 아닐까?

"그리고 전에도 말했지만, 무무르트가 우연히 이 나라에 들린 거라고 하면 되는 거잖아. 네가 없으면 어떻게 쓰러뜨렸는지 설명을 할 수가 없게 돼."

"딱히 봉인의 강화에 관해서는 설명할 필요 없지 않나."

무무르트 씨는 귀찮은 듯 말했다.

"카가리 씨가 쓰러뜨린 것으로 하는 게 가장 좋겠는데. 생각해 봐요. 커다란 여우로 변신해서 쓰러뜨렸다고 하면 되잖아요. 저도 돌아갈 거니까."

나는 무무르트 씨의 편을 들기로 했다.

그야, 무무르트 씨가 남는 분위기가 된다면 나 또한 남게 될 테니까.

아무래도 이무기 토벌 정도면 일이 커질 것이다. 사쿠라의 부탁으로 이무기의 토벌을 도와줬지만, 내 업적으로 치면 곤란하다.

"잠깐! 아가씨마저 이 몸에게 떠넘기고 사라질 셈이야?! 놓칠까 보냐."

카가리 씨가 나와 무무르트 씨의 옷을 붙잡았다. 아무래도 돌려보내지 않을 작정인 것 같았다. 그렇다고 이 작은 손을 뿌리칠 수도 없는 노릇이었다. 원래는 나보다 컸지만, 작아지니까 대응하기 곤란했다.

어쩌면 좋을지 고민하고 있는데 하얀 곰 장갑이 「크~응, 크~응, 크~응, 크~응」하고 울었다.

곰 폰이다.

나는 곰 박스에서 곰 폰을 꺼냈다.

"여보세요?"

『피나예요.』

"피나? 무슨 일 있어?"

지금은 어수선하다. 급한 일이 아니라면 나중에 다시 걸면 된다. 하지만, 피나가 꺼낸 말은 예상 밖의 말이었다.

『그게, 시노부라는 여자분이 눈을 떴어요.』

"……앗."

완전히 잊고 있었다.

곰 폰에서 들린 시노부의 이름으로 이곳에 있는 모두가 시노부의 존재를 떠올렸다. 아무래도 잊고 있던 건 나만이 아닌 모양이다.

하기야 이무기도 부활하고, 여러 가지로 허둥댔으니까 말이다. 이무기를 무찌른 지금도 앞으로의 일에 관해 이야기를 나누고 있어서 시노부의 존재를 까맣게 잊고 있었다.

"그래서, 시노부는 괜찮아?"

나는 잊고 있었던 걸 알아차리지 못하도록 피나에게 물었다.

『네, 괜찮은 것 같아요. 그래서 유나 언니가 있는 곳으로 돌아가고 싶다는 모양이에요.』

그렇네. 눈을 떴는데 모르는 장소에서 자고 있었다는 걸 알면 이쪽이 궁금해지겠지. 심지어 시노부는 정신을 잃고 있었기 때문에 지금 상황을 전혀 모를 거다.

하지만 잘도 이무기가 있을지도 모르는 곳으로 돌아오고 싶다고 생각했네. 자신의 나라를 걱정하는 건지, 사쿠라를 걱정하는 건지. 생각할 것도 없이 후자이려나.

"아~, 응. 알았어. 그럼 조금 뒤에 문을 열 테니까 기다리고 있어."

『알겠어요.』

피나와 이야기를 마친 나는 곰 폰을 넣었다.

"그럼, 우선 시노부를 맞이하러 갈 테니까 문이 있는 곳까지 이동해도 될까요?"

새롭게 곰 이동문을 꺼내도 되지만, 몇 개나 꺼내고 싶진 않았기에 곰 이동문의 회수도 할 겸 이동하기로 했다.

곰돌이 위에는 소녀가 된 카가리 씨, 곰순이 위에는 사쿠라가 탔다. 나와 루이밍, 무무르트 씨는 걸었다.

"시노부를 완전히 잊고 있었네."

카가리 씨의 말에 반론하는 사람은 한 명도 없었다.

"시노부, 화나 있던가요?"

"딱히 화내고 있진 않을걸. 정신을 잃어서 안전한 곳으로 이동시켜준 것뿐이니까."

피나로부터의 연락에서도 시노부가 화내는 기색은 느껴지지 않았다.

단지, 상황을 알지 못해 안절부절못한 느낌일지도 모르겠다.

우리는 곰 이동문이 있는 곳까지 다다랐다.

곰 이동문은 엘프 숲으로 도망칠 수가 있도록 열린 그대로의 모습이었다. 무무르트 씨는 루이밍을 데리고 문을 조용히 통과하려고 했다. 그걸 카가리 씨가 곰돌이에서 뛰어내리더니 곰 이동문 앞에 막아섰다.

“기다려. 그러니까 왜 돌아가려는 거지? 아가씨, 무무르트 녀석이 도망치지 못하도록 문을 닫아줘.”

“모처럼 열려 있는 문을 닫을 건 없지 않나.”

“그럼, 절충안으로 제가 먼저 돌아갈게요. 시노부가 있는 곳으로 연결해야 하니까요.”

“아가씨야말로, 남아있어야지.”

아무래도 도망치게 두진 않을 것 같다.

“우선, 시노부를 이곳으로 데리고 오죠. 분명 시노부는 문 앞에서 기다리고 있을 거예요.”

“그렇겠군.”

나는 엘프 마을과 연결된 문을 닫았다. 그리고 크리모니아의 내 집에 있는 곰 이동문의 문을 열자 기다리고 있었던 것처럼 보이는 시노부의 모습이 있었고, 그 옆에는 피나의 모습도 있었다.

“사쿠라 님, 괜찮아요? 그래서, 어떻게 됐나요? 와이번은요? 이무기는요?”

시노부는 문이 열리자 문을 지나 사쿠라 앞으로 다가왔다.

“시노부, 진정하세요. 완전히 끝났어요.”

사쿠라의 말에 시노부는 의미를 모르겠다는 듯 입을 쩍 벌린 채로 사쿠라를 바라봤다.

“사쿠라 님, 그 말은?”

“무무르트 님이 봉인 강화를 해주셨고, 그동안 유나 님과 카가리 님 두 분이 이무기를 토벌해 주셨어요.”

“……정말인가요?”

시노부가 나와 소녀를 쳐다봤다. 그제야 겨우 소녀의 존재를 알아차린 눈치였다.

“저기, 카가리 님이세요?”

“그래.”

시노부는 쭈그려 앉아 소녀와 눈높이를 맞췄다.

“귀여우시네요. 어째서 이런 모습이 되신 거예요?”

“이 모습은 이무기와의 싸움으로 힘을 너무 사용한 탓이지. 그러니 아무런 말도 하지 마.”

“귀여워요.”

시노부는 소녀에게 안겼다.

“아아, 시노부, 너무해요. 저는 참고 있었는데 먼저 카가리 님을 안아버리다니.”

아무래도 사쿠라는 참고 있었던 모양이다. 사쿠라도 소녀를 안았다.

“에이, 두 사람 모두 떨어져라. 이 몸은 너희들보다 연상이라고. 어린애 취급하지 마.”

소녀는 귀찮은 듯 두 사람을 떨쳐냈다.

하지만 어린아이의 모습인 카가리 씨를 어린애 취급하지 말라고 하는 건 무리가 있는 것 같다. 사람은 겉모습이 중요하니까. 아무리 강하다 해도 곰 인형 옷 모습이라면 아무도 강하다고는 생각하지 않는 것처럼 말이다. 키가 작으면 제 나이로 보이지 않는다. 경험자의 말이다.

그러니 두 사람이 카가리 씨를 아이 취급하는 건 어쩔 수 없다.

"유나 언니, 그래서 어떻게 된 일인 거예요?"

내가 그런 세 사람을 보고 있는데 피나가 나에게로 다가온다.

아무래도 피나도 곰 이동문을 지나 이쪽으로 와버린 모양이다.

뭐, 문은 열어둔 그대로이기도 하고, 시노부의 간호를 부탁해뒀으니 상황은 알고 싶겠지.

"유나 님, 이쪽 분은?"

모두의 시선이 피나에게로 향한다.

"제 생명의 은인인 피나예요."

"생명의 은인……."

내 말에 모두의 표정이 놀란 표정으로 바뀐다.

"혹시, 강한가요?"

"강하게는 안 보이는데. 사람은 겉모습으로 판단하면 안 된다지만."

모두가 피나를 신기한 눈으로 봤다.

"저, 저는, 강하지 않아요. 싸우지도 못하는걸요."

피나는 시노부 일행의 말에 부정했다.

"유나 언니! 그러니까 그런 소개 방식은 그만두라고 했잖아요."

피나는 볼을 부풀리며 화를 냈다.

그랬던가. 금방 잊어버린다.

피나는 툭툭 내 몸을 쳤다.

응, 안 아파.

"피나, 오랜만에요."

내가 맞고 있는데 루이밍이 피나에게 말을 건넸다.

"루이밍?! 게다가 루이밍 씨의 할아버님도?"

피나가 루이밍과 무무르트 씨를 발견했다.

"오랜만이구나."

"어째서 두 분이?"

설마 루이밍과 무무르트 씨가 있을 줄은 몰랐을 테니 놀라는 눈치였다.

"무무르트 씨랑 루이밍한테 조금 도움을 받았거든."

"저기, 루이밍의 지인이야?"

"네, 얼마 전에 유나 님과 함께 우리 마을에 와줬거든요."

"피나라고 해요. 유나 언니와 같은 마을에 살고 있습니다."

"저는 사쿠라입니다. 잘 부탁드립니다."

피나와 사쿠라는 서로에게 자기소개했다.

512 곰 씨, 피나와 시노부에게 설명하다

"그래서 시노부는 괜찮은 거예요?"

"통증은 조금 있지만, 괜찮아요."

시노부는 피가 묻은 옷을 바라본다.

"혹시 유나가 고쳐준 건가요?"

"피가 조금 많이 났잖아. 그래도 상처만 막은 거니까 무리해서 움직이면 안 돼."

"고마워요."

서로의 안부를 확인한 우리는 피나와 시노부에게 설명했다.

이 나라에서 이무기라는 큰 마물을 쓰러뜨리게 된 일. 그리고 그때 와이번이 나타났고, 전투에서 시노부가 다친 일. 무무르트 씨와 루이밍의 힘을 빌려 이무기를 쓰러뜨린 것에 대해 얘기했다.

"그럼 정말로 제가 자는 동안 모든 게 끝났다는 거네요. 심지어 사쿠라 님과 루이밍에게는 위험한 일을 시키고 말이에요. 자고 있던 제가 한심하게 느껴져요."

시노부는 조금 침울해했다.

"그렇지 않아. 시노부가 얼마나 열심히 해줬는지 아는걸. 시노부, 항상 고마워.

"……사쿠라 님."

그런 두 사람의 대화를 지켜보던 피나가 작은 목소리로 물었다.

"유나 언니, 사쿠라 양은—."

"음, 무녀라고 해야 하나. 으~음, 사쿠라의 어머니가 원래 왕족이었고, 시노부는 사쿠라를 섬기고 있다는 느낌이려나?"

시노부의 입장은 모르겠지만, 그런 느낌이다.

"……왕족."

피나는 놀란 듯이 사쿠라를 바라본다. 그 시선을 느낀 사쿠라가 우리 쪽으로 다가왔다.

"피나 님, 시노부를 보살펴 주셔서 감사합니다. 피나 님이 시노부를 봐주신 덕분에 저희가 안심하고 이무기와 싸울 수 있었어요."

사쿠라는 피나의 손을 잡고 감사의 인사를 건넸다.

그에 대해 피나는 갑자기 '님'자가 붙은 이름이 불리자 당황했다.

"피, 피나라고 부르시면 돼요. 저는 그렇게 대단한 사람이 아니니까 피나라고 불러주세요."

피나는 손을 크게 흔들며 호칭을 바꿨다.

"그럼 피나라고 부를게요. 저도 사쿠라라고 불러주세요."

"음, 사쿠라 님?"

모친이 왕족이었다는 설명을 들은 탓에 피나는 존칭을 붙여 사쿠라의 이름을 불렀다.

"유나 님의 친구죠. 가능하다면 저를 사쿠라라고 불러주세요."

"그게, 그건……."

피나가 도움을 구하듯 내 쪽을 쳐다봤다. 과거의 일이라지만 왕족과 관련된 사람을 함부로 부를 수 없는지 난처한 표정이다.

"피나가 왕족 출신인 사쿠라를 함부로 부르기 어려워하는 것 같으니까 다른 호칭으로도 괜찮을까?"

"큰아버지가 국왕이긴 하시지만, 저는 왕족이 아닌걸요. 피나와 같은 일반인이랍니다."

자세한 건 모르지만, 시집을 간 집안에 따라서는 일반인이 된다. 실제로 사쿠라는 무녀로서 살고 있다.

하지만 피나에게는 왕족이나 다름없다.

"편하게 부르는 게 어렵다면 「사쿠라 양」이라고 부르면 되지 않을까? 루이밍이도 그렇게 부르고 있고 말이야."

루이밍이 사쿠라를 부를 때 그렇게 불렀다.

딱히 윗사람한테 쓸 호칭은 아니지만. 편하게 부르는 것보다 「양」을 붙이는 게 부르기 쉬울지도 모른다. 게다가 아직 피차 어린 아이이다. 그렇게까지 깊게 생각하지 않아도 될 것 같다.

"사쿠라 양이요? 네, 그거라면, 사쿠라 양이라고 불러도 될까요?"

"피나가 그래도 괜찮다면 그렇게 불러주세요."

사쿠라는 조금 기뻐했다.

그런 뒤 시노부가 이무기를 확인하고 싶다고 말해서 곰 이동문을 정리하고 이무기에게로 돌아왔다.

무무르트 씨와 나는 돌아갈 타이밍을 놓쳐버렸다.

"이 눈으로 봐도 믿기지가 않아요. 그 전설의 이무기가 쓰러졌다니."

"크네요. 유나 언니와 루이밍은 이렇게 큰 마물과 싸운 거예요?"

피나는 쓰러져 움직이지 않는 이무기를 올려다봤다.

"뭐, 어쩌다 보니 그렇게 됐네."

"저는 싸우지 않았어요. 할아버지를 도와 마법진에 마력을 보내기만 했을 뿐이에요."

루이밍은 아무렇지도 않다는 듯이 말하지만, 루이밍이 있던 곳은 바람의 이무기가 있는 곳에서 가까웠고, 그 전투의 영향으로 건물이 부서진 위험한 곳이었다.

"아니요, 루이밍 씨가 안 도와줬더라면 큰일이 났을 거예요. 위험한데도 불구하고 마력을 계속 흘려준 것에 감사드려요."

나와 같은 생각을 하고 있던 사쿠라가 입을 열었다.

"그런 감사 인사 들을만한 일은 하지 않았어. 그저 마력만 보냈을 뿐인걸."

"아뇨, 저도 똑같이 마법진에 마력을 보냈으니 알아요. 땅이 몇 번이나 요동치고 밖에서는 큰 소리가 나서, 혼자 마력을 계속 보내야 하는 상황이 두렵고 불안했어요. 곰순이 님이 곁에 있어 주지 않았다면 저는 무섭고 불안에 휩싸여 있기만 했을 거예요. 단순히 제가 심적으로 약하다는 뜻일 수도 있지만요."

"응, 나도 곰돌이가 함께 있어 줘서 열심히 할 수 있었어. 그래서 사쿠라의 마음은 잘 알아."

두 사람의 말에 곰돌이와 곰순이는 소리를 냈다.

곰돌이와 곰순이가 두 사람의 버팀목이 되어준 것 같다. 돌아가면 칭찬해줘야겠네.

같이 목욕도 하고, 몸도 씻어주고, 꿀이라도 줄까.

시노부는 확인하듯 이무기에게 다가갔다.

"움직이지는 않죠?"

"걱정 마. 마석도 제거해서 부활할 일은 없을 거야."

"그런데 이렇게 커다란 마물을 유나와 카가리 님 두 분이 잘도 쓰러뜨리셨네요. 약하던가요?"

"무슨 소리야. 당연히 강했지. 이무기가 내뿜는 불길에 나무는 타오르고, 이무기가 일으키는 바람에 나무들이 잘려 나갔어. 바위 이무기는 입에서 바위를 뿜어내고, 물의 이무기가 내뿜는 물에 나무들이 쓰러져 갔지. 섬도 상당한 피해를 입었다고."

뭐, 물의 이무기 덕분에 불에 타던 나무는 없어졌지만 그건 그거대로 피해가 발생했다. 이무기가 있던 장소나 공격을 받은 곳은 참혹한 광경이 펼쳐졌다.

"쓰러뜨린 건 아가씨의 힘이야. 처음엔 이런 어린애가 희망의 빛일 줄 몰랐는데, 틀림없이 희망의 빛이었어."

"네, 유나 님은 희망의 빛이었어요."

"으—, 저도 유나의 싸움을 보고 싶었는데."

기절해 있었으니 어쩔 수 없다.

피나 쪽을 보니 이무기를 보고 있었다. 혹시 해체하고 싶은 건가?

"피나, 해체하고 싶어?"

"앗, 해체요?"

"이무기를 해체해본 적은 없잖아?"

"아니에요. 아빠도 없는걸요. 게다가 이렇게 큰 건 해체 못 해요."

"애초에 이무기를 해체한 자가 있을까? 없을걸."

이 세상은 넓다. 이무기가 몇 마리 있다고 해도 이상하지는 않다.

아니면 쓰러뜨리면 어딘가 다른 곳에서 부활한다거나? 생각만 해도 싫다.

그런데 뱀 종족이라고 생각한다면 블랙 바이퍼에 가깝다.

"피나 갖고 싶으면 부탁해서 받아놓을게."

부탁하면 한 마리쯤은 받을 수 있을지도 모른다.

하지만 피나의 대답은 「피, 필요 없어요」였다.

아무래도 기념품은 안 될 것 같다.

나도 뱀 같은 건 필요 없으니까 방치해야 하나. 카가리 씨 꼬리처럼 폭신한 털가죽이었다면 좋았을 텐데.

"왜 이 몸의 엉덩이를 보지?"

아무래도 보고 있던 걸 눈치챈 것 같다.

"그럼, 우리는 돌아가도 되나? 이제 곧 저녁 시간인데 말이야."

"앗, 저도 엄마 도와드려야 하는데."

무무르트 씨와 루이밍이 그런 말을 꺼낸다.

두 사람 모두 이무기와 싸우고 오겠다고 말하진 않았을 테니 돌아가지 않으면 가족들이 걱정할 수도 있다.

"그럼 피나, 우리도 돌아갈까."

"그러니까, 돌아가지 말라고 했을 텐데. 너희들이 돌아가면 이 몸이 곤란해져. 절대 놓칠 수 없지. 만약 돌아간다고 하면 이 몸도 따라갈 거야."

카가리 씨, 화났다. 아이가 떼쓰는 것처럼 보였다.

자연스러운 흐름을 타서 돌아갈 수 있을 줄 알았는데 안 될 것 같다.

"안 돼요. 카가리 님까지 떠나면 저는 어떡해요?!"

확실히 사쿠라 한 명에게 다 떠넘기는 것은 불쌍하다.

"그렇다면 사쿠라도 같이 갈래?"

카가리 씨는 좋은 생각이 났다는 듯 말했다.

"도대체 무슨 말씀이세요?"

한 명? 피나를 더한다면 두 명은 우리 대화 내용을 알지 못하는 사람이 있었다.

시노부에게 나와 무무르트 씨는 이대로 돌아가고 싶다는 뜻을 전했다.

"아, 돌아가면 곤란해질 것 같네요. 국왕 폐하께 혼날 거예요. 주로 제가 말이죠."

이 중에서 국왕이 꾸짖을 수 있는 건 시노부 뿐일지도 모르겠다.

"그래, 차라리 시노부가 쓰러뜨린 거로 하면 되지 않을까?"

"잠시만요, 어째서 그렇게 되는 거죠?!"

"시노부, 영웅이 될 수 있어. 인기인이 될 수 있다고. 지금 하겠다고 말하면 이무기 소재도 줄게."

나는 영업사원처럼 말한다.

"필요 없어요! 영웅이 될 생각 없어요. 저는 주인의 그림자니까 눈에 띄면 안 된다고요."

뭔가 닌자 같은 대사를 내뱉었다. 하지만 그렇게 눈에 띄어놓고 이제 와서, 라는 느낌이었다.

"확실히 그렇긴 하겠네. 시노부가 쓰러뜨린 걸로 하면 원만하게 정리되겠어."

내 제안에 카가리 씨도 동조했다.

"아니, 카가리 님까지 무슨 소리세요. 제가 기절했다가 눈을 떴더니 모든 게 끝나있었는걸요. 어떻게 쓰러뜨렸는지조차 설명할 수 없어요!"

"그런 건 입만 잘 맞추면 되잖아."

"안 돼요! 싫어요! 절대로 받아들이지 않겠어요!"

세상에는 남의 공을 자기 것처럼 만드는 사람도 있는데, 시노부는 아닌 것 같다.

뭐, 아무리 큰 공이라도 자신의 능력 밖이라면 처리할 수 없게 될 테니까.

"그럼, 이 부분은 스오우에게 계약 마법을 걸고 모든 걸 얘기하는 수밖에 없겠어."

"국왕 폐하께 계약 마법이요?"

"후후, 그 녀석의 약점은 내가 쥐고 있으니까. 그 정도는 가능해. 유나도 무무르트도 그렇게 한다면 괜찮겠지. 소동이 일지 않게 하도록 약속을 받을게. 그러니 좀 더 있어 줘."

국왕에게 계약 마법이라. 확실히 할 수만 있다면, 여러 가지로 입막음은 할 수 있게 된다. 그런데 국왕이다. 일반적으로 생각했을 때 위험할지도 모르는 계약 마법 같은 건 안 할 것 같다.

"만약 국왕이 거절하면 어떻게 할 건데요?"

"그때는 이 몸을 포함해서 모두 이 나라를 떠날 거야."

"카가리 님!"

"이제 이 몸이 이 나라에 남을 이유가 없어졌잖아."

"그런……."

"그러니까 어디까지나 스오우 하기에 달려 있다는 거야. 이봐, 시노부. 그 녀석에게 연락해."

"기다려 주세요. 실은 마물과 싸우기 전에 피스케를 국왕 폐하께 보내서 당장은 연락할 수가 없어요."

시노부가 주머니에서 무언가를 꺼냈다.

그걸 입에 물더니 불었다.

피리?

"이제 조금 있으면 피스케가 돌아올 거예요. 그러면 다시 국왕 폐하께 연락할게요."

"피스케라니?"

"시노부의 새 이름이에요."

아무래도 새를 부르는 호루라기였나보다.

피리를 불고 나서 잠시 후, 연두색의 작은 새가 날아왔다. 시노부가 손을 내밀자 작은 새가 자리를 잡았다.

"잘 돌아왔네."

시노부는 손가락으로 작은 새의 머리를 부드럽게 쓰다듬었다.

"귀여워요."

피나가 시노부의 손에 자리 잡은 작은 새를 보고 있었다.

"만져볼래요?"

"괜찮아요?"

"피나에게는 신세 많이 졌으니 괜찮아요. 편지를 쓰는 동안 좀 맡아주세요."

시노부가 피나 쪽으로 손을 내밀자 작은 새가 피나의 손으로 옮겨 날아갔다. 피나가 작은 손가락 끝으로 작은 새의 머리를 쓰다듬으니 작은 새는 기분 좋은 듯 눈을 감았다. 피나는 기뻐했다.

그 순간, 곰돌이와 곰순이가 피나에게 다가간 건 기분 탓이 아닐 것이다.

작은 새랑 겨루지 않아도 곰돌이랑 곰순이가 더 귀여워.

"그래서 국왕 폐하를 이 섬으로 부르는 게 맞나요?"

시노부는 작은 종이와 펜을 들고 확인한다.

"그래, 성으로 가면 소동이 일어날지도 모르니까. 섬에 있는 선착장으로 오면 돼."

시노부는 작은 종이에 카가리 씨가 말한 대로 써 내려갔다.

"그런데, 국왕이 섬에 오시나요?"

한 나라의 왕이다.

오라고 한다고 쉽게 올 수 있는 건 아닐 것 같은데.

"만약 오지 않는다면 시노부에게 모든 것을 맡기고 나라를 떠나는 거로 하자고."

카가리 씨의 말에 시노부가 다 적었던 손을 다시 움직여 무언가를 덧붙였다.

그리고 종이를 돌돌 말더니 피나의 손 위에 있던 작은 새의 목 쪽 통 안에 넣었다.

"그럼 부탁할게."

시노부가 그렇게 말하자 작은 새는 피나의 손에서 날아갔다. 피나는 한참을 작은 새를 보았다.

"국왕에게 제대로 날아가는 거야?"

"국왕 폐하가 마석을 잘 가지고 계신다면 제대로 날아갈 거예요."

"마석?"

들어보니 작은 새의 목에 달린 통에는 작은 마석이 달려 있고, 그 마석의 일부분을 국왕이 가지고 있다고 한다.

작은 새는 그 똑같은 마석의 마력을 따라 날아가는 모양이다.

"그래서 피스케의 목에 달린 통을 바꾸면 다른 곳으로 보낼 수도 있죠."

"그중 하나는 제가 가지고 있어요."

사쿠라는 목에 건 목걸이를 옷 아래에서 꺼내 보여준다. 목걸이 끝에는 작은 마석이 달려 있었다.

"대단하네."

"쉽지 않아요. 특훈이 필요하거든요. 마력에 반응하도록 병아리 때부터 훈육해야 해요."

뭐든 그렇겠지만 의사소통이 안 되는 동물에게 가르친다는 것은 힘들다. 곰돌이, 곰순이는 의사소통이 가능해서 가르치면 기억해준다.

"어느 정도 거리까지 가능한데?"

"너무 먼 거리는 무리죠. 하지만 여기서 성까지라면 괜찮아요."

뭐, 그건 그렇겠지. 여기서 크리모니아까지는 역시 무리일 것 같다. 그렇게 생각하니 사냐 씨의 소환 새는 대단한 거다.

애초에 크기가 다르다. 사냐 씨의 새는 매 같은 종류다. 그것과 비교해서는 시노부의 피스케가 가여워진다.

"그럼 우리도 선착장으로 가자."

"선착장?"

"이 섬에 선착장은 하나밖에 없잖아. 거기서 기다리면 오겠지."

"그래도 선착장이라면, 배에서 우리를 볼 수 있다는 뜻이지."

국왕이 온다고 해도 혼자 오는 게 아니다. 배를 움직이는 자, 호위하는 자 등 여러 사람이 배를 타고 있을 것이다. 그런 사람들에게 보이게 되면 상관없는 척하는 게 어려워질 것이다.

"무무르트 씨도 웬만해선 일을 크게 벌이고 싶진 않잖아요."

"당연하지."

모두가 조용히 입을 다물었다. 그중 한 명이 말을 꺼냈다.

"그러면 유나 씨네 집을 꺼내면 되지 않을까요? 집 안에서 얘기하면 누구랑 어떤 대화를 나누는지는 모를 것 아니에요."

루이밍이 좋은 생각이 난 듯 말했다.

"유나 님의 집이요?"

사쿠라는 작게 고개를 갸우뚱했다.

"곰 모양의 집인데. 몹시 귀여워."

루이밍의 설명에 사쿠라는 더욱 고개를 갸웃거렸다.

"피나도 알아요?"

"그게, 네. 정말 귀여운 곰 하우스예요."

루이밍과 같은 대답이다.

그거 말고는 설명할 방법이 없는 건 확실하지만.

"곰 하우스……. 유나 님 저도 보고 싶어요."

사쿠라는 조금 조심스럽게 부탁했다.

가능하다면 국왕과의 회담 장소를 곰 하우스 안으로 하는 건 하지 않았으면 좋겠는데.

"뭐야, 그런 집까지 가지고 있는 거야? 그렇다면 다른 사람들에게 보이지 않을 수 있겠네."

뭔가 국왕을 곰 하우스로 초대하는 분위기로 만들어지고 있지 않아?

그렇다고 아무것도 없는 선착장에서 국왕과 이야기하는 장면을 다른 사람이 보게 하는 건 그거대로 곤란하다.

생각한 끝에 곰 하우스를 꺼내기로 했다.

"웃으면 화낼 거예요."

나는 시노부를 본다.

"왜 나를 봐요?"

"제일 웃을 것 같거든."

"안 웃어요. 저, 그렇게 신뢰도가 없나요?"

"없어."

"너무해요."

내가 즉답하자 시노부는 움찔하는 표정을 지었다.

시노부와 똑같이 웃을 것 같은 여우도 있지만 그쪽은 포기했다.

카가리 씨는 곰돌이를 타고, 사쿠라는 곰순이를 타고, 나머지는 걸어서 이동했다.

513 국왕, 섬으로 향하다

리네스 섬에 봉인되어 있던 마물, 이무기가 부활했다.

이무기는 몸에 화염을 휘감고, 입에서 불을 내뿜어 숲을 불태웠다.

배를 타고 있던 모두가 아무런 말도 하지 않고 바라보고 있었다.

멀리 있다고 해도 그 크기는 알 수 있었다.

사쿠라는 괜찮은 건가?!

곰을 타고 바다로 건넜다는 말을 들었지만, 탈출은 한 걸까?

그리고 카가리는? 그 곰 소녀는?

설마, 이렇게 빨리 부활할 줄은 몰랐다.

마음속 어딘가에서 낙관적으로 생각하고 있었던 걸지도 모른다.

"폐하! 사람이 이무기와 싸우고 있습니다!"

선장이 소리쳤다.

나는 들고 있던 망원경으로 살펴봤다.

육안으로는 보이지 않았지만, 불의 이무기 주위를 움직이는 두 개의 사람 형체가 있었다.

하나는 카가리다. 다른 한 검은 건 그 소녀인가!

소녀의 검은 곰 옷차림을 떠올렸다.

그 두 사람이 이무기와 싸우고 있는 건가.

두 사람이 무사하다는 것에 안도했지만, 사쿠라와 시노부는 어떻게 된 거지. 두 사람은 도망친 걸까.

"배를 섬에 가까이 갈 순 있는가."

"이무기가 있는데 말씀이신가요?"

"저 섬에는 사쿠라가 있다. 데려오면 곧장 섬을 떠나도록 하지."

"해보겠습니다. 하지만, 무리일 것 같으면 포기하고 돌아가겠다고 해주십시오."

사쿠라에 대해 아는 선장은 무모한 지시를 승낙했다.

"알았네. 약속하지."

선장은 내 말에 대답하고 조타수에게 섬으로 향하도록 지시를 내렸다.

배가 움직이기 시작하고 리네스 섬으로 향했다.

배가 섬으로 향해 나아가고 있는데 돌풍이 일었다. 크게 요동치는 배의 갑판 손잡이를 붙잡았다.

"폐하!"

"괜찮네. 그것보다 무슨 일이 일어난 건가!"

"이무기입니다. 바람의 이무기가 나타났습니다."

보초를 서던 대원이 소리쳤다.

얼굴을 들자 섬에는 새로운 이무기의 머리가 부활했다.

목에는 바람을 휘감았고, 나무들이 흩날려 빨려 올라가고 있었다.

불의 이무기에 이어서 바람의 이무기까지 부활했다.

"폐하, 이 이상 섬에 다가가는 건 불가능합니다."

바람의 이무기가 휘몰아친 바람에 의해 파도는 높아지고 바람이 돛에 부딪혔으며, 배는 격하게 흔들렸다.

"그렇지만!"

"이대로라면 배가 침몰할 겁니다."

하지만 저 섬에는 사쿠라에 시노부, 이무기와 싸우고 있는 사람들이 있다.

나는 아무것도 할 수 없는 건가. 누이의 딸 하나 구해오는 것조차 할 수 없는 건가.

배는 크게 요동치고, 기울어 모두가 손잡이와 기둥을 붙잡는 것만으로도 벅차다는 건 알고 있었다.

내 고집으로 소중한 신하들을 죽게 할 수는 없었다.

"곧바로 이곳을 떠난다."

사쿠라, 미안하다.

카가리, 시노부. 그리고 마지막으로 곰 옷차림을 한 소녀를 떠올렸다. 유나, 사쿠라를 부탁한다.

거칠게 휘몰아치는 바다를 이동해 바람의 영향이 사라지는 곳까지 떨어졌다.

섬을 확인하는데…… 불의 이무기의 머리가 보이지 않았다.

망원경으로 곳곳을 찾아봐도 불의 이무기의 모습을 찾을 수 없었다.

상황은 모르겠지만, 보이는 건 바람의 이무기뿐이었다.

그 바람의 이무기 주변에 무언가가 날고 있었다.

……대여우.

“여우님이 이무기와 싸우고 있어요.”

나와 같이 망원경을 보던 보초 대원이 놀란다.

여우가 이무기와 싸웠다는 사실은 전해지고 있다.

바람의 이무기 주변을 날고 있는 건 대여우, 카가리다.

카가리가 여우로 변할 수 있다는 건 알고 있었다.

왕족 중 일부만 아는 사실이었다.

설마, 카가리, 네가 불의 이무기를 쓰러뜨려 준 건가.

대여우와 바람의 이무기의 싸움은 이어졌다.

카가리는 홀로 싸우고 있었다.

유나의 모습은 보이지 않았다. 어쩌면, 불의 이무기에게 당해버린 걸지도 모른다.

대여우는 이무기의 머리를 깨물었다.

이무기는 머리를 흔들고, 지면에 부딪쳤다. 하지만 대여우는 떨어지지 않았다.

카가리, 무리하지 마.

네가 죽으면 어쩌려고.

너는 역할에서 벗어나고 싶다고 했잖아.

나는 국왕이 되고 나서도 그 부탁을 들어주지 못했다.

카가리, 부탁이니까 죽지 말아줘.

마지막 힘을 쏟아내듯 대여우의 몸이 빛을 발한 순간, 이무기의 머리를 물어뜯었다.

그리고 바람의 이무기가 지면으로 쓰러졌다.

"……."

일어나지 않았다.

설마, 무찌른 건가.

"폐하! 바람의 이무기가 사라졌습니다!"

"알고 있네."

갑판 대에 있던 대원들이 기뻐하는 소리가 들렸다.

아무리 기다려도 불의 이무기도 바람의 이무기도 나타나지 않았다.

정말로 쓰러뜨린 건가.

그렇지만, 기쁨도 길게 가진 않았다.

바위 이무기가 나타나 모두를 절망에 빠뜨렸다.

하지만 바위 이무기가 나타났다 싶더니 사라졌고, 이어서 물의 이무기가 나타났지만, 그 물의 이무기 또한 곧 사라졌다.

너무 떨어져 있던 탓에 망원경을 써도 알 수 없었지만, 이무기의 주변에 검은 물체가 보였다.

다른 대원들은 모르겠지만, 검은 물체는 곰 옷차림을 한 유나였다. 무사했다는 사실에 안도했다.

바람의 이무기 때는 보이지 않았지만, 유나가 돌과 물의 이무기를 쓰러뜨린 건가.

혹시, 모든 이무기를 쓰러뜨린 걸까?

만약, 그렇다면 이 나라를 구한 것이다.

희망의 빛. 사쿠라가 한 말이 떠올랐다.

"폐하, 이무기는 처치됐나요."

"모르겠네."

"폐하, 이제부터 어떻게 하실 건가요."

만약 이무기가 처치된 거라면 네 사람을 구하러 가야 한다.

이무기와 싸웠으니 몸이 성하진 않을 것이다.

남자가 들어갈 수 없는 결계가 펼쳐져 있다고 해도 리네스 섬 항구 근처까지라면 들어갈 수 있다.

그곳에 네 사람이 와준다면 보호할 수가 있다.

"배를 섬에 가까이 대도록 해라."

돛의 방향을 바꿔 리네스 섬으로 나아가려던 그때 보초 대원이 소리쳤다.

"폐하, 이무기입니다. 다시 이무기가 나타났습니다."

"무슨."

「말을 하는 거냐」라고 이어서 말하려 했지만, 섬을 보니 육안으로도 네 개의 머리가 솟아올라 있는 게 보였다.

전해 내려오는 말로는 회복 능력이 있다고 들었다.

그 두 사람만으로는 무찌르지 못한 건가.

"국왕 폐하, 후퇴를. 이무기는 완전하게 부활했습니다. 이무기가 이 배를 발견하고 쫓아오기라도 한다면 이무기를 화의 나라로 불러들이는 꼴이 될 겁니다. 알아차리기 전에 후퇴의 지시를."

그 말은 이해할 수 있었다. 만약 이 배로 시선을 돌린다면 다시는 돌아갈 수 없게 된다.

섬으로 향할 수는 없었다.

"……항구로 돌아가지."

카가리, 사쿠라, 시노부, 유나, 미안하네.

배는 화의 나라 선착장으로 돌아갔다. 배는 한 척도 바다로는 나와 있지 않았다. 이무기를 이 나라로 불러오면 안 되기 때문이었다.

카가리 일행을 구하러 가려고 해도 배를 내보낼 수는 없다. 구해내더라고 해도 이무기가 배를 쫓아온다면 이 나라로 돌아올 수 없게 된다.

하지만 이대로는 시간문제였다.

이무기가 바다를 건너 이 나라를 향해 올지도 모른다.

사쿠라의 꿈에 따르면 국민의 대부분이 죽게 되어 있다.

틀림없이 이 나라로 찾아올 거다.

나머진 마법사들을 모아 희생을 각오하고 이무기에게 공격을 걸어 녀석을 유인하여 나라에서 떨어지는 수밖에 없다.

앞으로의 대책을 생각하고 있는데 전령병이 다가온다.

"숲에서 나타난 마물의 토벌에 성공했습니다. 나머지 마물은 도망치듯 숲으로 돌아갔습니다."

"알았네."

이제 마법사들이 돌아오면, 나는 마법사들과 배를 타는 인원들에게 「나라를 위해 죽어주게」라고 명령할 일만 남았다.

며칠 전에 미리 알리긴 했지만, 부하에게 죽음을 명령하는 건 마음이 무거웠다. 단지, 이런 명령을 내 자식에게 내리지 않는 것이 다행이라는 생각이 들었다.

마법사들이 오는 걸 기다리고 배의 준비를 시키고 있는데 내 머리 위로 새가 날아왔다.

이건 시노부의 새인가?

시노부, 살아있는 거니?

팔을 뻗었다.

얼른 앉아라.

새는 빙글빙글 머리 위에서 날다가, 내 팔에 안착했다.

나는 새 목에 달린 통의 뚜껑에 손을 가져갔다.

어서 열려라.

뚜껑이 열리고 통에서 작게 말린 종이가 나왔다.

나는 서둘러 말린 종이를 펼쳤다.

"…………뭐?"

이상한 소리가 나왔다.

내 목소리에 주위가 반응했다.

"국왕 폐하, 무슨 일이십니까?"

"한 번 더 배를 띄우자."

"그건—."

"괜찮네."

나는 지시를 내리고 한 번 더 종이를 읽었다.

『이무기 토벌은 완료. 전원 무사. 카가리 님, 유나로부터 국왕 폐하에게 이무기 토벌에 대해 중요한 얘기가 있어 리네스 섬의 선착장까지 와주길 요청. 오지 않으면 제가 곤란해집니다!』

이무기를 토벌했다고?

그 이무기를?

정말인가?

의심하는 게 아니라, 도저히 믿기지 않는다.

하지만 그건 리네스 섬으로 가면 알 수 있을 일이다.

나는 병사를 대기 시키고 마법사들이 와도 배를 띄우지 말라고 지시를 내린 뒤에 배를 움직였다.

그런데, 무슨 이야기를 하려는 거지?

이야기라면 성에서도 할 수 있잖아.

마지막 문장은 도대체 뭐야?

시노부가 곤란하다니. 도대체 무슨 뜻인지 알 수가 없었다.

514 곰 씨, 휴식을 취하다

우리는 선착장에 왔다.

전망이 좋다. 선착장 말고는 아무것도 없다.

확실히 여기에 있다면 금방 알아차릴 수 있겠다.

“이 근처라면 괜찮아요?”

“괜찮아.”

나는 카가리 씨에게 확인하고 선착장 근처에 곰 하우스를 꺼냈다.

그리고 곰 하우스를 보고 각자가 반응했다.

“귀, 귀여워요.”

사쿠라는 눈을 반짝이며 곰 하우스를 바라봤다.

“곰이네. 여우가 더 귀엽지.”

“크~응.”

나보다 먼저 곰돌이와 곰순이가 부정했다.

“물론 너희들도 귀여워. 하지만 여우가 더 귀엽다고. 곰은 두 번째야. 이것만큼은 양보하지 않겠어.”

“크~응.”

곰돌이와 곰순이는 곰이 최고라고 말하는 것 같았다. 하지만 카가리 씨도 첫 번째는 양보 안 했다.

언쟁을 벌이고 있는 셋은 내버려 두기로 했다.

"아니, 아니, 집 모양도 그렇지만 유나의 아이템 봉투가 놀랍지 않나요? 이렇게나 큰 집이 나왔는데요."

"유나 님이잖아. 이제 와서 놀랄 일이 아닌 것 같은데. 시노부도 유나 님의 비밀은 알고 있잖아. 그게 하나 더 늘었을 뿐이야."

"그렇긴 하지만, 제가 이상한 거예요?"

다들 그 말은 부정도 긍정도 하지 않았다.

"자, 그럼 안에서 스오우가 올 때까지 쉬도록 하자."

웃을 줄 알았던 카가리 씨는 웃지 않고 곰 하우스로 향했다.

나는 모두를 데리고 곰 하우스 안으로 들어갔다.

"조금 좁긴 해도 꽤 괜찮은 집이네."

카가리 씨가 있던 건물에 비하면 좁게 느껴지는 것은 어쩔 수 없다.

"유나, 피스케가 돌아올 수도 있으니까 창문 열어도 돼요?"

"그래."

"국왕 폐하, 오실까요?"

"그 녀석이라면 오겠지."

"그리고 유나, 방 좀 빌려줄래요?"

"방을?"

"옷을 갈아입고 싶어서요. 이 꼴로는 국왕 폐하 앞에 나갈 수 없잖아요."

확실히 시노부의 행색은 옷에는 피가 묻었고, 내가 상처를 치료하기 위해 칼로 옷을 찢어서 심각한 상태였다.

“그 녀석이 그런 걸 신경 쓸 리가 없잖아.”

“뭐, 그렇긴 해도 싸움도 끝났으니 편해지고 싶어서요.”

“좋아. 거기 안쪽이 목욕탕으로 되어 있으니까 거기서 갈아입으면 돼. 피나, 알려주겠니.”

“네.”

“고마워요. 물도 좀 빌릴게요.”

피나는 시노부를 데리고 목욕탕으로 향했다.

“그럼 다른 사람들은 차라도 끓일 테니까 앉아 있어요.”

집 안에는 테이블이 있고 각 면에 3명씩 앉을 수 있는 소파가 있었다. 그중 하나는 카가리 씨가 뛰어올라 앉았고, 그 옆에 사쿠라가 앉았다. 무무르트 씨와 루이밍은 같은 소파에 앉았다.

나는 부엌으로 향해 신성수로 내린 차를 준비했다.

피나를 제외한 모든 사람이 지쳐 있고 마력도 고갈되어 있었다.

그렇다면 신성수 차가 최고다.

뜨거운 차보다 차가운 차가 더 좋을 것 같아 얼음을 넣어 모두에게 가져갔다.

“이건 신성수의 차인가?”

한 모금 마시고 바로 무무르트 씨가 알아차린다.

“다들 피곤하잖아요.”

“그렇지. 피곤할 때는 이게 최고야.”

무무르트 씨는 단숨에 차를 다 마셔버렸다.

모두 목이 말랐는지 단숨에 들이켰다.

나는 다시 차를 나눠줬다.

"조금 전까지 이무기와 싸운 것 같지 않아요."

"사쿠라, 괜찮니? 피곤하면 침대에서 자고 있어도 돼."

"괜찮아요. 아마 자면 못 일어날 것 같아요. 큰아버지가 오실 때까지 기다릴게요."

"무리하지 마."

"네."

각자 긴장이 풀렸는지 정말이지 다들 피곤한 눈치였다.

카가리 씨는 작은 손으로 컵을 들고 차를 마시며 소파에 몸을 기댔다. 그 옆에서는 사쿠라가 소파 위에서 정자세를 하고 차를 마셨다.

잠시 후 옷을 갈아입은 시노부와 피나가 돌아왔다.

똑같은 옷을 가지고 있었는지 시노부의 모습은 원래의 깨끗한 옷이 되어 있다.

"개운하네요."

"시노부와 피나도 차를 준비했으니까 앉아."

"고마워요."

시노부와 피나도 소파에 앉아 차를 마셨다.

"배고프면 뭐 좀 꺼낼까."

"아니요, 저는 괜찮아요. 먹으면 잠들 것 같아요."

"이 몸도 마찬가지야. 식욕보다는 사쿠라와 마찬가지로 수면욕이 더 강하군."

"저도 마찬가지예요."

"나도 괜찮네."

"저도요."

아무래도 다들 같은 의견인 것 같았다.

피곤해서 잠들 것 같았지만 서로 수다를 떨며 버텼다. 피나도 루이밍이나 사쿠라와 이야기를 나눴다.

무무르트 씨는 카가리 씨와 이야기하고 있었다. 나는 시노부와 이야기했다. 나에게 감사하다는 이야기와, 어떻게 그 힘을 얻었냐는 질문을 받았다. 대답할 수 있는 부분은 대답하되 설명을 할 수 없는 부분은 적당히 둘러댔다.

저마다 이야기를 나누다 보니 창문으로 시노부의 작은 새가 돌아왔다.

"큰아버지께선 뭐라고 쓰셨어요?"

"『가겠다』라고 한마디만 적혀 있네요."

작은 편지를 사쿠라에게 보여줬다.

"큰아버지답네요."

"그럼 제가 밖에서 국왕님 맞이 준비를 할게요. 다들 쉬고 계세요."

시노부는 자신도 피곤할 텐데 그렇게 말했다.

"시노부, 미안해."

"신경쓰지 마세요. 저는 기절해 있어서 그다지 피곤하지 않으니까요."

시노부도 싸움으로 다치고 피곤할 거다. 상처를 없앴다고 해도 통증은 남아있을 것이고, 이미 흘린 피는 원래대로 돌아오지 않는다. 그런데도 그런 걸 깨닫지 못하고 있었다.

시노부에게 쉬라고 한다 해도 쉬지 않을 것 같으니 적어도 밖으로 나가기 전에 시원한 차를 마시고 가라고 했다.

시노부는 차를 단숨에 들이켜더니 감사의 인사를 하고 밖으로 나갔다.

모두가 싸움과 마력 소모로 인한 피로로 말이 없어지고, 꾸벅꾸벅 졸기 시작할 때 밖에 있던 시노부가 소리쳤다.

"배가 왔어요."

"드디어 왔군. 조금만 더 늦었으면 자고 있었을 거야."

"저도요."

피나 이외의 모든 사람이 졸려 보였다.

나는 소파에서 일어나 창밖을 내다보니 큰 배가 보였다.

515 곰 씨, 국왕과 얘기하다

화의 나라의 왕, 스오우가 시노부와 함께 곰 하우스로 들어왔다.

국왕은 집 안으로 들어오더니 이리저리 신기한 듯 둘러보았다. 그런 국왕에게 카가리 씨가 앉으라고 말했다.

"멍청히 있지 말고 얼른 앉아."

국왕은 카가리 씨가 말한 그대로 카가리 씨 앞 소파에 앉는다.

"이무기에 관해 묻고 싶지만, 그 전에 이 상황을 설명해 주겠나?"

국왕은 모두를 바라본다. 그럴 만했다. 모르는 인물이 집 안에 있으면 신경 쓰이겠지. 국왕은 카가리 씨를 수상쩍게 바라본다.

"너는 카가리냐?"

"작아졌어도 귀엽지."

폭신한 옷을 입은 카가리 씨가 미소 짓는다. 그것을 보며 국왕은 한숨을 내쉬었다.

"이무기와 싸우다가 힘을 너무 써버렸어. 그뿐이야. 이무기가 너무 강했어."

"그렇군. 내가 모르는 사람들이 몇 명 있는 것 같은데."

국왕은 무무르트 씨, 루이밍, 그리고 피나를 보았다. 그 눈초리에 피나가 몸을 위축되었다.

"피나를, 그런 무서운 눈으로 보지 말아주면 좋겠는데요."

"딱히 무서운 눈으로 본 건 아니야. 그렇게 느꼈다면 사죄하지."

"괘, 괜찮습니다."

라고 말하면서도 피나는 내 뒤로 숨었다.

"그래서 이 상황을 설명해겠나?"

"그걸 설명하는 것도, 하지 않는 것도 네가 하기에 달렸어."

"내가 하기에 달렸다고?"

"우선 대전제로, 곰 아가씨와 계약 마법을 맺도록 해. 내용은 아가씨의 비밀을 지키는 것. 그걸 하지 않으면 말할 수 없어."

국왕이 의아하다는 듯 나를 쳐다봤다.

"아가씨의 비밀은 크거든. 이 사람들이 이곳에 있는 것도, 이무기를 무찌른 것도 설명이 안 돼."

무무르트 씨와 루이밍을 가볍게 쳐다본 뒤 국왕에게로 시선이 되돌아갔다.

"어째서지?"

"우리 모두는 아가씨의 비밀을 지키겠다고 계약 마법을 했어. 그걸 거역하고 비밀을 발설한다면 우리는 죽게 되지."

카가리 씨는 무무르트 씨와 루이밍에게 가볍게 시선을 보냈다.

"그러니까 똑같이 계약 마법을 한 사람에게만 설명할 수가 있다는 거야. 자세하게 말하지 않아도 괜찮다면 말할게. 단, 대부분은 못 듣는다고 생각해."

"……죽는다고? 사쿠라도, 시노부도 계약을 한 건가?"

국왕의 눈꼬리 치켜 올라갔다.

"네, 계약 맺었습니다."

"네, 했습니다."

"카가리! 죽을지도 모르는 계약 마법을 사쿠라에게 맺게 한 건가? 만약 잘못되기라도 한다면 어쩔 셈이야?!"

국왕이 카가리 씨에게 화를 낸다.

"숙부님, 화내지 말아 주세요. 발설하지 않으면 죽지 않아요. 게다가 죽는다고 해도 곧바로 죽는 게 아니에요. 발설하려 하면 웃음이 나는 마법이에요. 하지만, 그런데도 억지로 이어서 말하려고 한다면 머지 않아 죽는대요."

"그러면 곧바로 죽는 일은 없다는 거지?"

"네, 유나 님의 비밀을 얘기하려 하지 않는다면 괜찮아요. 실수로 말해도 곧바로 죽는 일은 없어요."

사쿠라의 말에 국왕은 화를 참았다.

뭐, 딸 같이 소중하게 생각하는 사쿠라가 죽을지도 모르는 계약 마법을 맺었다면 걱정이 돼서 화가 나는 건 어쩔 수 없겠지.

피나만 이해가 안 간다는 표정이었다. 그러고 보니 피나는 계약 마법을 맺고 있지 않아서 무슨 의미인지 모르겠네.

"그 정도의 비밀인 건가?"

"네, 알려져선 안 된다고 생각해요. 저는 이해하고 계약했습니다. 그러니 계약 마법을 맺은 저희는 숙부님에게 말을 할 수 없는 거예요."

나와 피나 이외엔 마법 계약 때문에 곰 이동문에 대해 말할 수는 없다.

"해제하라고 한다면."

사쿠라는 고개를 젓는다.

"유나 님이 이무기를 토벌하기 위해 비밀을 알려주신 거예요. 그 은혜를 배신할 생각은 없습니다. 게다가 이건 유나 님과의 연결고리라고 생각해요."

"이 몸도 그렇게 생각해. 아가씨는 그만큼의 일을 해줬어. 이무기를 토벌했으니 해제하라고 말하는 건 너무 제멋대로야. 사쿠라가 말한 대로 얘기하지 않으면 문제가 될 건 없어."

"유나가 목숨을 구해줬습니다. 배신할 수는 없어요."

국왕은 세 사람을 봤고, 세 사람도 눈을 피하지 않고 국왕을 봤다.

"확인하겠네. 유나의 비밀을 말하지 않는다면 죽을 일은 없는 거지?"

"그건 내가 보증하지."

카가리 씨 대신 무무르트 씨가 대답한다.

"정말로 이무기는 쓰러뜨렸나? 봉인이 아니라?"

"그래, 쓰러뜨렸어. 이무기의 부활과 함께 이 몸의 남자를 막는 결계의 효과도 사라졌을 거야. 직접 눈으로 확인해보면 알 거야."

"……알았다. 나도 계약하지."

국왕은 그렇게 대답했다.

"정말로 괜찮은 거지?"

"너와는 태어날 때부터 함께했던 사이다. 카가리가 필요하다고 생각한다면 그런 거겠지. 얼른 끝내."

"제가 말하기 뭣하지만, 정말로 괜찮나요?"

"너는, 다 떠벌려주길 바라는 건가?"

나는 고개를 옆으로 저었다.

"가능하면 아무에게도 말하지 않았으면 해요."

"그렇다면 계약은 해야지. 나는 왕으로서 모든 걸 알아야 해. 그걸 위해 목숨을 건 계약을 해야 한다 해도 말이야."

"국왕이 목숨을 걸어선 안 된다고 생각하는데."

"아무에게도 말하지 않으면 안 죽는 거잖아."

"그렇긴 하지만."

"그러면, 괜찮아. 얼른 계약을 맺을 준비를 해줘."

무무르트 씨는 아이템 봉투에서 마법진이 그려진 양탄자를 바닥에 펼쳤다. 그리고 무무르트 씨의 지시에 따라 국왕은 계약 마법의 마법진이 그려진 양탄자에 손을 댔다.

나도 국왕처럼 양탄자에 손을 두고 계약 마법을 진행했다.

"내 비밀을 지킬 것."

마법진이 눈부실 정도의 빛을 발산하고 계약이 완료되었다.

"자, 어디서부터 말하면 좋지."

"전부 다. 모든 걸 말하도록."

카가리 씨는 순서대로 설명했다.

수백 년 전의 이무기를 봉인했을 때 도와줬던 모험가 엘프가 무무르트 씨이며, 내 지인이라는 것. 그리고 그 힘을 빌리기 위해 무무르트 씨를 리네스 섬에서 불러왔다는 것.

"잠깐. 여러 가지로 이해가 안 되는데. 몇백 년 전의 이무기를 봉인해준 게 그쪽의 엘프라는 거야?"

국왕이 무무르트 씨를 본다.

"말한 적 있잖아. 이무기를 봉인할 때 도와줬던 모험가가 있었다고 말이야."

"그래, 어릴 때부터 들었으니까."

"그때 도와줬던 모험가 중 한 명이 그쪽에 있는 무무르트야."

국왕은 믿기지 않는다는 듯 무무르트 씨를 본다.

"곰 아가씨가 몇백 년 전의 영웅과 아는 사이였다는 건 둘째치고, 그걸 어떻게 데리고 온 거지. 이야기로 들었을 땐 그럴 시간은 없었을 것 같은데 말이야. 엘프가 같이 있었다는 보고는 받지 못했어."

국왕은 시노부에게로 시선을 보냈다.

"아니, 없었어요. 유나 혼자뿐이었습니다."

"그럼, 거기에 있는, 무무르트가 지금 이곳에 있는 이유에 대한 설명이 되지 않잖아."

카가리 씨가 나를 보았다.

국왕은 계약 마법을 맺어줬다. 그러니 나도 약속을 지키기로 했다.

"이것도 비밀이니까 아무에게도 말하지 마세요."

나는 곰 이동문을 꺼냈다.

"이건 뭐지?"

"문과 문을 연결하는 마법 도구래. 반대편 쪽을 다른 장소에 두면 그 장소로 갈 수 있대."

"그런 마법 도구는—."

국왕의 말을 막고 나는 곰 이동문의 문을 열었다. 문이 열린 반대편은 엘프 숲의 곰 이동문으로 연결되어 문 너머로 숲이 보였다.

국왕은 믿기지 않는다는 듯 문 너머를 바라본다.

"저기를 통해서 무무르트를 데리고 왔어. 그 옆의 아가씨는 무무르트의 손녀고, 같이 따라와서 이무기의 부활을 저지하는 걸 도와줬어."

갑자기 시선을 받자 루이밍은 가볍게 고개를 숙였다.

"무무르트의 힘을 빌리고 결계를 강화해서 이무기의 머리를 하나씩 부활시키고 곰 아가씨와 이 몸이 무찔러 나갔지. 이 몸이 무찌른 건 바람의 이무기뿐이야. 나머지 불, 바위, 물의 이무기는 아가씨가 혼자서 무찌른 거야."

"잠깐, 순서대로라면? 불, 바람, 바위, 물의 순서로 사라져 갔던 건 확인했지만, 마지막엔 이무기 네 마리의 머리가 모두 부활했던 걸 봤는데.”

아아, 그거, 분명 마지막에 회복했던 이무기를 말하는 거네. 불도 바람도 아무것도 휘감겨 있지 않은 이무기.

“보고 있었어?”

“배 위에서 봤지. 네 녀석이 여우가 돼서 바람의 이무기와 싸우는 모습도 봤어.”

카가리 씨는 국왕이 봤던 이무기에 대해 설명했다.

이무기의 머리를 불, 바람, 바위, 물의 순서로 무찌르고 마지막에 몸통의 결계를 풀었을 때 모든 이무기의 머리가 회복하여 부활했던 일. 하지만 그 부활한 이무기는 내가 무찔렀다는 것을 이야기했다.

국왕은 안 믿긴다는 듯 이야기를 들었다.

“이무기의 마석이야.”

카가리 씨는 증명하듯 이무기의 몸에서 뽑아낸 무색의 마석을 테이블 위로 꺼냈다.

이거, 나도 꺼내야 하나?

“이 외에도 각각의 머리에서 얻었어.”

카가리 씨가 나에게 시선을 보내기에 어쩔 수 없이 이무기의 머리에서 꺼낸 네 개의 마석을 꺼냈다.

국왕은 믿기지 않는 듯 나와 이무기의 마석을 보았다.

“이무기는 약했나?”

"이 크기의 마석을 지닌 마물이 약할 거라고 생각하나? 과거에 이무기를 봉인하는데 많은 사람이 죽었는데 약할 거라고 말하는 건가?"

카가리 씨는 국왕의 말에 화가 났는지 말투가 날카로워졌다.

그만큼 고생해서 무찌른 이무기를 싸우지도 않은 사람이 약하다고 말한다면 화가 나겠지.

"미안. 도저히 믿기지 않아서 말이야."

국왕은 몸을 일으키더니 고개를 숙였다.

"이 나라의 왕으로서 다시 한번 감사 인사를 하지. 화의 나라를 구해줘서 고맙네."

"이 몸은 역할을 다 한 것뿐이야."

"저도 제가 할 수 있는 걸 한 것뿐이에요."

"나도 끝내지 못한 일을 끝낸 것뿐이네."

카가리 씨, 나, 무무르트 씨가 대답했다.

"고맙습니다."

국왕은 한 번 더 말했다.

국왕은 새삼 집 안을 둘러보더니 내 옆에 있는 피나에게 시선을 옮겼다.

"그래서, 거기 아가씨는? 엘프는 아닌 것 같은데."

"이 아이는 피나라고 해요. 이무기가 부활하기 전에 와이번과 볼 가라스가 공격해왔는데, 그때 시노부가 싸움에서 상처를 입었거든요. 우리가 이무기와 싸우는 동안에 기절해 있던 시노부를 돌봐준 아이죠."

피나에 관해선 내가 설명했다.

"……피나라고 합니다."

피나는 작게 고개를 숙였다.

국왕은 피나를 가볍게 쳐다본 뒤 시노부에게 시선을 옮겼다.

"시노부, 다친 건가?"

시노부는 옷을 갈아입었기에 겉보기엔 다친 것처럼은 보이지 않았다. 어깨의 상처와 얼굴의 상처는 치료해서 큰 상처가 남아 있지는 않을 것이다.

"조금 아프긴 하지만, 괜찮아요. 그때의 싸움으로 옷이 엉망이었지만 옷은 갈아입었어요."

시노부는 자신의 옷을 쥐었다.

"그렇군. 큰 부상이 아니라니 다행이다. 너에겐 항상 폐만 끼치는구나."

대단한 상처였는데.

"저에게 힘이 없었던 것뿐이에요."

사람의 수가 모자라서 곰돌이와 곰순이까지 싸우게 되었다.

"그래서 와이번과 볼 가라스가 이무기에 이끌리듯 섬으로 모여들었군. 역시 그게 원인인가."

"무슨 일 있었어요?"

국왕은 어딘가에서부터 나타난 마물이 섬으로 향했다는 사실을 알려줬다.

"그런 탓도 있어서 초동이 늦어졌고, 마법사를 모으지 못했어."

"그러고 보니 이무기와 싸울 예정이었던 여자들은 어떻게 됐어? 섬에 안 왔던데. 걔네가 와줬다면 조금은 편하게 싸웠을지도 모르는데 말이야."

카가리 씨의 말에 기억이 났다. 분명 이무기와 싸울 여자들을 모았다고 했던가?

카가리 씨가 말한 대로 섬에 와줬다면 사쿠라도 루이밍도 그렇게까지 열심히 하지 않아도 됐다.

국왕은 조금 말하기 어려운 듯한 모습이었지만 입을 열었다.

"한 번 섬 근처까지 배가 향했는데, 이무기의 모습을 보고 전의를 상실해서 섬에 내리길 거부했다."

"……뭐?"

즉, 도움이 되지 않았다는 것이다.

"뭐, 그 이무기를 보고 싸울 생각이 드는 녀석은 바보 정도겠지."

그거, 나를 말하는 거야?

"쓰러뜨릴 수 있다고 여기는 강한 자거나."

그렇게 말하더니 카가리 씨는 나를 본다.

바보가 아닌 강한 자 쪽이었던 모양이다.

“카가리가 그렇게까지 말하다니.”

“두 눈으로 본 이 몸도 믿기지 않을 정도라니까. 아가씨의 싸움을 보지 않은 자는 알지 못할 거야.”

“저도 보고 싶었어요.”

시노부는 기절해서 이무기와의 싸움이 끝날 때까지 우리 집에 있었기 때문에 싸움은 보지 못했다.

“그래서, 부탁이 있는데, 이번 이무기 토벌에 우리가 연관되어 있다는 걸 공표하지 말았으면 해.”

“어째서? 이무기를 정말로 쓰러뜨렸다면 숨길 필요는 없지 않나?”

“소란스러워지는 게 귀찮고, 눈에 띄기 싫어. 달리 말할 만한 내용도 여러 가지 있지만, 그런 느낌이라는 거다. 우리는 느긋하게 보내고 싶다고. 이건 여기에 있는 모두의 생각이야.”

카가리 씨가 우리 쪽을 바라보았다.

나와 무무르트 씨는 작게 고개를 끄덕였다.

“그래도 유나 님, 카가리 님, 무무르트 님에 대해 말하지 않고 납득을 시키다니, 그런 게 가능할까요?”

“만약 안 된다면 시노부가 무찌른 거로 하면 되지.”

“그러니까, 어째서 그렇게 되냐고요~. 저는 싫습니다.”

카가리 씨의 말에 시노부가 절규했다.

모두가 그런 시노부를 보고 웃었다.

“알았어. 현 상황에서는 어떻게 될지 모르겠지만, 할 수 있는 한 해보도록 하지."

"정말인가?"

"하지만, 정말로 자네들은 그래도 되는 건가? 이 나라를 구해줬어. 이곳에 있는 모두를 영웅으로 맞이할 수도 있다고."

국왕은 모두를 둘러본다.

"그런 건 필요 없어요."

"이 몸도."

"나도 그렇네."

"저도요."

"저는 조금만 도운 걸요."

"저는 이무기와는 싸우지 않았어요."

피나 이외의 이 사건과 연관된 모두가 대답했다.

"하지만, 이무기를 쓰러뜨린 보답은 하게 해주게."

"이 몸은 딱히 돈은 필요 없어. 여유롭게 지내게만 해줘. 그래, 술값 정도라면 받아줄 수 있어."

"그런 모습으로 술 같은 말 하지 마. 무무르트. 과거의 일도 합쳐서 보답하고 싶은데. 내가 할 수 있는 일이 있다면 말해줬으면 좋겠어."

"나는 과거에 끝내지 못한 일을 끝낸 것뿐이다. 게다가 무찌른 건 어디까지나 아가씨이지 않은가. 하지만 만약 보답하고 싶다면, 이 아이가 사쿠라가 있는 곳에 놀러 갈만한 일이 있을 때 만나게 해주면 좋겠네."

무무르트 씨는 옆에 앉은 루이밍의 머리에 손을 올렸다.

"숙부님, 저도 루이밍과 앞으로도 만날 수 있었으면 해요."

"알았다. 허가를 내리도록 하지."

그 말에 루이밍과 사쿠라는 기뻐했다.

"유나, 너는 어제 만났을 때 이무기를 쓰러뜨렸을 때 돈도 지위도 필요 없다고 했지. 하지만 이무기를 무찌르게 되면 그때 다시 부탁하겠다고도 했었다."

기억하고 있었네.

온천이 나오는 집이라도 부탁할까 생각했다.

"나는 어떤 부탁이라도 들어줄 수 있네. 돈도 지위도 필요 없는 너에게 뭐를 해줄 수 있을까?"

"그, 집을 지을 땅이 있으면 좋을 것 같은데?"

"땅이라고?"

"조금 전에 무무르트 씨의 이야기 때문은 아니지만 이 문을 둘 집을 세우고 싶거든요. 이 문이 없으면 왕래할 수가 없어서요."

곰 이동문. 이걸 두는 게 제일 큰 목적이다.

가능하다면 온천이 나오는 장소가 좋지만 말이다.

"집이라니, 설마, 이 곰 집 말인가?"

"그래서 눈에 안 띄는 장소가 좋겠는데. 아니면 평범한 집이어도 괜찮지만, 그 경우엔 온천이 나오는 집이 좋을 것 같아요."

"이 곰 집을 세울 땅, 아니면 온천이 있는 집이군. 알았네. 좋은 곳이 없는지 알아보도록 하지."

어쩌면 온천이 딸린 집을 얻을 수 있을지 모르겠다.

"다른 건 없나?"

"계약 마법을 맺어준 것만으로도 충분해요. 나머진 제가 만약 문을 써서 이 나라에 오게 되면 잘 얼버무려 주면 좋겠어요."

"알았어. 만약 이 외에도 부탁하고 싶은 게 있다면 말해주게."

이동문에 대해서만 잘 입 다물어 준다면 그걸로 충분하다. 사쿠라도 만나러 올 수 있다. 반대로 사쿠라를 엘프 마을에 데리고 가 줄 수도 있다.

516 곰 씨, 크리모니아로 돌아가다

“저기, 유나 님, 온천이라는 게 뭐예요?”

내가 화의 나라에 지을 집에 대해 생각하고 있는데 루이밍이 물었다. 아무래도 루이밍은 온천을 모르는 모양이다.

“온천은 지하에서 나오는 따뜻한 물을 말하는 거야.”

“지하에서 따뜻한 물이요? 그냥 물이 아니라요?”

“따뜻한 물이야. 천연 목욕물이라고 할까. 피로를 풀어주기도 하고, 건강에도 좋아.”

물론 온천에도 여러 종류가 있어서 일괄적으로는 말하지 못하지만.

피로라면 흰 곰 옷으로 충분하지 않냐는 목소리가 들리는 것 같지만, 목욕은 별개의 얘기다. 마음의 피로를 풀어주는 게 목욕이고, 온천이다.

“지하에서 따뜻한 물이…….”

루이밍은 생각하기 시작한다. 온천에 흥미가 있는 모양이다.

“그럼, 다음에 정리되면 다 같이 온천에 갈까?”

그 코노하가 있는 숙소에 묵어도 되고, 국왕이 온천이 딸린 집을 준다면 그곳에 머물러도 되겠지.

“정말요?”

"응. 물론, 피나도 같이 말이야."

내 말에 루이밍과 피나는 기뻐했다.

"이야기도 정리된 것 같군. 슬슬 우리는 돌아가도록 하지. 아가씨, 문을 열어 주겠나?"

무무르트 씨가 몸을 일으키자 루이밍도 일어났다.

"무무르트 씨, 고마워요."

"감사 인사는 내가 해야지. 옛날에 남겨 놓은 일을 끝맺을 수 있어서 다행이야."

잊고 있었지만.

"루이밍 씨, 언제든지 놀러와 주세요. 환영이니까."

"응, 올게."

"그땐 엘프 마을에 관한 이야기를 들려주세요."

"나에게도 사쿠라 나라에 관해 얘기해줘."

"네, 얘기를 나누도록 해요."

두 사람은 미소를 지었다.

"무무르트, 고마웠어."

"신경 쓰지 마. 게다가 이번에 도움이 된 건 곰 아가씨지. 내가 한 건 대단한 일도 아닌데."

"정말로 말도 안 되는 아가씨야. 그 이무기를 거의 혼자서 무찔러버렸으니 말이야."

나 혼자의 힘이 아니다. 만약 처음부터 완전체의 이무기였다면 이렇게 간단하게는 해치우지 못했을 것이다. 상상하는 것만으로도 골치 아픈 상대다. 무무르트 씨와 루이밍과 사쿠라가 부활을 막아줬고 대항 수단이 없었던 바람의 이무기를 카가리 씨가 무찔러줬다.

"그리고 손녀처럼 너도 가끔은 와서 얼굴 좀 비춰줘. 아니, 이 몸이 그쪽으로 가는 것도 좋겠네. 그땐 술이라도 준비해두라고."

그거, 내 이동문을 사용하겠다는 뜻이지?

뭐, 시간이 비는 날이라면 괜찮지만.

내가 곰 이동문의 문을 열자 무무르트 씨가 먼저 들어서고 루이밍은 손을 흔들며 곰 이동문 안으로 들어갔다. 사쿠라와 피나도 손을 흔들어주었다.

"나중에 치우러 갈 테니까 문은 신경 쓰지 마."

나는 곰 이동문의 문을 닫았다.

"그럼, 피나, 우리도 돌아갈까."

"뭐야, 너도 가는 거야?"

"여기에 있으면 휘말릴 것 같으니까 돌아갈래요. 게다가 모두는 이무기의 뒤처리로 할 일이 많잖아요?"

"그 일에 관해서인데, 이 마석은 맡아둬도 되나?"

국왕은 테이블에 올려진 이무기의 마석으로 눈을 보낸다.

"이무기 토벌의 증거로 마석을 빌리고 싶네. 가능하다면 양도받고 싶어. 물론 그에 맞는 만큼의 사례는 할 생각이야."

녹색의 마석은 카가리 씨의 것이다. 하지만 다른 마석은 일단 내가 이무기를 토벌해서 손에 넣은 것들이다.

국왕의 마음도 이해가 간다. 이무기는 과거에 화의 나라를 멸망시키려고 했던 마물이다. 그 봉인을 카가리 씨가 긴 시간 지켜왔다. 그런 마물의 마석이다. 이 나라가 가지고 싶겠지.

“물론 곧바로 대답하지 않아도 돼. 아가씨가 양도하는 게 싫다고 한다면 돌려주지. 하지만, 빌리는 것은 허락받고 싶어.”

“괜찮아요. 드릴게요.”

내 말에 모두가 놀란다.

“유나 님, 정말로 괜찮으시겠어요? 이건 유나 님이 이무기를 토벌한 증거예요.”

“딱히 내가 이무기를 무찔렀다는 걸 퍼트릴 생각은 없으니까 괜찮아.”

왕년의 게이머로서는 가치가 있을 것 같은 마석이 탐나긴 했지만. 이무기의 마석은 내가 아닌 이 나라가 가져야 한다고 생각했다.

“정말로 괜찮겠나?”

“네, 그러니까 약속은 지켜주세요.”

“그래, 물론이지.”

똑같이 이무기의 소재에 관해서도 이야기가 나왔지만, 일부를 받게 됐다.

나로서는 이무기의 소재 일부를 받는 것만으로도 충분했다.

"그래서 유나는 언제 이쪽으로 돌아올 거야? 그때까지는 준비를 마쳐두고 싶은데."

"앞으로 바빠질 거 아니에요. 정리된 다음 그 뒤에 올게요."

"정리된 뒤라고 해도 연락은 어떻게 하지? 새는 날아가지 못할 거야."

그 작은 새를 크리모니아까지 날아오게 하는 건 가엽다.

나는 잠시 생각하다 사쿠라를 바라봤다.

"사쿠라, 이거."

나는 곰 폰을 사쿠라에게 건넸다.

"괜찮나요?"

"응, 루이밍에게 직접 말을 걸 수는 없지만, 나와는 할 수 있으니까. 무슨 일 있으면 연락줘."

"네, 알겠습니다."

사쿠라는 기쁜 듯 작은 손으로 곰 폰을 쥐었다.

"그 곰은 뭐지?"

"멀리 있는 사람과 대화를 나눌 수 있는 마법 도구예요. 이무기의 사건이 정리되면 사쿠라에게 전해줘요. 그러면 돌아올게요."

그 전에 돌아올지도 모르지만.

"그런 마법 도구가?!"

국왕은 사쿠라가 가진 곰 폰으로 손을 뻗으려 했지만 사쿠라는 곰 폰을 지키듯 가슴팍에 끌어안았다.

"사쿠라에게서 뺏지 마세요."

나는 주의를 준 뒤 사쿠라에게 곰 폰의 사용법을 알려주고, 국왕에게는 곰 폰에 대해서도 비밀이라고 말해두었다.

"그런데 카가리 씨, 이 섬에 이 문을 둬도 잘 들키지 않을 장소가 있을까요? 임시로 두고 싶은데."

방에 놓인 곰 이동문을 보며 묻는다.

"그거라면 이 몸의 집 구석이 좋겠네. 거기 들어오는 사람은 이 몸을 돌보는 사람 정도야. 게다가 이런 소동이 벌어졌으니 당분간은 아무도 오지 않겠지. 스오우, 한동안은 이 몸을 돌볼 사람은 필요 없다고 전해줘."

"뭐야, 섬에 남을 건가?"

"지금 배에 타면 소란스러워질지도 모르잖아."

"그래. 사쿠라는 배를 타고 돌아갈 건데, 너는 어떻게 할 거지?"

국왕이 시노부에게 확인한다.

"나중에 선발대를 섬으로 보내실 거죠? 그렇다면 저는 남아야겠네요?"

"쉬지 않아도 되나?"

"물론 쉬고 싶죠. 하지만 카가리 님은 이렇게 귀여워져 있고, 안내 역할도 필요하잖아요."

"네가 섬에 남아준다면 고마울 거야."

"앗, 하지만 이게 끝나면 장기 휴가를 주세요. 저, 휴식이 필요

합니다.”

“알았어. 원하는 만큼 쉬도록.”

“약속하셨습니다.”

시노부는 휴가 약속을 받고 기뻐했다.

“그럼, 나는 가지. 유나, 신세 졌네. 정말 그 어떤 감사의 말로도 부족해. 이 나라의 왕으로서 다시 한번 고맙단 말을 전하도록 하지. 고맙네.”

국왕은 정면으로 나를 보며 감사 인사를 하고는 곰 하우스에서 나갔다.

“유나 님, 정말로 고마웠습니다. 유나 님은 정말로 희망의 빛이셨어요. 유나 님을 만나서 다행이었어요.”

“““크~응.”””

곰돌이와 곰순이가 「우리는?」이라는 느낌으로 사쿠라에게 묻는 듯 울었다.

곰돌이와 곰순이가 하고 싶은 말을 알아차렸는지 사쿠라는 곰돌이와 곰순이를 안았다.

“물론 곰순이 님과 곰돌이 님도 저에게 있어서 희망의 빛이었어요. 고마웠습니다.”

“““크~응.”””

사쿠라도 스오우 왕을 뒤따르듯 곰 하우스를 나갔다. 나는 창문 틈으로 배가 섬에서 멀어져 가는 걸 기다렸다.

"그럼, 집을 정리할까요."

나는 피나와 카가리 씨, 시노부를 밖으로 데리고 나가고 곰 하우스를 담았다.

"그럼, 저는 배가 오기 전에 한 번 더 이무기를 확인하고 오겠습니다. 유나, 정말로 고마워요. 사쿠라 님을 구해줘서 고마웠어요."

시노부는 깊게 고개를 숙인다.

나도 사쿠라의 악몽을 없앨 수 있어서 다행이다.

아마 오늘은 악몽을 꾸지 않고 잠들 것이다.

"그럼, 또 올게."

"기다릴게요. 피나도 고마워요."

"아뇨, 시노부 씨의 상처가 심하지 않아서 다행이에요."

"곰돌이와 곰순이도 고마웠어."

""크~응.""

곰돌이와 곰순이는 기쁜 듯 대답했다.

시노부는 모두에게 감사 인사를 하더니 숲속으로 달려갔다.

남은 우리는 곰 이동문을 설치하기 위해 카가리 씨의 집을 향해 이동했다.

"이건……."

"뭐야~, 이 몸의 집이 무너져 있잖아."

카가리 씨의 집이 무너져 있었다.

뭐, 섬에서 이무기와의 싸움이 있었다. 이무기는 불을 내뿜고,

바람을 일으키며, 바위를 토해내고, 물을 뿜었다. 그중 무언가가 카가리 씨의 집을 맞췄다고 해도 이상할 건 없다.

카가리 씨의 집에는 나무가 꽂혀 있었다. 바람의 이무기의 영향으로 잘려 나간 나무가 날아든 느낌이었다.

화염으로 타버리지는 않았으니 운이 좋았다고 해야 한다.

"이 몸의 집이……."

카가리 씨가 기운이 없어졌다.

누구라도 자신의 집이 무너져 내리면 기운이 빠지겠지.

"이건 스오우에게 집을 다시 지어달라고 해야겠네."

"카가리 씨는 이무기가 사라졌는데도 이곳에 사는 거예요?"

"……!"

내 말에 카가리 씨는 놀란 표정을 지었다.

"긴 시간 동안 이곳에 살고 있어서 아무 생각이 없었어. 확실히 이 몸이 이곳에 있을 필요는 없네."

카가리 씨는 반쯤 붕괴한 집을 보며 그런 말을 꺼냈다.

사쿠라가 있는 곳에서라도 살려나?

"하지만, 이대로라면 곰 이동문을 둘 장소가 없는데, 다른 곳도 있나요?"

"어디든 같은 상황일 거야. 어디에 둬도 똑같을 것 같아."

마을이 있는 곳으로 돌아가 지금부터라도 곰 이동문을 둘 곳을 찾아야 하나?

아니, 아무래도 이젠 쉬고 싶어.

나는 무너진 건물 근처에 곰 이동문을 꺼냈다. 그리고 주변을 흙 마법으로 에워싸고 임시로 곰 이동문을 숨겼다.

"그럼, 카가리 씨, 저희는 돌아갈게요."

"잠깐. 설마, 이 몸처럼 어린애를 이런 곳에 두고 갈 생각인 거야?"

카가리 씨는 곰돌이에게 달라붙더니 떨어지려 하지 않았다.

겉모습은 어린 여자아이지만, 속은 몇백 년을 사고 있는 어른이다. 나는 속아 넘어가지 않는다.

"두고 가는 게 아니라 시노부에게 연락해서 데려와 달라고 하면 되잖아요? 아니면, 이무기를 확인하러 오는 배를 타거나, 여러 방법이 있잖아요? 그렇게 성이나 사쿠라가 있는 곳으로라도 가면 되잖아요?"

"이런 모습으로 성으로 갈 수 있을 리가 없잖아. 이 몸에 대해 아는 사람도 없고. 이렇게 되면, 이번엔 아가씨의 집에서 신세를 질 수밖에 없겠군."

"왜 그렇게 되죠?"

"같이 싸운 이 몸을 내버려 둘 거야?"

"그러면 제가 사쿠라에게 연락을 할까요?"

나는 곰 폰을 꺼낸다.

"걔는 지금쯤 배 위에서 자고 있을지도 몰라. 깨울 셈이야?"

확실히 국왕에게 이끌려 가던 사쿠라는 몹시 피곤해 보였다.

사쿠라의 모습을 떠올리니 연락하기 어렵다.

"그리고 배 안에선 그 마법 도구도 사용하지 못할 거야. 아무에게도 알려지면 안 되잖아?"

점점 막다른 벽에 몰렸다.

"만약 마물이 온다면, 이 몸, 죽을지도 몰라."

확실히 지금의 카가리 씨는 무력하다.

"유나 언니, 카가리 씨가 가여워요."

피나가 내 옷을 잡아당겼다.

"이런 어린아이를 이런 곳에 두고 가는 건 불쌍해요."

"그래, 피나라고 했지. 착하네."

그러고 보니 피나는 카가리 씨의 진짜 모습을 몰랐다. 피나의 입장에서는 어린아이를 두고 가려는 것처럼 보였을지도 모른다.

"피나, 카가리 시는 어린아이처럼 보이지만, 어른이야. 겉모습에 속아 넘어가면 안 돼."

"어른이요?"

피나는 카가리 씨를 보고 고개를 갸웃거렸다.

뭐, 일반적으로 생각하면 어른이 어린아이 모습이 되었다고는 생각하지 않겠지.

나이로 말하자면 연상이다.

하지만, 이 경우엔 어떻게 되지?

만약 1만 년을 사는 생물이었다면 몇백 년이라면 어린아이일지도 모른다.

하지만, 한 편으론 1년으로 어른이 되는 동물도 있다.

생각해 보니 어른과 어린아이의 구별은 어렵다.

하지만 그 가슴을 떠올리면 어린아이가 아니라는 건 틀림 없다.

"전엔 어른이었을지 모르지만, 지금은 힘도 없는 어린애야. 울 거야."

카가리 씨는 우는 시늉을 했다.

나는 한숨을 쉬었다. 피곤해서 얼른 크리모니아로 돌아가 쉬고 싶다.

"잠깐만이에요."

나는 곰돌이와 곰순이를 탄 카가리 씨와 피나를 데리고 곰 하우스로 들어가 곰 이동문을 사용해 크리모니아로 돌아왔다.

"저기, 유나 언니, 저는 돌아가도 될까요?"

"응, 오늘은 고마웠어. 큰 도움이 됐어."

내가 머리를 쓰다듬어주자 기뻐한다.

"그럼, 카가리, 또 봐."

"고마웠어."

피나는 돌아간다.

"자, 유나, 침실을 부탁해. 실은 이 몸도 피곤으로 졸려서 미칠 지경이야."

카가리 씨는 곰돌이의 등에서 졸려 하고 있었다.

카가리 씨도 피곤했구나.

뭐, 와이번과 싸우고, 이무기와 싸우고, 최후의 수단인 대여우로 변화하는 힘까지 사용했다. 피곤한 게 당연하다.

나는 카가리 씨를 침실로 안내했다.

"자, 곰돌이에서 내려오세요."

나는 카가리 씨를 침대로 옮기고 눕혔다. 그와 동시에 곧바로 잠자는 숨소리가 들렸다.

딱히 어리광을 부린 게 아니라 정말로 한계였던 모양이다.

나와 곰돌이는 조용히 방에서 나갔다.

그리고 나도 오랜만에 내 침실로 돌아가 흰 곰 옷을 입고 꼬맹이화 시킨 곰돌이와 곰순이를 안고 잠이 들었다.

곰곰곰 베어19

에필로그

과거편 카가리 1

이 몸은 어디에서 왔는지, 어떻게 태어났는지 기억이 없다.

사춘기 무렵에는 혼자였다.

하지만 말은 할 수 있었기에 인간에게 길러졌던 걸지도 모른다.

이 몸에게는 인간과는 다른 부분이 있었다. 여우와 같은 귀와 꼬리가 있으며, 성장이 느리고, 다른 이보다 길게 살았다.

꼬리도 귀도 자유롭게 숨길 수 있게 된 이 몸은 꿈속에서 불렸던 카가리라는 이름으로 인간이 사는 곳에서 같이 지내고 있었다.

어떤 때는 농사일을 도왔고, 상점에서 일했으며, 또 어떤 때는 마물을 토벌하여 돈을 모으며 지냈다.

하지만 겉모습이 늙지 않는 이 몸이 한곳에서 길게 이어서 사는 건 불가능했다. 한동안 살다가 떠나는 삶을 반복했다.

그런 나는 마물과 싸우는 한 소년을 만났다. 소년은 항상 「약자를 지킬 수 있는 사람이 되고 싶어」라는 말을 했다.

어이없는 말이다.

약한 자가 그런 말을 해도 의미가 없었다.

약한 사람을 지키려면 자신이 강해져야 한다. 소년은 약했고, 지켜지는 쪽이었다.

하지만, 소년은 「강해져야 해」라고 말했다.

모른 척 내버려 두면 소년은 위험한 짓을 할 것 같은 기세였기에 이 몸이 보살피게 되었다.

이 몸이 살아가기 위해 익힌 전술을 소년에게 가르쳤다. 무기를 다루는 법. 마법을 사용하는 법. 마물과 싸우는 법. 사람과 싸우는 법. 사람을 지키는 것만이 아니라 자신을 지키는 방법도 가르쳤다. 스스로를 지키지 못한다면 타인을 지키는 일 따위는 주제 넘는 일이다.

"지금은 약자를 지키지 못하면 다음에 약자를 지켜라. 여기서 네가 죽는다면 다른 약자는 누가 지키지. 그리고 그 다음은? 그 미래에 네가 살아있다면 만나게 될 약자는 어떻게 할 거냐. 네가 말하는 약자는 눈앞에 있는 한 사람뿐인가. 그 한 사람을 지킨다면 만족하다는 거냐."

이 몸의 말에 소년은 아무런 말도 하지 못했다.

"모두를 지키는 건 누구도 할 수 없어. 확인해라. 지금 자신의 힘과 상대방의 힘의 차이를 말이야. 지키지 못하는 것이 분하다면 강해져라. 머리를 써. 싸움만이 지키는 방법이 아니야."

도망치는 것도 하나의 방법이다.

상대를 무찌르는 것만이 지키는 것이 아니다.

그리고 이 몸은 전술만이 아니라 이제껏 살아오면서 터득한 남을 구하는 방법도 소년에게 가르쳤다.

소년을 만나고 몇 년이 지나 소년은 앳된 모습은 사라졌고 어른스러워졌다.

하지만 몇 년이 지나도 이 몸에게 소년은 소년이다.

오늘 예정하고 있던 훈련도 끝나고 슬슬 이 지역도 떠나야 한다고 생각한 그때, 소년이 무언가 말하고 싶은 듯 나를 쳐다보고 있었다.

"뭐지?"

"카가리, 나는 앞으로 여기에 못 올지도 몰라. 나는 너에게 비밀로 했던 게 있어."

소년은 진지한 표정으로 말한다.

"이 나라 왕의 아들이라는 걸 말하는 건가?"

소년은 놀란 표정이었다.

"그런 건 처음부터 알고 있었어."

소년은 훈련이 끝나면 항상 그곳에서 나와 헤어지고, 함께 돌아가려 하지 않았다.

어느 날, 걱정된 나는 소년의 뒤를 쫓았다. 그러자 소년은 성안으로 들어갔다. 그래서 확인했더니 이 나라 국왕의 아들이었다는 것을 알게 되었다.

나는 그 사실을 알면서도 침묵하기로 했다.

소년이 말하고 싶어 하지 않는 거라면 억지로 묻지 않는다. 나도 숨기고 있는 게 있었다.

"알고 있었어?"

"그래."

"검술과 마법만이 아니라 나라의 정치 공부도 해왔는데, 앞으로는 본격적으로 아버지 곁에서 배우게 됐어."

"책상 위에서 공부하는 것만으로는 모르는 것도 있을 텐데."

"나는 이 나라의 국민을 지켜야 해."

항상 말하는 말에 국민이라는 단어가 추가되었다.

"그렇군. 아쉽지만, 어쩔 수 없지."

마침 기회일지도 모른다. 이곳에서 너무 길게 살았다.

"그래서, 카가리가 같이 성으로 와줬으면 좋겠어."

"뭐라고."

예상 밖의 말에 놀란다.

"설마 이 몸에게 반한 거냐?"

소년은 웃더니 고개를 옆으로 흔들었다.

"카가리는 누이처럼 생각하고 있어. 내가 뭔갈 틀리면 꾸짖어줬지. 올바른 일을 하면 칭찬해주고 말이야. 그렇지만, 성에는 나를 꾸짖어주는 사람은 없어. 뭐를 하던 칭찬만 할 뿐. 카가리가 나를 올바른 길로 인도해줬으면 좋겠어."

항상 약자를 지키겠다고 말했다. 그걸 잘, 현실적으로 생각하라고 꾸짖었던 거다.

소년의 요청은 기쁘지만 그건 불가능했다.

나는 소년의 요청에 고개를 저었다.

"이 몸에게 그런 힘은 없어. 게다가 슬슬 이 지역을 떠나려던 참이야. 훌륭한 국왕이 돼야 한다."

나는 소년의 머리를 쓰다듬었다.

처음 만났을 땐 이 몸쪽이 키가 컸지만, 지금은 소년의 쪽이 컸다.

"카가리, 마지막까지 나에게 비밀을 말해주지 않을 셈이구나."

"……?!"

"카가리는 처음 만났을 때부터 변한 게 없어. 예쁜 사람이라고 생각했지. 하지만, 내가 성장을 해도 카가리는 성장하지 않았어."

"알고 있었나."

이 몸은 소년과 만났을 때부터 계속 겉모습은 18살 정도의 소녀였다.

소년이 청년으로 바뀔 정도로 시간이 지났는데도 이 몸은 바뀌지 않았다.

"당연하지. 그래서 항상 다른 사람 앞에서는 후드를 뒤집어썼던 거 아냐."

마을을 걸을 때는 후드를 쓰고 다른 이의 눈에 띄지 않도록 해왔다.

자신의 얼굴을 아는 사람이 늘어나면 그만큼 내가 성장하지 않는다는 것을 알아차리기 쉬워지기 때문이다.

그래서 친한 사람은 만들지 않았고, 지인은 최소한으로 억제해

왔다.

언젠가 소년이 물어온다면 그때가 헤어질 때라고 생각하고 있었다.

"미움받고 싶지 않았기 때문이야."

"웃기지 마! 내가 카가리를 미워한다니. 그따위 일은 죽는다고 해도 있을 수 없는 일이야. 나를 그런 인간이라고 생각하고 있었던 거야?"

소년은 진심으로 화를 내고 있었다.

그걸 기쁘게 느낀다. 하지만 이 몸의 비밀은 간단한 게 아니다. 사실을 알게 된다면 소년이라고 해도 기분 나빠져 떠나갈 거다.

"고마워. 그렇게 말해주니 기쁘네. 그러면, 떠나기 전에 이 몸의 정체를 알려주지."

숲에 와 있던 이 몸은 주위를 확인하고 우리를 둘러싸도록 흙벽을 사방에 만들었다.

그리고 이 몸은 소년에게서 뒤로 돌아 옷을 벗었다.

"무슨 짓을 하려는 거야?!"

소년은 눈을 감고 부끄러워했다.

"잘 봐."

이 몸의 머리에는 여우의 귀가 나타났고, 엉덩이에서는 기다란 꼬리가 나타났다.

소년은 손가락 틈 사이로 이 몸을 보았다.

"귀랑 꼬리……."

“이 몸은 사람이 아니야. 여우지. 그러니까 네 부탁은 들어줄 수 없어.”

이런 괴물이, 소년과 함께 성으로 갈 수는 없다.

“진짜인 건가…….”

이 몸은 귀와 꼬리를 움직여 보였다.

“이것으로 알겠지. 너와 함께 갈 수 없는 이유를 말이야.”

소년은 입술을 깨물었다.

포기해주길 바라는 마음과 잡아주길 바라는 마음이 이 몸 안에서 요동쳤다.

소년이 이 몸을 떼어내 준다면 나라를 떠날 수 있다.

하지만, 소년의 말은 달랐다.

“그런 거 나는 신경 쓰지 않아. 내 곁에서 도와줘.”

이 몸의 정체를 알고도 그런 말을 해주는 건 기뻤다.

“이 몸은 사람보다 오래 살아. 한 군데에서 머물게 된다면 너처럼 이상하게 생각할 사람이 생길 거야.”

과거에 몇 번인가 정체를 밝히려 했던 적이 있었지만, 모두에게서부터 짐승, 마물이라는 말을 들었다.

“계속 숨기면 돼. 수상하게 여기는 자가 있으면 그때는 내가 대처하지. 카가리, 너는 약자야. 내가 지킬게.”

소년이 처음 만났을 때부터 했던 말을 꺼낸다.

“잘못을 저지르면 혼낼 거야.”

"그래."

"만약 이 몸의 말을 듣지 않으면 떠날 거야."

"그래."

이 몸은 뒤돌아보았다.

"좋아. 한동안 신세를 지기로 하지."

이 몸이 소년을 향해 말하자 소년은 「옷 좀 입어줘」라고 말하며 부끄러운 듯 눈을 피했다.

아직 어린애네.

그로부터 몇 년 후.

처음 만났을 무렵 소년의 면모는 사라졌고 남동생 같이 생각했던 소년은 훌륭한 어른이 되었다.

소년은 병색이 있던 부친을 대신하여 국왕이 되었다.

소년은 인간과 결혼하여 아이도 낳았다.

이 몸의 아름다움에 구혼이 끊이지 않았지만, 누구와도 결혼은 하지 않았다.

당연하게도 이 몸은 여우니까 말이다.

하지만 성으로 오고 긴 세월 지냈더니 수상하게 생각하는 자도 있었다.

"몇 년이 지나도 아름다운 그대로시네요."

"비결을 알고 싶어요."

비꼬아 생각한 걸지도 모르지만, 이 이상 성에 머물러서는 안 될지도 모르겠다고 생각했다.

“성을 나가겠다고.”

“그래.”

게다가 최근, 몸의 상태가 안 좋은 걸 느꼈다.

괜스레 피곤하다.

과거에 한 번, 긴 수면에 취했을 때가 있었다. 같은 느낌이었다.

“어딘가에서 잠을 자야겠어. 게다가 늙지 않는 나를 수상하게 여기는 사람도 있잖아. 지금이 그때일지도 몰라.”

“알았어. 하지만 잠을 자겠다는 카가리를 내 눈에서 멀어지게 둘 수는 없지. 하지만 카가리를 수상히 여기는 시선이 있다는 건 알고 있어.”

“그렇다면.”

“성 아랫마을에 집을 준비하지. 그리고 믿을 수 있는 자를 붙일게. 만약 떠난다 해도 잠을 다 취한 후에 해줬으면 좋겠어.”

“……알았어. 그 호의는 받도록 하지.”

이 몸도 안전한 곳에서 잠이 들고 싶다.

그리고 이 몸은 집 한 채라고 하기에는 큰 저택을 받았고, 한 명의 입이 무거운 하녀가 붙여졌다.

이 몸은 그 저택에서 잠이 들게 되었고, 1년에 몇 번인가 눈을 떴지만, 곧 다시 잠들며 몇 년간 잠이 들었다.

완전히 눈이 떠졌을 때 소년은 병을 앓고 있었다. 그리고 길지 않았다.

깨워줬으면 좋았을 것을. 눈을 떴을 때 알려주면 좋았을 것을.

“너를 걱정하게 만들고 싶지 않았어.”

“바보.”

마지막으로 남긴 말이 이 나라를, 아들을 부탁한다는 것이었다.

어째서 이 몸을 붙잡아두는 거야.

하지만, 이 몸은 소년과 약속했다. 네가 꾸려왔던 나라를 지킬 것이다.

과거편 카가리 2

죽은 소년의 아들을 보좌하면서 몇 년이 지났다. 아들은 죽은 부친이 남긴 뜻을 이어받아 훌륭한 국왕이 되기 위해 일했다.

이 몸은 상담역이라는 입장을 이으면서 무녀라는 역할도 받아 성과는 다른 곳에서 생활하게 되었다.

이유는 노화하지 않는 모습 때문이다.

전 국왕을 따르던 중신들은 이 몸에 대해 아는 자도 있었지만, 이 몸은 비밀에 부쳐져 왔다.

성의 젊은 자는 이 몸에 대해선 알지 못했다.

긴 세월 모습이 변하지 않으면 전과 똑같이 혼란을 일으키게 된다.

그렇기에 무녀라는 입장이 된 이 몸에 대해서 아는 자는 극히 일부밖에 없었다.

무녀가 되었다고 해도 하는 일은 적었다.

몸을 움직이지 않으면 찌뿌둥해지기 때문에 눈을 피해서 모험가 길드에 가게 되었다. 그곳에서 재밌는 모험가들을 만났다.

엘프와 드워프에 인간 2명의 파티였다.

전 세계를 모험하고 있었고, 이 화의 나라도 우연히 향하는 배가 있어서 최근에 도착했다고 했다. 목적이 있는 건 아니고 자유롭게 여행하고 있다는 모양이었다.

모험가들은 이제까지 어떤 나라를 다녀 왔는지 말해주었다. 그런 여러 나라로 갈 수 있는 모험가들이 부러워졌다.

그들과 알게 된 이후 매일같이 모험가 길드로 향했다. 그런 모험가들에게 마음이 끌리는 데에 시간은 얼마 걸리지 않았다.

이 나라에 있는 짧은 기간 동안 그들과 임시로 파티를 결성하기도 했다.

"카가리, 강하네."

"너희들도 충분히 센걸. 무엇보다 전투에 익숙해. 그리고 연계도 잘 되고 말이야. 다른 모험가들도 보고 배웠으면 좋을 정도야."

그들은 지금까지 만난 모험가 중에서 가장 셌다.

"카가리는 파티로 싸우는 건 익숙하지 않은 모양이네."

"이 몸은 항상 혼자서 싸웠거든."

어느 타이밍에 공격을 가하면 방해가 되지 않는 건지, 어느 타이밍에 공격하면 도움이 될지, 이 몸으로서는 알지 못했다.

"옆에 같이 싸워주는 동료, 등 뒤를 지켜주는 동료가 있으면 싸우기 수월해."

이 몸도 그렇게 생각한 적이 있다.

하지만 이 몸은 여우인 괴물이다. 함께 있어도 언젠가 동료는 늙어갈 거다.

그 국왕이 된 소년은 아내를 맞았고, 아이도 낳았고, 죽었다.

병을 앓았지만, 헤어짐은 고통스러웠다. 그런 이별을 또 해야 한다.

그러니 이 몸은 무녀의 입장을 받아들이고 이 몸과 관련되는 자를 최대한 줄였다.

종족은 다르지만, 엘프는 장수한다. 그에게 동료들과 헤어지는 게 고통스럽지 않은지 물어봤다.

"헤어지는 건 쓸쓸하지. 하지만, 쓸쓸하다고 생각한다는 건 알게 되어 즐거웠다는 뜻이잖아. 쓸쓸한 게 싫다고 해서 즐거움을 버리는 인생을 보내고 싶지 않아. 헤어짐도 웃으면서 할 수 있다면 좋은 추억이 될 거야."

이 몸은 헤어지는 쓸쓸함이 두려워 남과 엮이지 않아 왔다.

무엇보다 이 몸은 엘프도 아닌 자신에 대해 설명하지 못하는 점이 컸다. 동료였던 자들에게 짐승이라는 말을 듣게 되는 게 무서웠다.

헤어짐이 괴롭다고 그렇게 자신에게 변명을 해왔던 걸지도 모른다.

이 사람들이라면 며칠 후에는 헤어질 거다.

이 몸에 대해 말해도 괜찮을지도 모른다.

만약 짐승이라고 떠들어댄다고 해도 두 번 다시 만날 일은 없다.

하지만 이 몸의 정체를 알아도 받아들여 준다면 웃으며 헤어질 수가 있다. 엘프가 말하는 것처럼 좋은 추억이 될 거다.

이 몸은 자신의 정체를 밝혔다. 엘프들은 모두 신기해했지만,

혐오감은 느끼지 않았다.

오히려 감동할 정도였다. 인간인 여자는 내 귀와 꼬리를 마구 만졌다. 그걸 남자들이 부러운 듯 바라보았다. 그러나 이 몸도 남자에게 만지게 하고 싶진 않았다.

하지만 너무 부러운 듯 바라보기에 귀를 조금만 만지게 해줬다.

모두 호기심의 눈과 신기해하는 눈으로 봤지만, 짐승을 보는 듯한 느낌은 없었다.

누군가에게 받아들여지는 게 이 정도로 기쁜 일일 줄은 몰랐다.

즐거운 날들이 이어진다고 생각했지만, 길게 가진 않았다. 모험가들이 화의 나라를 떠나는 날이 다가오고 있었다.

쓸쓸한 마음이 들지만, 좋은 추억이 된 것은 틀림없었다.

헤어짐을 아쉬워하면서도 이 몸은 모험가들과 함께했다.

그런 그때, 모험가 길드에 긴급 연락이 들어왔다.

이 나라에는 네 개의 커다란 섬이 있다. 그중 하나에 거대한 마물이 나타났고, 마을을 파괴하고 있다는 것.

이 몸은 확인을 위해 혼자서 뛰쳐나갔고, 그대로 거대한 마물이 나타난 섬으로 달려갔다.

그 섬에 있던 마을은 비참한 상황이었다.

집은 무너져 내리고, 불탔으며, 사람들이 쓰러져 있었다.

그 상황을 만들어 낸 거대한 마물이 마을 안에 자리 잡고 있었다.

네 개의 머리를 가진 거대한 뱀 같은 마물.

각각의 머리는 불을 휘감고, 물은 휘감았으며, 바람을 휘감았고, 바위를 휘감고 있었다.

전설로 전해져 온 마물, 이무기였다.

불의 머리 이무기는 화염을 내뿜어 건물을 불태우고 사람을 불태워 죽였다.

물의 머리 이무기는 물을 내뿜어 건물을 망가뜨리고 사람을 물에 빠뜨렸다.

바위의 머리 이무기는 바위를 내뿜어 건물을 무너뜨리고 사람을 바위로 뭉갰다.

바람의 머리 이무기는 바람을 휘감아 건물을 망가뜨리고 사람을 잘랐다.

이 몸은 분노의 표정을 억누르지 못하고 움직였다.

"까불지 마! 이 나라에서 떠나!"

이 몸의 외침은 닿지 않았다.

불의 이무기에 물을 날리자 물의 이무기에게 방해를 받았고, 물의 이무기에게 바람을 날리자 바람의 이무기에게 방해를 받았다. 바람의 이무기에게 공격을 가해도 휘감고 있는 바람이 방해되어 닿지 않았다. 바위의 이무기는 단단한 재질이라 어떤 마법도 튕겨나갔다.

사람이 무찌를 수 있는 마물이 아니다.

사람들은 도망치는 것밖에 할 수가 없다.

소년에게 나라를 지켜달라는 부탁을 받았는데 아무것도 하지 못했다.

이 몸은 무력감에 의욕이 떨어진 채로 성으로 향해 소년이 남기고 떠난 아들인 젊은 왕에게 보고했다.

이미 국왕이 있는 곳에도 연락이 들어와 있었고 대처를 강구하고 있었다.

젊은 국왕은 안전을 우선시하여 국민이 도망치도록 지시를 내렸지만, 이무기는 차례차례로 마을을 파괴했다. 더욱 최악인 상황은 이무기에게 이끌려 온 것인지 마물들이 이무기가 있는 곳으로 모여들고 있었다.

그런 이무기에게 모여든 마물들에 의해 도망칠 곳을 잃은 사람들이 죽어 나갔다.

그런 사람들을 목숨을 걸고 구하러 갔지만, 그럼에도 많은 사람이 죽었다.

도망칠 수 있었던 사람도 있었지만, 이무기가 천천히 쫓아왔다.

이무기는 사람들 쫓듯 마을에서 마을로 이동했다.

배에서 다른 섬마을로 도망치자 이무기도 바다를 건넜다.

이대로라면 모든 섬마을이 파괴될 때까지 끝나지 않을 것이다.

이 나라에서 이무기가 사라지는 건, 이 나라가 사라질 때일지도 모른다.

젊은 왕은 고뇌했다.

하지만, 대답은 나오지 않았다.

이 몸도 올바른 대답은 가지고 있지 않다.

이 몸은 성을 빠져나와 모험가 길드로 향했다.

모험가 길드는 소란스러워져 있었다.

마을 주민으로부터 다른 마을에 있던 지인을 구해달라는 등의 의뢰가 쇄도 하고 있었다.

하지만 배를 띄울 수가 없기에 모험가들도 구하러 갈 수가 없었다.

게다가 이무기를 만나게 되면 자신의 목숨까지 위험해진다.

이 몸은 길드 안을 둘러보았다.

그 녀석들은 없겠지.

네 명의 모험가들의 얼굴이 떠올랐다.

제대로 작별 인사를 하지 못한 게 아쉽다.

하지만, 그 녀석들도 죽을 목숨인 이 몸의 얼굴을 보고 싶지는 않을 테니 이것으로 괜찮았을지도 모른다.

이곳에 있어도 소용이 없다는 생각에 발길을 되돌려 길드를 나오려 했다.

"카가리?"

있을 리 없는 자의 목소리가 들렸다.

설마, 있었던 거야?

뒤돌아보자, 그곳에는 짧은 기간이었지만, 같이 싸웠던 모험가

들의 모습이 있었다.

“어째서 너희들이 있는 거야? 왜 도망치지 않았던 거야? 그때라면 아직 상선이 나가 있었을 텐데.”

주를 이뤘던 상선은 도망쳐 떠나버렸다. 남은 건 이 나라가 관리하는 배와 어선 정도다.

다른 나라와 왕래하던 배는 더는 남아있지 않을 것이다.

게다가 지금은 배를 띄우는 것도 금지되어 있다.

“어째서라니, 너를 남겨두고 도망칠 리가 없잖아.”

다른 멤버도 고개를 끄덕였다.

“너희들은 바보야.”

“모험가 같은 위험한 일은 바보가 아니면 하지 않을걸.”

“그래서, 어떻게 된 거야?”

이 몸은 알고 있던 이무기의 정보를 그들에게 얘기했다.

“상당히 큰 모양이네.”

“사람이 쓰러뜨릴 수 있는 마물이 아니야.”

“카가리가 하는 말이라면 그런 거겠지.”

“이 몸은 신경 쓰지 말고 너희들도 도망치면 좋았을 것을.”

“짧은 기간이었지만 우리는 파티를 결성했어. 동료를 내버려 두고 갈 리가 없잖아.”

그 마음을 기쁘게 생각하지만, 도망치길 바랐던 마음도 있었다.

“그렇지만, 너희들이 남아있다고 해도 쓰러뜨리는 건 불가능해.”

그건 인간이 쓰러뜨릴 수 있는 마물이 아니다.

"쓰러뜨리지 못한다면 봉인하는 것밖에 없겠네."

엘프가 어처구니없는 말을 했다.

"봉인? 그런 게 가능하겠냐!"

"가능할지 안 할지 묻는 거라면, 가능해. 단, 조건이 여러 가지 있지."

"뭐지, 그 조건이라는 건?!"

나는 지푸라기에라도 매달리듯 엘프에게 물었다.

"마물의 힘이 약해져 있을 것. 그리고 사람들이 다가가지 못할 넓은 곳이 필요해. 마물은 독기, 어둠의 에너지로 강해진다고 알려져 있어. 봉인했다고 해도 사람이 다가간다면 인간의 어두운 감정으로 머지않아 봉인이 풀릴 거야."

이 몸은 생각했다. 인간이 다가가지 못할 장소.

화의 나라 중심에 있는 작은 섬.

이 몸은 화의 나라의 지도를 꺼냈다.

이 섬은 사람이 살고 있지 않았고, 좀처럼 사람들이 찾아가지 않았다.

국왕에게 말하고 출입을 금지한다면 될 것이다.

"문제는 어떻게 이무기를 그 섬으로 불러들이냐인가. 그리고 어떻게 쇠약하게 만드느냐인데—."

"병사들에게 부탁할까."

성에 병사와 마법사들도 있지만, 움직이게 만들 수 있을지는 모른다. 이 몸의 생각으로는 정할 수 있는 게 아니다.

"아니면 우리끼리 싸울까."

"쓰러뜨리면 영웅이겠네."

엘프들이 웃었다.

이런 상황에 웃을 수 있는 것도 강함 중 하나이다.

"그렇지만, 실제로 우리만으론 무리야. 사람이 부족해."

이무기와 싸우려면 나름의 인원이 필요하다.

못해도 그 머리와 싸울 수 있는 강함을 지닌 네 개의 부대.

머리끼리 연계하지 않도록 싸워야 한다.

"이무기를 봐도 도망치지 않을 용감하게 싸울 힘을 지닌 자라."

국왕과 교섭하는 수밖에 없었다. 그렇게 생각하고 있는데 뒤에서 이야기가 들려왔다.

"무슨 말을 하는 거야. 용감하게 싸우는 힘을 지닌 자라면 우리가 있잖아."

뒤로 돌아보니 많은 모험가들이 내 뒤에 있었다.

"뭐야, 너희는."

"그 이야기, 우리도 끼게 해줘."

"맞아."

한 명이 그렇게 말하자 다른 모험가들도 고개를 끄떡였다.

"듣고 있었나."

“그렇게 큰 목소리로 「봉인이 가능하겠냐!」라는 말이 들리면 당연히 신경이 쓰이지.”

“너희 알고 있는 거냐. 이무기와 싸우는 거야. 거대한 마물, 싸우면 목숨을 잃을 거야.”

“이 나라에는 소중한 가족, 친구들이 있어. 그런 소중한 사람들을 위험한 마물에게서 지켜내는 것이 우리, 모험가의 일이잖아.”

남자의 말에 다른 모험가들도 고개를 끄덕인다.

그 마음이 기뻤다.

목숨을 걸고 이 나라를 지키고 싶다고 생각하는 건 나만이 아니었다.

“고마워.”

나는 깊게 고개를 숙였다.

과거편 카가리 3

나와 이 나라의 모험가들은 엘프에게 봉인에 대해 자세히 들었다.

우선, 마물의 체내 마석의 힘을 봉인하는 것이 제일이라고 했다. 그러니 마석의 위치를 파악해야 한다.

그리고 마석의 힘이 약해졌을 무렵에 마물 본체를 봉인한다고 했다.

해야 할 일은 이무기를 작은 섬으로 불러들이는 것.

이무기의 체내에 있는 마석의 위치를 파악하는 것.

이무기를 쇠약하게 만드는 것.

그리고 이무기가 쇠약해졌을 때 봉인하기.

"이무기를 불러들이는 것은 배에 사람을 많이 태우고 이동시키면 쫓아오지 않을까."

"목숨을 거는 거야."

"이무기 마석의 위치는 근처에서 본 뒤 확인하는 수밖에 없을 거야."

모험가들로부터 「아는 거야?」라는 질문이 나왔지만, 엘프는 대략적인 위치라면 안다고 했다.

"그럼, 우리의 역할은 이무기를 쇠약하게 만드는 거네."

"간단하군."

모험가들은 웃으면서 말했다.

모두, 간단하지 않다는 건 알고 있었다.

그럼에도 웃는 건 낙관적이지 않으면 불안감에 짓눌려버릴 것 같기 때문이겠지.

"이무기의 머리는 네 개. 각각 불, 물, 바람, 바위를 휘감고 있어. 대처 방법을 생각해줘."

"카가리는?"

"모험가들에게만 고생시킬 수는 없잖아. 국왕에게 전달해서 나라의 병사, 마법사들에게도 도움을 받게 해야지."

나는 모험가 길드를 뒤로하고 성으로 향했다.

성에서는 나라를 버리고 도망치자는 안이 부상하고 있었다.

"웃기지 마!"

나는 소리쳤다.

국민이, 모험가들이 이무기와 싸우려고 하는데 나라의 위에 자리한 자들이 도망치겠다니.

"도망치는 자는 쫓지 않겠어. 그렇지만, 다시는 이 나라로 돌아오는 건 이 몸이 허락하지 않을 것이다. 네 녀석도 도망칠 셈이냐!"

젊은 국왕을 향해 물었다.

국왕은 고개를 저었다.

"남는다. 내가 죽을 때는 이 나라와 함께야."

그 말을 듣고 안심했다.

그 소년의 피를 이어받았다.

"그때는 이 몸이 먼저 죽지. 너는 마지막까지 살아남도록."

그리고 도망치길 원하는 자는 이 방에서 떠나도록 했지만, 반 이상이 남았다.

"자네들은 가지 않아도 되는 건가."

젊은 자들이 떠나고 남은 건 나이가 든 이가 많았다.

"이런 늙은 몸이 남아서 보탬이 안 될지 모르지만, 카가리 님과 같이 선대부터 섬겨왔던 몸, 죽을 때는 함께하겠습니다."

"고맙네. 자네들까지 나갔다면 병사의 사기가 떨어졌을 거야. 게다가 국민도 자네들이 얼굴을 보인다면 안심하겠지."

"이런 노인의 얼굴이 도움이 된다면 얼마든지 쓰겠습니다."

선대부터 섬기고 있는 자들은 국민에게도 얼굴이 알려져 있었다.

나는 국왕에게 눈을 옮겼다.

"너는 병사와 마법사에게 싸우라고 명령하도록. 많은 자가 죽을 거야. 그 모습을 마음에 새기는 것이 너의 역할이야. 괴롭지만 그게 국왕이라는 자리다. 눈을 피하지 마. 그러면 모두, 이무기와 싸우다 죽을 거야."

"죽을 때까지 마음에 새겨라……."

국왕은 고개를 끄덕였다.

너의 아들은 훌륭한 국왕이 되었어.

이 나라의 미래를 위해서라도 죽게 내버려 둘 수는 없어.

준비하는 동안 이무기가 있는 마을의 주민에게는 움직이지 말고 몸을 숨기고 있으라고 전달해뒀다.

이무기에게 자극을 주지 않는다면 반응하지 않는다는 것은 확인되었다.

사람을 벌레쯤으로 여기고 있는 걸지도 모른다. 인간도 작은 벌레가 지면에 있어도 신경 쓰지 않는다. 하지만 많이 모여든다면 신경이 쓰이는 것은 똑같다.

하지만 움직이지 않고 가만히 있는 것에도 한계가 있다.

사람은 마시지 않고, 먹지도 않고는 살아갈 수 없다.

식료와 물 같은 것도 운반하지만, 모든 인원에게 전달할 수는 없다.

얼른 하지 않으면 남은 사람들도 죽어버릴 거다.

무엇보다 근처에 이무기가 있는 것에 정신이 견디지 못하겠지.

어린아이도 있다. 서둘러야 했다.

우리는 최종 확인을 했다.

이무기를 끌어들이는 역할의 사람.

이무기와 싸울 예정인 섬에 대기할 사람.

봉인하는 방법을 배울 사람.

엘프가 한 번 이무기를 보고 싶다고 말하기에, 그를 이무기가 있는 곳으로 데리고 갔다.

"배는 사용 못 해."

"그럼, 어떻게."

"내가 데리고 갈게. 가능하다면, 놀라지 말아줘."

이 몸은 그렇게 말하고 엘프에게 등을 보인다. 내 머리에서 여우의 귀가 나오고 엉덩이 부근에서 꼬리가 나와 몸이 변하더니, 여우가 되었다.

"……여우."

"아무 말 하지 마. 조용히 내 등에 올라타."

엘프는 가만히 등 뒤에 탄다.

"꽉 붙잡아, 떨어지면 안 돼."

엘프를 태우고 바다를 넘어 이무기가 있는 마을 근처까지 다가갔다.

"이게 이무기군……. 정말로 크네."

떨어져 있어도 거대함을 알 수 있었다.

"공포감이 드나."

"무섭지 않다고 한다면 거짓말이겠지. 그렇지만, 물러서진 않을 거야. 지금은 이야기 들은 대로 속성을 휘감고 있진 않네."

"공격을 가하면 곧바로 휘감아."

한 번 찬스라고 생각하고 공격한 적이 있지만, 곧바로 반응하고 각각의 힘을 휘감았다.

"각각 다른 속성을 가진 머리라."

"왜 그래?"

"몸 안에 있는 마석이 꼭 하나인 건 아닐지도 몰라서 말이야."

"마물 안에 복수의 마석이 있다는 얘기는 들은 적이 없어."

"아니, 과거에 두 개를 가진 마물이 있었어."

"그랬군."

"공격하고 반응을 보고 싶은데."

"그만둬. 아직 주민들이 숨어있어. 공격한다고 해도 이무기와 싸우게 되는 당일에 할 거야."

"알고 있어. 그렇지만, 만일의 일을 생각해서 여럿을 준비해두는 편이 좋겠어."

그리고 준비가 진행되어 이무기와의 결전 당일이 되었다.

이겨도 져도 이게 마지막 싸움이 될 거다. 싸움이 끝나면 다시 싸울 힘은 남지 않겠지. 그러니 반드시 이겨야 한다.

"그럼 다녀오지."

이 몸은 혼자서 이무기가 자리하고 있는 마을로 갔다.

이무기를 작은 섬으로 불러들이는 역할은 이 몸이 맡았다. 그게 가장 전력을 소모하지 않으면서도 확실하기 때문이다. 배로 불러들일 경우, 만약 배가 망가지기라도 한다면 배를 타고 있던 전력을 잃게 된다. 하늘을 날 수 있는 이 몸이 맡으면 사람들을 다른 준비로 사람들을 돌리는 것이 가능하다.

이 몸이 마을로 가자 이무기는 자신의 것이라는 양 마을 중앙에 있었다.

마을 주민에게 이무기가 알아차리지 않도록 조용히 전달하여, 이무기가 지나는 길에 사람이 없게 해두었다. 이런 일에도 목숨을 걸어야 했는데 모험가들이 해줬다.

이 몸은 특대 마법을 이무기를 향해 날렸다.

결전이다.

마법이 명중하자 이무기는 곧바로 각각의 몸에 속성을 휘감았다.

엘프가 말한 대로 복수의 마석을 지녔을 가능성이 컸다.

어디에 있지?

이 몸의 일은 이무기를 끌어들여 작은 섬으로 몰아놓는 것만이 아니다.

마석의 위치를 알아보는 것도 있다.

이무기가 마력을 사용하면 체내의 마석이 반응할 것이다.

엘프로부터 배운 마석의 위치를 찾는 마법을 사용했다.

이 몸은 이무기에게 공격을 가했다. 이무기가 화염을 내뿜자, 머리 중심 부근에서 마력 반응이 나왔다. 그건 불의 머리만이 아니라 물도 바람도 바위도 같았다.

마석이 네 개.

심지어 반응이 크다.

다른 마물로 확인했을 때는 이런 큰 반응은 느껴지지 않았다.

10배, 100배, 그 이상인지도 모른다.

이무기가 움직이기 시작했다.

건물이 무너지고, 이 몸을 쫓아왔다.

"그럼, 이쪽으로 따라와."

이 몸은 작은 섬이 있는 방향으로 이무기를 불러들였다.

이쪽으로 와라.

이무기가 바다 안으로 들어갔다. 화염은 사라졌지만, 물 이무기의 물의 양이 늘어났다. 육지에 있었을 때보다도 위력도 커졌고, 바람 이무기의 영향으로 바다가 요동쳤다. 게다가 이무기가 움직이는 것만으로 커다란 파도가 생겼다.

불 이무기의 힘이 줄어들 테니까 바다에서 싸우자는 의견도 있었지만, 폐기된 것이 정답이었다.

만약 그랬다면 배가 손쉽게 침몰 되었을 것이다.

물 이무기가 이 몸을 겨냥하여 물은 내뿜었다. 나는 피했다.

이 몸은 이무기의 공격을 피하면서 이무기를 봉인하기 위한 섬에 도착했다.

그곳에서 대기하고 있던 엘프들에게 마석의 위치를 전달했다.

"역시, 그랬군."

"성가시게 됐네."

"아니, 그렇지도 않아. 하나의 마석으로 저렇게 강한 것이라기보다는 네 개의 마석을 합친 강함이니까 하나씩 없애면 돼."

동료의 말을 엘프가 부정했다.

확실히 강적 하나보다도 해볼 만한 상대 넷을 하나씩 무찌르는 것이 편하다.

그리고 우리는 예정대로 이무기 소모전을 개시했다.

모험가들, 병사들, 마법사들 각자의 전투가 시작되었다.

주로 머리는 마법을 쓸 수 있는 자들이 노리고, 몸통은 마법을 쓰지 못하는 자들이 공격을 가했다.

모두가 동시에 이무기에게 데미지를 주고, 회복에 마력을 쓰게 만들어 힘을 소모시켰다.

상처 하나라도 회복을 하려면 마력이 사용된다.

모험가와 병사와 마법사들이 쓰러졌지만, 분명 이무기도 소모가 커지고 있었다.

여기저기 시체로 가득했다.

그리고 한창 전투 중에 예상 밖의 사실이 판명되었다.

"마석이 하나 더 있다고?"

엘프가 몸 중앙에도 있다고 말했다.

각각의 머리만이 아니라 몸 중앙에 있는 마석에서도 마력이 머리로 공급되고 있다는 것이다.

"그럼, 하나씩 쓰러뜨리는 방법은 쓸 수 없는 건가."

"쓸 수 없는 건 아니야. 몸통 마석의 공급을 다른 곳으로 가게 만들면 돼. 지금 이상으로 몸통에 공격을 늘린다면 몸통의 회복에 마력을 쓰게 할 수 있어."

"그런 전력, 남아있을 리가."

우리는 새로운 전력을 투입하고 이무기와의 전투를 재개했다.

"이제 그만 쓰러져!"

드디어 하나의 머리가 쓰러졌다. 아직 움직이려 하지만 드워프가 지면에 커다란 구멍을 파냈다. 이무기의 머리가 목부터 지면의 구멍으로 떨어졌다. 놓치지 않고 마법사가 흙으로 메웠다.

그곳에 엘프가 달려들어 지면에 마법진을 그렸다.

지면이 빛나더니 사라졌다.

"하나 봉인했어."

하지만 다른 머리가 움직이는 동안엔 봉인이 풀릴 가능성이 있기에 마력을 계속 흘려보내야 했다.

마법사들은 엘프를 대신하여 마력을 흘려보냈다. 아무리 위험한 상황이 펼쳐지더라도 이곳에서 떨어져서는 안 된다.

그리고 우리는 이무기를 차례로 소모시켜 봉인했다. 머리는 하나가 남았다. 여기까지 많은 희생 덕분에 도달할 수 있었다. 주위에 많은 사람이 쓰러져 있었다. 하지만 손을 뻗을 수는 없다.

앞으로 나아가는 수밖에 없다. 쓰러진 사람을 대신하여 싸우는 수밖에 없다.

설령 짐승이라는 말을 듣게 된다고 할지라도.

이 몸은 대여우가 되어 이무기와 싸웠다.

모두, 놀라지만, 엘프 일행이 이 나라의 수호수라고 외쳤다.

그 덕분에 모두에게 힘이 솟았다.

설마 이 모습이 모두에게 힘이 될 거라고는 생각하지 못했다.

모두, 마지막 힘을 짜내어 이무기의 머리를 하나씩 쓰러뜨렸다.

나머지 하나.

“이게 마지막이네.”

이 몸의 마법이 이무기에 명중했다.

마지막 이무기의 머리가 쓰러졌다.

“지금이야!”

엘프가 머리를 봉인하고, 마지막으로 몸통을 봉인하며 이무기와의 싸움이 끝났다.

이겼다고는 말하지 못했다.

많은 사람이 죽고, 많은 사람이 다쳤으며, 상처 입지 않은 사람은 한 명도 없었다.

살아남은 자는 울며 기뻐했고 또한 죽은 사람을 앞에 두고 울며 쓰러졌다. 지쳐서 한 발자국도 움직이지 못하는 사람들로 가득해서 이 이상 싸우는 것은 불가능했다.

봉인하는 게 최대였다.

하지만 지킬 수 있었다.

그리고 이무기 토벌의 후처리가 정리되었을 때 영웅 대접을 받은 모험가가 4명 있었다. 그들은 항상 중심에서 싸웠다.

그 네 명이 없었다면 이기지 못했을 거라고 말할 정도였다.

"네 영웅이라."

"다섯 영웅이겠지."

국왕이 내 혼잣말을 정정했다.

"이 몸은 딱히."

"카가리가 구한 병사들은 참 많아. 개중에는 카가리를 신으로 숭배하는 자도 있다고 하던데."

"이 몸은 여우 괴물인데."

"그렇게 예쁜 괴물은 없어."

"너, 어린아이라고 생각했는데, 그런 말을 하게 됐구나."

"몇 살이라고 생각하는 거야. 나도 이제 아이가 있다고, 언제까지고 어린아이 취급은 그만둬."

"그렇네. 너는 훌륭한 국왕이야."

"하지만, 정말로 저 섬에서 살 건가."

"누군가가 지켜야 해. 이 몸의 정체도 많은 사람에게 알려져 버렸잖아. 저 섬에서 한동안 조용히 지내는 것도 좋을 거야."

한창 전투 중에 힘을 발휘하기 위해 대여우가 되어 싸웠다.

이 몸에 대해 알려져 버렸다.

"아무도 괴물이라는 생각 따위 하지 않았어."

"알고 있어. 하지만, 당분간은 조용히 지내고 싶어."

싸움이 끝난 후에도 아무도 이 몸의 정체를 캐묻는 자는 없었다.

무시를 당하는 게 아니었다. 인사는 확실하게 받았다. 하지만 뭐라 말로 표현하지 못할 표정으로 바라보았다. 하지만, 싫은 기분은 아니었다.

그리고 마을의 부흥이 시작됐을 무렵, 퍼레이드가 열리게 됐다.

중심이 되어 이무기와 싸운 모험가 네 명과 이 몸이 영웅으로 추앙되었고, 함께 싸운 병사와 마법사들과 나라 안을 순회하게 되었다.

그런데.

"그 녀석들이 어디에도 없다고."

"네, 어디에도 없습니다."

"카가리 님께 이 편지를 전달해달라고."

여자 하녀가 편지를 건넨다.

편지는 엘프 일행 4명으로부터였고, 이 나라를 떠난다는 내용이었다.

우리는 영웅이 아니야. 단지, 모험가일 뿐이야. 그러니 또 모험을 떠날 거야. 카가리, 고마워. 즐거웠어.

모두의 편지에는 각자의 마음이 적혀 있었다.

이미 이 몸은 이무기의 봉인을 지키겠다고 네 명에게 전달했었다.

나라를 떠나겠다고 말하면 이 몸의 마음이 흔들릴 거라고 생각했겠지.

떠나는 건 이해가 간다.

하지만, 영웅의 이름을 이 몸에게 떠넘기는 건 뭐지. 적어도 퍼레이드가 끝난 후에 떠나라고!

이 몸은 도망치지도 못하고 영웅 중 한 명으로서 나라 안을 순회하게 되었다.

■작가 후기

쿠마나노입니다. 『곰 곰 곰 베어』 19권을 구매해주셔서 감사합니다.

19권은 화의 나라의 후반 이야기입니다.
유나는 과거의 영웅인 무무르트 씨를 데리고 카가리 씨와 함께 이무기와 싸우게 되었죠. 물론 세 사람만이 아니라 사쿠라, 시노부, 그리고 무무르트 씨와 함께 따라왔던 루이밍까지도 각자 할 수 있는 것으로 이무기와 싸웠습니다.
이번 권에서 화의 나라의 싸움은 끝났습니다.
다음 권에서는 그 뒤의 화의 나라의 이야기와 유나의 새로운 모험이 시작할 테니 기대해주신다면 좋겠습니다.

그리고 여러분이 궁금해하시는 애니메이션 2기는 곧 발표가 있을 겁니다. 저도 미력하지만 도와드리고 있습니다.
시나리오의 감수를 할 때 가장 고민하는 건 삭제하는 부분입니다. 소설과 달리 모든 것을 넣을 수는 없습니다. 원래는 모든 것을 애니메이션으로 만들 수 있다면 가장 좋겠지만, 그런 건 불가능하기에 어쩔 수 없이 삭제하거나 이야기를 짧게 만들게 됩니다.

저도 애니메이션을 볼 때가 있는데 '그 얘기가 잘렸네'라고 생각한 적이 가끔 있습니다. 어느 이야기를 넣고, 어떤 이야기를 삭제할 건지 정하는 건 정말로 어렵습니다.

가장 해서는 안 되는 일은 원작을 읽지 않아서 이야기를 이해할 수 없다는 말을 듣는 것이라고 생각합니다. 그것만큼은 신경을 써서 감수하고 있습니다.

조금 더 기대해주시고 기다려 주신다면 감사드리겠습니다.

마지막으로 책을 내기 위해 최선을 다해주신 모든 분께 감사 인사를.

029 선생님께는 항상 멋진 일러스트를 그려주셔서 감사드립니다. 이번에도 귀여운 여자아이들을 그려주셔서 고맙습니다.

편집자님께는 항상 민폐를 끼치고 있습니다. 그리고 『곰 곰 곰 베어』 19권을 출판하는데 관련된 많은 분께 감사드립니다.

여기까지 책을 읽어주신 독자님께는 감사의 마음을.

그러면 20권에서 만나 뵐 수 있도록 기다리고 있겠습니다.

2022년 10월 좋은 날

쿠마나노

■역자 후기

안녕하세요. 이번 19권은 어떠셨나요? 저는 이번에 이무기와 싸우는 모습을 상세하게 묘사된 것 같아 조금 더 흥미진진하게 읽을 수 있었던 것 같습니다.

화의 나라에서도 말도 안 되는 활약을 보여주는 유나. 그리고 대여우로 변신하면서 자신의 모든 힘을 쓰는 것에도 머뭇거림 없이 싸운 카가리. 어린데도 불구하고 두려움을 무릅쓰고 자신이 할 수 있는 선에서 최선을 다했던 사쿠라와 루이밍의 모습이 저는 이번 편에서 굉장히 감명 깊었던 부분인 것 같습니다.

여러분은 어떠셨나요? 여러분도 저처럼 흥미진진하게 읽어주셨길 바라는 마음입니다.

항상 수고가 많으신 편집자님께 감사 인사를 드리고, 다음 권에서도 재밌는 이야기가 이어지길 기대하면서 다음 20권에서도 만나 뵐 수 있길 기대하고 있겠습니다.

감사합니다.

2023년 3월 좋은 날

역자 김보라

곰 곰 곰 베어 19

초판 1쇄 발행 2023년 4월 10일

지은이_ Kumanano
일러스트_ 029
옮긴이_ 김보라

발행인_ 신현호
편집장_ 김승신
편집진행_ 권세라 · 최혁수 · 김경민 · 최정민
편집디자인_ 양우연
관리 · 영업_ 김민원

펴낸곳_ (주)디앤씨미디어
등록_ 2002년 4월 25일 제20-260호
주소_ 서울시 구로구 디지털로 26길 111 JnK디지털타워 503호
전화_ 02-333-2513(대표)
팩시밀리_ 02-333-2514
이메일_ lnovellove@naver.com
L노벨 공식 카페_ http://cafe.naver.com/lnovel11

ISBN 979-11-278-6808-6 04830
ISBN 979-11-278-3067-0 (세트)

값 11,000원